CLAUDIA PIÑEIRO

KATHEDRALEN

Roman

Aus dem Spanischen

von Peter Kultzen

BÜCHERGILDE

GUTENBERG

Die Originalausgabe erschien 2020
bei Alfaguara Argentina, Buenos Aires.
© Claudia Piñeiro 2020
c/o Schavelzon Graham Agencia Literaria
www.schavelzongraham.com
Originaltitel: Catedrales

Lizenzausgabe für die Mitglieder
der Büchergilde Gutenberg Verlagsges. mbH,
Frankfurt am Main, Wien und Zürich
www.buechergilde.de
Mit freundlicher Genehmigung
des Unionsverlags, Zürich
© by Unionsverlag 2023, Zürich
Alle Rechte vorbehalten
Lektorat: Nina Hübner
Satz: Greiner & Reichel, Köln
Einbandgestaltung:
Thomas Pradel, Bad Homburg
Einbandmaterial und Vorsatzpapier:
Surbalin von Peyer Graphic GmbH, Leonberg
Druck und Bindung:
GGP Media GmbH, Pößneck
Printed in Germany 2023
ISBN 978-3-7632-7485-7

Für alle,
die sich ihre eigene Kathedrale errichten,
ohne Gott.

Die Religion des einen Zeitalters ist
die literarische Unterhaltung des nächsten.

RALPH WALDO EMERSON

Lía

Ich will es denken und glauben, aber ich habe
Angst, ich könnte irgendwann aufhören,
es zu glauben. Ich frage mich, ob die Tatsache,
so sehr daran glauben zu wollen, nicht schon
der Beweis ist, dass man nicht mehr daran glaubt.

EMMANUEL CARRÈRE, *Das Reich Gottes*

I

Seit dreißig Jahren glaube ich nicht mehr an Gott. Genauer gesagt: Vor dreißig Jahren habe ich mich zum ersten Mal getraut, das zuzugeben. Vielleicht glaubte ich damals schon seit Längerem nicht mehr. Man gibt seinen Glauben ja nicht von einem Tag auf den anderen auf. Zumindest ich nicht. Die ersten Anzeichen versuchte ich noch auszublenden. Ich spürte aber, dass in mir etwas keimte, das früher oder später als frischer, grüner Trieb aus mir herausbrechen würde, bis ich es irgendwann in die Welt hinausschrie: »Ich glaube nicht an Gott.«

Das ungute Gefühl, das ich im Vorfeld empfand, war eigentlich Angst. Was würde geschehen, wenn ich tatsächlich meinen Glauben aufgab? Welchen Preis müsste ich dafür bezahlen? Ich bemühte mich, diese Gedanken zu verscheuchen, wie einen bösen Traum, wie etwas Verbotenes, und mich stattdessen auf vernünftigere Dinge zu konzentrieren. Bis es mich eines Tages wie ein Schlag traf; völlig verwirrt und schutzlos stand ich da, unfähig zu begreifen, was um mich herum vorging, und noch weniger die Gründe dafür. Von da an konnte ich endgültig nicht mehr so tun, als wäre ich gläubig. Ich glaubte nicht mehr an Gott – als man mir mitteilte, dass meine jüngere Schwester Ana tot aufgefunden worden war, gab es keinen Zweifel mehr. Das sagte ich auch bei der Totenwache am nächsten Tag.

Ana – unser »Küken«, wie Papa sie nannte –, mit der ich

das Zimmer teilte, die mir regelmäßig Kleider klaute und die zu mir ins Bett schlüpfte, um mir Geheimnisse anzuvertrauen, die niemand sonst erfahren durfte. Am Nachmittag kam der Priester, um sein Beileid auszusprechen und für sie zu beten. Julián, der damals noch im Priesterseminar war, begleitete ihn. Meine Eltern forderten mich auf, mit ihnen am verschlossenen Sarg zu beten. Ich weigerte mich. Sie bestanden darauf, sie sagten, es werde mir guttun, und fragten, warum ich nicht beten wolle. Ich wich der Frage aus, bis ich schließlich erwiderte: »Weil ich nicht an Gott glaube.« Das sagte ich sehr leise und mit gesenktem Kopf. Dann sah ich auf – alle starrten mich an. Da sagte ich es noch einmal laut. Meine Mutter trat auf mich zu, fasste mich am Kinn und zwang mich, ihr in die Augen zu sehen und meine Worte zu wiederholen. Wie Petrus, aber felsenfest überzeugt, leugnete ich meinen Glauben ein drittes Mal. »Da dachte Petrus an das Wort, das Jesus gesagt hatte: Ehe der Hahn kräht, wirst du mich dreimal verleugnen.« Matthäus, 26,75. Auch dreißig Jahre nachdem ich mich vom Glauben losgesagt habe, kann ich ganze Passagen aus der Bibel auswendig zitieren. Als hätte man mir die Worte eingebrannt. Nur die Kapitel- und Versnummer muss ich nachschlagen, was ich auch jedes Mal tue, weil es mir durch meinen Beruf in Fleisch und Blut übergegangen ist. Zumindest rede ich mir das ein, um mir nicht eingestehen zu müssen, dass womöglich reine Zwanghaftigkeit dahintersteckt. Wie kann das sein? Wie haben sie das damals bloß geschafft? »Und er ging hinaus und weinte bitterlich.« Ich weinte allerdings nicht, anders als Petrus. Ich stand mit zitternden Beinen da, fühlte mich aber stark, im Vollbesitz meiner Kräfte, in einem Alter, in dem man sonst an allem zweifelt.

Ganz anders die restlichen Anwesenden, die ihr Unbehagen nicht verbergen konnten, bis auf den Priester, der so tat, als ging ihn die Sache nichts an. Scheinbar nachsichtig lächelnd erklärte Pater Manuel, das komme von der Erschütterung über die brutale Ermordung meiner Schwester Ana, in diesem jugendlichen Alter sei eine derartige Reaktion nur zu verständlich und dürfe nicht überbewertet werden. Meine Mutter konnte er damit beruhigen, wobei sie zur Sicherheit dennoch erwähnte, ich würde ständig versuchen, die Aufmerksamkeit auf mich zu ziehen; nicht einmal jetzt, wo meine Schwester gestorben sei, könne ich es ertragen, nicht im Mittelpunkt zu stehen. »So sind sie, die Zweitgeborenen«, sagte sie früher immer, wenn sie sich über mich ärgerte. In jenem Augenblick verzichtete sie darauf, der Gedanke muss ihr aber durch den Kopf gegangen sein. Mir war ein Rätsel, wie sie sich unter diesen Umständen überhaupt mit etwas anderem als dem Tod ihrer jüngsten Tochter beschäftigen konnte.

Mein Vater kannte mich besser, ihm war klar, dass ich es ernst meinte. Er nahm mich zur Seite und bat mich, die Sache zu überdenken oder wenigstens zu sagen, ich sei Agnostikerin. Meine ältere Schwester Carmen, die die ganze Totenwache über schon einen völlig verstörten Eindruck gemacht hatte, ohne deshalb ihre Umgebung auch nur eine Sekunde lang aus den Augen zu lassen, tat, als wäre niemand von dem Schicksalsschlag so betroffen wie sie, und heulte sich bei nächster Gelegenheit bei ihren Freunden von der Acción Católica aus. Zugleich nutzte sie die Gelegenheit, um alte Rechnungen zu begleichen: Seit jenem Tag hat sie kein Wort mehr mit mir gesprochen.

Nähe und Verbundenheit spürte ich damals nur in den Blicken Marcelas. Sie war Anas beste Freundin gewesen und saß jetzt, mehrere Meter vom Sarg entfernt, auf dem Boden – mit dem Rücken an der Wand, um nicht umzukippen. Ihre Körpersprache gab unmissverständlich zu erkennen, dass sie von niemandem berührt oder getröstet werden wollte, und so schluchzte sie verzweifelt vor sich hin. In der Art, wie sie mich ansah, las ich nicht nur, dass sie auf meiner Seite stand und wir denselben Schmerz und dasselbe Grauen empfanden. In ihren Augen lag auch eine Bitte, die sie jedoch offensichtlich nicht in Worte fassen konnte, als wäre ihr selbst nicht klar, was sie eigentlich sagen wollte. Womöglich sollte ich sie bloß von dort wegbringen; vielleicht hatte aber auch sie jeden Glauben an Gott verloren. Wie sie mich anstarrte, während sie immer wieder einen Ring an ihrem Finger rauf- und runterwandern ließ, ohne ihn jemals ganz abzustreifen, werde ich nie vergessen. Irgendwann fiel es mir wie Schuppen von den Augen – der Ring gehörte mir, der Türkis, der darin eingefasst war, war für unsere Hände viel zu groß. Ana hatte ihn als ihren »Glücksring« bezeichnet und ihn mir regelmäßig geklaut, wenn sie stark sein musste, wie sie es nannte. Ich frage mich noch heute, wieso ihr ausgerechnet mein Ring Stärke verleihen sollte. Ich selbst hatte jedenfalls nie etwas davon verspürt. Bei wichtigen Prüfungen oder wenn sie sich mit einem Jungen treffen wollte, der ihr gefiel, streifte sie sich den Ring über. Oder wenn sie mit der Schulmannschaft an einem Volleyballturnier teilnahm – einmal gestand sie mir, dass sie ihn sich für die Partien in den Slip schob, damit er sie nicht beim Spielen störte, und ich schrie: »Igitt!« Wahrscheinlich hatte Marcela den Ring von Ana, oder Ana hatte ihn bei ihr vergessen. Es war mir egal, denn was sollte ich in diesem Augenblick mit einem Glücksring, der meiner Schwester, als es darauf ankam, nicht geholfen hatte? An diesem Tag sprach ich nicht mit Marcela, und später ging sie gewissermaßen verloren – wie sich herausstellte, funktionierte ihr Kurzzeitgedächtnis nicht mehr. Schuld daran waren die traumatischen Erlebnisse im Zusammenhang mit Anas Tod und ein heftiger Schlag auf den Kopf, den sie damals abbekommen hatte. So konnte ich sie nichts mehr fragen. Anas Tod hinterließ bei uns allen seine Spuren.

Nachdem ich mich zur Atheistin erklärt hatte, betrauerte meine Familie nicht nur den Abschied von meiner Schwester, sondern auch den von meinem Glauben. Hatte ich ausgerechnet während der Totenwache damit herausrücken müssen? Unbedingt, da bin ich mir ganz sicher, das war ich Ana schuldig, ich wollte es auf jeden Fall gesagt haben, bevor ihr Körper – ihre Körperteile – endgültig in der Erde verschwand und ich mich für immer von ihr verabschieden musste. Damals begriff ich, dass »Atheist« ein unanständiges, schlimmes Wort ist. Und dass die meisten Gläubigen es ertragen können, wenn jemand an einen anderen Gott glaubt, keinesfalls aber, wenn man an überhaupt keinen Gott glaubt. Ob sie es nun offen aussprechen oder indirekt zu verstehen geben, ein Atheist ist für sie offensichtlich eine »gescheiterte« Persönlichkeit. Der eine oder andere geht sogar so weit zu behaupten, dass jemand, der nicht glaubt, unweigerlich böse sein muss – wer an keinerlei Gott glaubt, kann kein guter Mensch sein.

Ich versuche, nicht an diesen Tag zu denken. Ana soll in meiner Erinnerung so sein, wie sie war, wenn sie zu mir ins Bett schlüpfte, um mir ein Geheimnis anzuvertrauen. Was den Glauben oder die Abwesenheit desselben angeht, so stelle ich mir dazu keine Fragen mehr. Seit meiner Weigerung, an Anas Sarg zu beten, lasse ich mich auf keine Erzählung egal welcher Religion mehr ein, die, und das im 21. Jahrhundert, etwas Erfundenes als Wahrheit ausgeben will. Dass so viele Menschen auch Jahrtausende später noch Geschichten für bare Münze nehmen, die jeder Glaubwürdigkeit entbehren, wie wir sie selbst von der harmlosesten Fiktion erwarten, irritiert mich. Vielleicht haben sie nicht nur Angst davor, ihre alten Überzeugungen aufzugeben, sondern wollen auch auf den angenehmen Nebeneffekt nicht verzichten, den diese mit sich bringen – so schöne Dinge wie Weihnachtsgeschenke oder der Himmel, der uns nach dem Jüngsten Gericht erwartet. Für mich haben diese Begriffe schon lange jede Bedeutung verloren. Wer nicht mehr an Gott glaubt, rechnet auch mit keinem ewigen Leben mehr und ebenso wenig mit irgendwelchen Engeln, die ihn beschützen. Und erst recht nicht damit, dass die Menschen um einen herum diese Entscheidung gutheißen. Bestechlichkeit gilt in unserer Welt als unvermeidliches Übel, also muss es eine Menge Menschen geben, die so tun, als würden sie glauben, um auf besagte Dinge nicht verzichten zu müssen. Ich war dazu nicht imstande. Als der Schleier, der uns im Alltag vor der brutalen und grausamen Realität bewahrt, so plötzlich zerrissen war, ließ diese Lüge sich nicht aufrechterhalten.

Darum blieb ich bei dem, was ich gesagt hatte, als die anderen sich um Anas Sarg aufstellten und anfingen, das Ave-Maria zu beten. Ich wollte nicht, dass meine Worte als jugendlicher Ungehorsam abgetan wurden; allen sollte klar sein, dass ich meine Überzeugung zum Ausdruck gebracht hatte. Ich leugnete meinen Glauben also ein viertes Mal. Das hatte nicht mal Petrus gewagt. Kaum waren sie bei der Zeile »gebenedeit ist die Frucht deines Leibes, Jesus« angekommen, trat ich ans eine Ende des Sargs, legte die Hände auf das glänzende Holz, das den zerstückelten Leib meiner Schwester umschloss, und sagte leise, aber mit Nachdruck, und so, als würde ich ebenfalls beten: »Ich glaube nicht an die Frucht eines jungfräulichen Leibes, ich glaube nicht an Himmel und Hölle, ich glaube nicht, dass Jesus auferstanden ist, ich glaube nicht an Engel und auch nicht an den Heiligen Geist.« Das wiederholte ich ein ums andere Mal, wie ein Mantra. »Ich glaube nicht an die Frucht eines jungfräulichen Leibes, ich glaube nicht an Himmel und Hölle, ich glaube nicht, dass Jesus auferstanden ist, ich glaube nicht an Engel und auch nicht an den Heiligen Geist.«

Die anderen dachten zunächst, ich würde dasselbe sagen wie sie, doch nach und nach befielen sie Zweifel, und sie verstummten, bis irgendwann bloß noch meine Stimme zu vernehmen war. Da bekreuzigte sich der Priester. Und meine Mutter trat hastig auf mich zu, um mich zu ohrfeigen, woran mein Vater sie gerade noch hindern konnte. Geändert hätte sie aber auch mit einer Ohrfeige nichts – ich glaubte nicht mehr, und darum hatte ich auch keine Angst mehr. Weder vor Gott noch vor sonst jemandem. Meine Schwester war ermordet worden, zuerst hatte man versucht, sie zu verbrennen, dann hatte man ihren Körper zerstückelt und wie Müll abgeladen – was sollte mir da noch Schlimmes passieren, nur, weil ich zu glauben aufhörte?

Bei der Beerdigung weinte ich nicht, ich war viel zu verstört. Stattdessen schwieg ich. Und in den dreißig Jahren seither habe ich auch sonst kaum je geweint. Wenn Anas Tod mich nicht zum Weinen gebracht hatte, was sollte mich dann dazu bringen? Die Wut, oder vielmehr der Hass auf ihren Mörder, ließ meinen Schmerz verstummen. So ist das bis heute. In die Kirche ging ich von da an auch nicht mehr – ich betete nicht mehr, trug nicht mal ein Kreuz an der Halskette als Schmuck und beichtete auch nie mehr einem Priester irgendwelche angeblichen Sünden, um anschließend eine Hostie zu empfangen, die unmöglich der Körper von wem auch immer sein kann. Ich verabschiedete mich von all dem kollektiven Wahn und blieb dabei: Ich war Atheistin. Seitdem fühlte ich mich frei. Allein, von allen abgelehnt, aber frei.

Die Art, wie die anderen mich ansahen, dass Carmen nicht mehr mit mir sprach, die stillen Vorwürfe meiner Mutter, die angestrengten Versuche meines Vaters, zwischen uns zu vermitteln, all das konnte ich nach einigen Monaten nicht mehr aushalten. Am allerwenigsten jedoch ertrug ich, dass Ana nicht mehr da war und niemand mir sagen konnte, wer sie umgebracht hatte und warum, wer sie verbrannt, ihr die Beine und den Kopf abgetrennt und ihre Körperteile auf einem verlassenen Grundstück deponiert hatte, das den Leuten aus der Umgebung als Müllhalde diente. Ich verließ mein Zuhause, meine Stadt, mein Land, mein bisheriges Leben. Und fing in neuntausend Kilometern Entfernung ein neues an – in Santiago de Compostela.

Ana hatte einmal einen Dokumentarfilm über den Jakobsweg gesehen und träumte davon, dass wir ihn eines Tages gemeinsam gehen würden. Damals waren wir noch Jugendliche, eine derartige Reise wäre uns erst möglich gewesen, wenn wir arbeiten und ein wenig Geld zurücklegen könnten – wenn wir »erwachsen« wären. Ana durfte aber nicht erwachsen werden; durch ihren Tod wurde *ich* es dafür von einem Tag auf den anderen. Ich fand eine Stelle als Arzthelferin und sparte, bis ich das Geld für ein Flugticket nach Spanien beisammenhatte. Später fuhr ich mit dem billigsten Zug von Madrid nach Santiago, er hielt fast an jedem Bahnhof. Das war mein ganz persönlicher Jakobsweg, von Buenos

Aires aus und ohne Wanderstiefel. Schon bald fing ich an, in einer Hotelrezeption zu arbeiten, wo ich täglich mit Pilgern zu tun hatte, die einem Glauben anhingen, den ich inzwischen aufgegeben hatte. Vielleicht war ich nicht nur nach Santiago gekommen, um Anas Wunsch zu erfüllen, womöglich wollte ich hier auch verstehen lernen, warum manche Menschen immer noch an eine tausendundeinmal erzählte, völlig unrealistische Geschichte glauben.

Heute besitze ich in Santiago eine Buchhandlung. Nach meiner Arbeit in dem Hotel fing ich hier zunächst als Verkäuferin an, Jahre später übernahm ich die Leitung. Als der Eigentümer starb, machten die Erben mir dankenswerterweise ein so günstiges Übernahmeangebot, dass ich nicht Nein sagen konnte. In dieser Buchhandlung werde ich sterben, kein Zweifel, hier ist mein Platz auf der Welt. Täglich kommen draußen Pilger vorbei. Sie werfen aber bestenfalls einen flüchtigen Blick in die Auslage, zuallererst wollen sie ans Ziel, in die Kathedrale von Santiago. Den Kauf eines Buches ziehen sie – manche von ihnen – erst danach in Betracht; wenn sie ihr Zimmer im Hotel oder einer Pilgerherberge bezogen haben, kehren sie zu meiner Buchhandlung zurück und stöbern eine Weile herum. Wer kein Spanisch kann, nimmt zumindest einen Bildband über die Stadt mit. Jetzt, am Ende ihrer Wanderung, haben sie keine Angst mehr vor zusätzlichem Gepäck. Ich höre ihren Unterhaltungen zu, entschlüssele ihre Gebärden, manchmal verstehe ich auch die Sprache, die sie sprechen. Viele von ihnen glauben ebenso wenig an Gott wie ich, da bin ich mir sicher – auch sie sind Atheisten. Sie haben sich nicht aus religiösen Gründen auf den Weg nach Santiago gemacht. Sie wollten ein bestimmtes Ziel erreichen, sich beweisen, dass sie das, was sie sich vornehmen, auch in die Tat umsetzen können. Sie glauben an sich selbst, ihr Durchhaltevermögen, ihre körperliche und seelische Stärke. Diesem Glauben fühle ich mich ziemlich nahe. Ich könnte auch so ein atheistischer Pilger sein.

»Entschuldige, Lía.« Ángela, die als Buchhändlerin bei mir arbeitet, öffnete die Tür meines Büros, ohne anzuklopfen.

»Ja?«, sagte ich, ließ mir den Ärger über ihr plötzliches Erscheinen aber nicht anmerken.

»Da will dich jemand sprechen.«

»Ach ja, wer denn?«, fragte ich wenig interessiert.

»Eine Frau, sie heißt Carmen Albertín.«

Ich begriff nicht sofort, der Vorname meiner Schwester in Verbindung mit Juliáns Nachnamen klang für mich immer noch ungewohnt. Ich wusste, dass sie, einige Zeit nachdem er das Seminar verlassen hatte, geheiratet hatten, mein Vater hatte mir in einem Brief davon erzählt. Worüber ich mich geärgert hatte, schließlich hatten wir ausgemacht, dass wir, er und ich, uns zwar regelmäßig schreiben würden; auf meine Bitte hin hatten wir aber auch verabredet, dass in den Briefen weder davon, was ich machte, noch davon, was sie machten, die Rede sein sollte, es sei denn, der Mörder Anas wurde gefunden. So lautete unsere Vereinbarung, als hätten wir uns versprechen wollen, dass wir nie aufgeben würden zu versuchen, die Wahrheit herauszufinden. Davon abgesehen wollte ich durch nichts an das erinnert werden, was ich zurückgelassen hatte, wie ich auch nicht wollte, dass die anderen wussten, was für ein Leben ich mir hier aufgebaut hatte. Nur mit meinem Vater wollte ich den Kontakt aufrechterhalten, auf seine Stimme konnte ich nicht verzichten, auch wenn sie mich nur schriftlich erreichte.

Dass Carmen jetzt mit Nachnamen Albertín hieß, wusste ich also. Für mich waren wir aber trotzdem weiterhin die Sardá-Schwestern: Carmen, Lía und Ana Sardá. Die schöne Ana mit den blauen Augen, die jedes Mal rot wurde, wenn mein Vater sie vor anderen »Küken« nannte, woraufhin sie das Gesicht hinter ihren braunen Haaren versteckte.

Ángela stand wartend in der Tür. Ich war wie betäubt und wusste nicht, was ich sagen sollte.

»Sie hat außerdem gemeint, dass sie Verwandte von dir sind«, fügte sie hinzu.

»Dass sie Verwandte sind? Ist die Frau denn nicht allein?«

»Nein, sie ist mit einem Mann da, ihr Ehemann, nehme ich an. Sie hat ihn nicht vorgestellt, aber ich würde sagen, die beiden sind verheiratet. Soll ich sie fragen?«

Das war nicht nötig, es war klar, um wen es sich handelte. Meine Schwester hatte also nach dreißig Jahren beschlossen, wieder mit mir zu sprechen, und es lag an mir, mich auf ihr Spiel einzulassen oder nicht.

Schon als wir klein waren, hatte immer Carmen bestimmt, was wir spielen sollten und wer welche Rolle zu übernehmen hatte. Einwände von Ana oder mir ließ sie nicht gelten. Dass sie, unsere große Schwester, sich Zeit für uns nahm, war mehr als genug, wir hatten ihr dankbar zu sein, auch wenn ich jedes Mal die »alleinstehende Tante« spielen musste. Von ihren Plänen auch nur im Geringsten abzuweichen, war für Carmen unvorstellbar, und jede Auflehnung von uns Kleinen gegen die Vorschriften der »carmenzentrischen« Welt wurde umgehend mit Schweigen, Spott oder Verbannung in eine dunkle Ecke unseres Hauses bestraft. Als Kinder – und zum Teil auch noch als Jugendliche – gehorchten wir ihr nahezu widerspruchslos. Carmen war nicht nur älter als wir, wir hatten auch vor niemandem sonst so viel Angst, nicht einmal vor unserer Mutter, die sich für gewöhnlich alle Mühe gab, uns einzuschüchtern. Außerhalb unserer vier Wände erwies meine Schwester sich jedoch als völlig anderer Mensch. Ich werde nie begreifen, wie sie es schaffte, sich, kaum hatte sie die Haustür hinter sich zugemacht, in eine einnehmende, charismatische, ja verführerische Person zu verwandeln. Hätte ich Ángela in diesem Augenblick nach ihrem ersten Eindruck gefragt, hätte sie bestimmt geantwortet: »Sie ist sehr nett!« Diese Fähigkeit, zwei völlig verschiedene Gesichter zu besitzen – je nachdem, ob sie es mit uns oder mit anderen Menschen zu tun hatte –, störte mich damals am allermeisten an ihr.

Als sie jetzt unversehens in meiner neuen Welt auftauchte, lag unsere Kindheit jedoch weit zurück. Und meine Ängste und Wut auch. Glaubte ich wenigstens.

»Soll ich sie zu dir schicken, Lía? Oder willst du lieber vor in den Laden kommen?«

2

Wieder öffnete Ángela die Tür und trat dann zur Seite, um Carmen und Julián durchzulassen. Meine Schwester dankte ihr im Vorbeigehen mit einem freundlichen Nicken, und Ángelas Lächeln bestätigte meine Befürchtung, dass sie sie zweifellos »sehr nett« fand. Obwohl ich mich innerlich auf das Erscheinen der beiden vorbereitet hatte, stockte mir der Atem, als ich sie nun vor mir sah. Ich stand auf. Noch hatte keiner ein Wort gesagt. Mein eines Bein fing an zu zittern. Damit es aufhörte, hob ich es leicht an und beugte das Knie.

Es ärgerte mich, dass mein Körper auf Carmens Anwesenheit immer noch so unerwartete Reaktionen zeigte. Jetzt, in meinem kleinen Büro und im Beisein Juliáns, war das Schweigen, das Carmen und mir in der Zeit vor meinem Aufbruch zur Gewohnheit geworden war, plötzlich unangenehm. Vermutlich überlegten wir drei, jeder auf seine Weise, wer nach all den wortlosen Jahren den ersten Schritt tun würde.

»Hallo Lía, was für eine schöne Buchhandlung!«, sagte Julián schließlich. Offenbar sah er sich als Mann in der Pflicht, die Initiative zu übernehmen. Eben das und sein versöhnlicher Tonfall reizten mich umso mehr.

»Hallo«, erwiderte ich trocken.

»Lang ists her«, ließ Carmen sich erst einige Sekunden später vernehmen. Ihr reservierter und hochmütiger Tonfall war noch genau so, wie ich ihn in Erinnerung hatte.

Auf Küsse und Umarmungen verzichteten wir. Wir gaben uns nicht einmal die Hand. Ohne noch etwas zu sagen, deutete ich auf die vor dem Schreibtisch stehenden Stühle. Julián zog den für Carmen ein Stück zurück und wartete, bis sie Platz genommen hatte. Auf dem wenig anmutigen Möbelstück, das ich von den Vorbesitzern übernommen hatte, wirkte sie wie eine Königin.

Carmen war ganz die Alte.

Ihr Haar war offenkundig gefärbt, hatte seinen früheren Glanz aber verloren. Die Hüften waren breiter geworden. Das Seidentuch um ihren Hals bemühte sich vergeblich, das Doppelkinn zu verbergen. So oder so hätte ich sie auch inmitten einer riesigen Menschenmenge sofort entdeckt. Ihren hochmütigen Blick, den leicht nach links geneigten Kopf, das leise Lächeln, das ihren Mund umspielte und ebenso gut einen Vorwurf hätte ausdrücken können. Und das schwere

Silberkreuz in ihrem Ausschnitt, das einst meiner Mutter gehört hatte.

Julián dagegen hätte ich wohl nicht ohne Weiteres wiedererkannt. Nicht nur, weil er die eintönig graue, schwarze oder blaue Kleidung abgelegt hatte, an der er auch ohne Soutane und Kollar als künftiger Priester zu erkennen gewesen war – er war jetzt vielmehr eindeutig ein Mann und damit ein völlig anderer Mensch. Seine Gesichtshaut wirkte rau und spröde, an den Schläfen zeigten sich graue Stellen, und die Stirn durchzogen zwei tiefe Falten, für die er eigentlich zu jung war. Was den Mann, der mir jetzt schweigend gegenübersaß, jedoch vor allem von dem jungen Seminaristen aus unserer Gemeinde in Adrogué unterschied, waren die braunen Augen – sie zitterten nicht mehr, wenn er einen ansah. Hatten Ana oder ich damals in seiner Gegenwart eine vorlaute oder auch unanständige Bemerkung gemacht, hatten seine Lider unwillkürlich zu flattern begonnen, zunächst, als wollten sie sich erstaunt schließen, so als hätte er nicht richtig verstanden, um sich gleich darauf weit zu öffnen. Oft hatten unsere Äußerungen nur das Ziel gehabt, ebendiese Reaktion bei ihm hervorzurufen.

Ich glaube, Ana war in Julián verliebt. In gewisser Weise waren wir das damals alle – es war wie eine Fantasie, die man sich nicht einzugestehen wagt, die Entdeckung der erotischen Anziehungskraft des Verbotenen oder einfach nur Verblüffung über einen Mann, der zu einer Zeit, zu der die Geschlechterrollen noch klar verteilt waren, darauf verzichtete, seine Virilität unter Beweis zu stellen. Ana allerdings war vermutlich ernsthaft verliebt. Genau das wollte sie mir wahrscheinlich auch in der Nacht zwei Tage vor ihrem Tod sagen, als sie darum bat, zu mir ins Bett schlüpfen zu dürfen, um mir ein Geheimnis anzuvertrauen, was ich ihr mit der Begründung abschlug, ich sei zu müde, ich schliefe schon fast, lieber morgen. Wie hätte ich ahnen sollen, dass es manchmal kein Morgen gibt? Seltsamerweise hakte Ana nicht nach, anders als sonst, wenn sie etwas von mir wollte. Sie sagte, sie fühle sich nicht gut, aber wenn sie wirklich mit mir hätte sprechen wollen, hätte sie sich selbst von den heftigsten Magenschmerzen nicht abhalten lassen. Vielleicht war sie sich nicht sicher, ob sie mir die Sache wirklich anvertrauen sollte. Vielleicht war sie sogar erleichtert, als ich ihre Bitte abschlug. Mitten in der Nacht glaubte ich, sie weinen zu hören. Ich sah zu ihrem Bett hinüber, wo sie sich ganz unter die Decke verkrochen hatte. Sie zitterte. Nach einer Weile fing sie jedoch an, tiefer zu atmen, als hätte sie sich beruhigt. Ich versuchte, wieder einzuschlafen, denn am nächsten Tag musste ich wegen meiner ersten Prüfung an der Universität sehr früh aufstehen, und so würde es die ganze Woche weitergehen. Obwohl ich wusste, dass es meiner Schwester nicht gut ging, beschloss ich also, weiterzuschlafen. Dass sie sich, mit siebzehn, in einen Mann verliebt hatte, der auf dem Weg war, Priester zu werden, und keine von uns auch nur beim Namen kannte, schien mir nicht so schlimm. Viel schlimmer war es, sich in einen Mann zu verlieben, der frei war, aber offensichtlich jemand anderen im Blick hatte, wie es mir damals passierte. Wir hätten darüber sprechen können, aber mit Ana hätte das bestimmt sehr lange gedauert, und ich musste unbedingt schlafen. Morgen ist auch noch ein Tag, sagte ich zu mir selbst, bevor mir die Augen zufielen.

Bis heute mache ich mir Vorwürfe deswegen. Mit ihr zu sprechen hätte nichts daran geändert, dass sie später ermordet wurde, aber ich hätte doch eine ganz andere letzte Erinnerung an sie. Statt meines Neins würde ich mich heute an eine Umarmung erinnern, an ihre Hand auf meiner Schulter, während sie sich an mich kuschelte – vielleicht auch mit meinem Haar spielte – und mir Dinge ins Ohr flüsterte, die außer mir niemand aus unserer Familie erfahren durfte.

»Du wunderst dich bestimmt, dass wir hier sind«, sagte Carmen jetzt. Natürlich wunderte ich mich, auch darüber, dass sie zusammen erschienen waren.

»Hat man etwa herausgefunden, wer Ana ermordet hat?«, fragte ich unvermittelt. Carmen richtete sich auf und sah mich, ohne etwas zu erwidern, von oben herab an.

Sie hätte auch gar nichts zu sagen brauchen, mir war ohnehin klar, dass sie nicht aus diesem Grund in meinem Büro saß, ich wollte ihr bloß zu verstehen geben, dass das Einzige, was mich an ihrem Besuch hätte interessieren können, eine Antwort auf die Frage nach Anas Mörder gewesen wäre. Was sie in Wirklichkeit hergeführt hatte, hätte ich im Traum nicht sagen können. Ich erinnerte mich wieder an die unendlichen Umwege, die Carmen normalerweise nahm, bevor sie auf das Thema zu sprechen kam, um das es ihr eigentlich ging, und wie sehr mich das früher jedes Mal gestört hatte. Seit jeher kannte sie nichts Schöneres, als sich selbst reden zu hören, immer vorausgesetzt, die anderen hörten widerspruchslos zu.

Nach einer quälend langen Pause wiederholte sie leise meine Frage, um anschließend hinzuzufügen: »Lía, Anas Tod … Das Thema ist doch längst abgeschlossen, kein Mensch sucht heute noch nach ihrem Mörder. Du schon? Wirklich? Auch nach dreißig Jahren noch?«

»Ich schon, wirklich, auch nach dreißig Jahren noch.«

Julián rutschte voller Unbehagen auf seinem Stuhl hin und her. Ich machte es den beiden zugegebenermaßen nicht leicht, aber in jedem Fall wäre es Carmens Aufgabe gewesen, für bessere Stimmung zu sorgen. Sie war schließlich zu mir gekommen. Von mir aus hätte sie in diesem Augenblick keineswegs hier zu sitzen brauchen. Ich interessierte mich auch jetzt nicht im Geringsten für ihr Leben und für den Ort, von dem ich vor dreißig Jahren fortgegangen war. Nur die Beziehung zu meinem Vater hielt ich aufrecht. Aber dabei war stets nur von der unmittelbaren Gegenwart die Rede, vor allem versicherten wir uns immer wieder aufs Neue, dass wir einander lieb hatten. Vor ein paar Wochen war sein letzter Brief gekommen, ich hatte ihn schon beantwortet und würde sicher bald wieder Post von ihm erhalten.

Fast wäre Carmen nach meiner Erwiderung aufgestanden und gegangen. Julián konnte sie gerade noch davon abhalten, indem er ihr besänftigend die Hand auf den Oberschenkel legte. Dass sie sich umstimmen ließ, bewies, dass sie, aus welchem Grund auch immer, auf mich angewiesen war. Ihr Mann senkte den Kopf und seufzte. Dann blickte er auf, sah mich an – ohne dass seine Lider flatterten – und bat wortlos um Entgegenkommen. Ich hielt seinem Blick stand und gab ihm durch ein leichtes Kopfnicken zu verstehen, dass ich einverstanden war. Ihm, nicht Carmen zuliebe. Da übernahm er es, ohne weitere Umschweife den eigentlichen Grund ihres Besuches anzusprechen: »Wir haben einen Sohn, er heißt Mateo. Gerade ist er dreiundzwanzig geworden.«

Sie hatten also einen Sohn. Aber was ging mich das an? Dass sie ihn nach einem Apostel benannt hatten, wunderte mich nicht. Hätten sie eine Tochter, hieße die bestimmt María Inmaculada oder etwas ähnlich Superfrommes. Ich sagte jedoch nichts, die Nachricht löste keinerlei Freude in mir aus, nicht einmal die Erkenntnis, dass ich folglich Tante war.

Ich hatte Juliáns Bemerkung aber falsch verstanden. Ich dachte, er wolle bloß ein wenig die Situation entschärfen, und begriff erst im nächsten Augenblick, dass sie im Gegenteil tatsächlich ihres Sohns wegen hier waren. Was nichts daran änderte, dass das Einzige, was mich interessiert hätte, eine Antwort auf die Frage nach Anas Mörder gewesen wäre. Davon abgesehen hätte ich gern gewusst, wie sie mich aufgespürt hatten. Ich war mir sicher, dass sie meine Adresse nicht von meinem Vater erfahren hatten. Er hatte mir versprochen, dass er sie geheim halten würde. Für alle Fälle benutzte ich ein Postfach als Absendeadresse. Aber mein Vater hätte ihnen ganz bestimmt nicht einmal gesagt, in welcher Stadt ich jetzt lebte. Sie mussten es auf anderem Weg herausbekommen haben.

Ich wappnete mich mit Geduld, vor allem, weil jetzt Carmen wieder das Wort übernahm und wie gewohnt weit ausholte.

»Mateo ist unterwegs, um sich verschiedene Kathedralen anzusehen. Er studiert Architektur. Schon als kleiner Junge hat er alle zum Ruhm Gottes errichteten Bauwerke bewundert. Wir haben ihn im katholischen Glauben erzogen, mit großer Ernsthaftigkeit, so wie wir selbst ihn praktizieren. Und in Europa gibt es so wunderschöne Kathedralen. Darum haben wir gemeinsam beschlossen, dass er unbedingt diese Reise machen soll, für sein Studium und für unseren Glauben.«

Nach dem Wort Glauben hielt meine Schwester inne. Sie wollte wohl deutlich machen, worin wir uns am stärksten unterschieden. Ich tat ihr jedoch nicht den Gefallen, mir anmerken zu lassen, wie unangenehm mir dieses Thema war. Wie ich mir auch keinerlei Mühe gab, das Schweigen durch irgendwelche banalen Bemerkungen zu überbrücken. Auch Julián sprang diesmal nicht ein. Offenkundig hatte er beschlossen, sich aus dem Kräftemessen von uns Schwestern herauszuhalten. Ich stand auf, goss zwei Tassen Kaffee ein und stellte sie vor ihnen ab. Ohne ein Wort zu sagen.

Als Carmen den Zucker umgerührt hatte, sprach sie weiter. Kein Zweifel – sie war auf meine Hilfe angewiesen.

»Mateo meldet sich schon seit einer ziemlichen Weile nicht mehr. Sein Handy ist ausgeschaltet. Zuerst haben wir gedacht, er hätte die SIM-Karte gewechselt, um Geld zu sparen, und dass er sich melden würde, sobald er in einem Hotel ist und über WLAN telefonieren kann. Als er dann aber auch an seinem Geburtstag nicht zu erreichen war, haben wir angefangen, uns Sorgen zu machen. Wir haben festgestellt, dass er sein E-Mail- und sein Facebook-Konto gelöscht hat. Wir konnten uns über keinen der gewohnten Kanäle mehr mit ihm in Verbindung setzen. Das geht jetzt schon seit ...« Sie verstummte. Ich hatte den Eindruck, dass ihr die Stimme versagte, aber auch das rührte mich nicht.

Carmen konnte tatsächlich nicht weitersprechen. Sie sah sich hilfesuchend um und bat mich mit einer Handbewegung um ein Glas Wasser. Ich stand auf, brachte ihr das Gewünschte und wartete ab. Aber auch als sie getrunken hatte, hatte sie sich noch nicht wieder gefasst. Dass sie eine solche Schwäche an den Tag legen konnte, hatte ich nie an ihr erlebt. In diesem Augenblick zeigte sich offensichtlich ihre mütterliche Seite.

Da ergriff Julián das Wort und befreite sie aus ihrer unangenehmen Lage. »Wir haben die Sache an einen Fachmann übergeben und wissen jetzt, dass Mateo am Leben ist. Das ist natürlich am wichtigsten. Unsere große Sorge ist aber, dass er irgendwelche mentalen Probleme hat. Er ist sehr sensibel.

Menschen wie er können manchmal nicht richtig zwischen der Wirklichkeit und ihren Vorstellungen unterscheiden. Er hat bis jetzt zu Hause gelebt, bei uns, und wir sind davon ausgegangen, dass das nach der Rückkehr aus Europa auch erst mal so bleiben würde. Dass er völlig den Kontakt zu uns abbricht, ohne irgendeine Erklärung, ist jedenfalls nicht normal. Vor seiner Abreise hatte es keinerlei Streit gegeben, nicht im Geringsten.«

»Warum auch? Dafür hätte es überhaupt keinen Grund gegeben«, meldete meine Schwester sich zu Wort, die sich anscheinend wieder gefasst hatte. »Wir drei sind uns immer einig, wir sind glücklich. Dass er auf diese Weise verschwunden ist, ist völlig unerklärlich.«

Ich hatte da meine Zweifel. Wer wirklich glücklich ist, brüstet sich nicht damit, erst recht nicht in einer solchen Situation. Offensichtlich wollte sie sich vor allem selbst etwas vormachen. Oder sich von jeder Schuld freisprechen.

»Und wieso seid ihr hergekommen? Was habe ich mit all dem zu tun?«

»Der Privatdetektiv konnte nachverfolgen, wo und wann Mateo seine Kreditkarte benutzt hat«, erklärte Julián. »In der letzten Zeit hat er gleich dreimal in dieser Buchhandlung Bücher gekauft. Bis dahin wussten wir bloß, dass er in Santiago ist, was uns nicht gewundert hat, er ist schließlich unterwegs, um sich Kathedralen anzusehen.«

»Und dass er Bücher kauft, ist auch nichts Besonderes, er ist geradezu verrückt nach Büchern«, sagte Carmen. »Manchmal hat das fast etwas Zwanghaftes.«

Ob sie in diesem Augenblick daran dachte, dass ich selbst eine Buchhandlung betreibe?

»Die größte Überraschung war jedoch«, fuhr Julián fort,

»dass er offenbar nicht nur ausschließlich hier seine Bücher kauft, in dieser Buchhandlung, sondern dass diese Buchhandlung dir gehört.«

Bei diesen Worten spürte ich, dass meine Schwester mich hasserfüllt ansah.

»Und?«, sagte ich, ohne mir irgendeiner Schuld bewusst zu sein.

»Weißt du, wo unser Sohn ist?«, fragte Carmen jetzt unumwunden.

»Bis jetzt wusste ich nicht einmal, dass ihr einen Sohn habt. Falls er tatsächlich hier war, hat er sich mir jedenfalls nicht vorgestellt. Vielleicht weiß er gar nicht, dass dieses Geschäft einer Schwester seiner Mutter gehört. Womöglich ist er bloß zufällig hier vorbeigekommen.«

»Diese Möglichkeit haben wir natürlich auch in Betracht gezogen«, erwiderte Carmen. »Dass Gott ihn hergeführt hat.«

»Vielleicht wollte Gott, dass wir uns wiedersehen, Lía«, ergänzte Julián.

»Ich glaube nicht an Gott, das wisst ihr.«

»Aber vielleicht …«

»Ich glaube nicht an Gott«, sagte ich noch einmal und mit so viel Nachdruck, dass sie nicht weiter nachhakten.

Carmen fing an, ihre Handtasche zu durchwühlen. Um sich schneller Überblick zu verschaffen, legte sie einige Sachen auf meinen Schreibtisch. Dafür musste sie mehrere Bücher und Unterlagen von mir zur Seite schieben, was sie ohne zu fragen tat – sie war immer noch ganz die Alte. Schließlich hielt sie mir ein Foto hin. Darauf war ein auffallend, ja geradezu unanständig schöner junger Mann zu sehen. Dem ich aber noch nie begegnet war, da war ich mir ganz sicher, andernfalls hätte ich mich an ihn erinnert.

»Den kenne ich nicht«, sagte ich.

»Vielleicht könntest du deine Kassenbücher durchsehen, dann wüssten wir, was für Bücher er gekauft hat. Das wäre möglicherweise hilfreich«, sagte Carmen und fügte etwas für sie ganz und gar Untypisches hinzu: »Bitte, Lía.«

Im ersten Moment hielt ich ihre Bitte für ehrlich gemeint. Fast hätte sie mich gerührt, fast wäre sie auch für mich kurz die Carmen gewesen, als die die anderen sie für gewöhnlich erlebten. Aber da zückte sie ihr Taschentuch und schnäuzte sich so übertrieben heftig wie früher, wenn sie Ana und mir hatte weismachen wollen, es gehe ihr furchtbar schlecht, weshalb wir unbedingt tun müssten, was sie sich in den Kopf gesetzt hatte. Da fiel mir auch wieder ein, wie oft sie mir einen Schlag in die Magengrube verpasst hatte, sobald es ihr gelungen war, mich, und sei es für eine Sekunde, aus der Deckung zu locken. Das würde mir nicht noch einmal passieren, schwor ich mir. Vergeblich, wie sich schon bald herausstellen sollte. Völlig vergeblich.

»Na gut, aber ganz so schnell geht das nicht.«

»Er kommt bestimmt noch mal in deinem Laden vorbei«, fiel Julián mir ins Wort. »Wir werden ein paar Tage in der Gegend bleiben, vielleicht finden wir ihn ja irgendwo. Und falls du ihn siehst und mit ihm sprechen kannst, sind wir dir natürlich für jeden Hinweis dankbar. Dass ernsthaft Gefahr für ihn besteht, glauben wir nicht – dass ihn jemand bedrohen würde oder so. Die größte Gefahr stellt dafür manchmal unser eigener Kopf dar, weil er uns dazu bringt, verrückte Dinge zu glauben.«

»Oder gar nicht mehr zu glauben«, versetzte ich boshaft.

»Mateo ist ein bisschen durcheinander. Aber das geht vorbei. Wir haben ihn gut erzogen, darauf verlasse ich mich, vor allem aber verlasse ich mich auf den Glauben«, verkündete Carmen. Und bevor ich erwidern konnte: »Ich nicht«, fügte sie hinzu: »Ich lasse dir meine Visitenkarte da, dann kannst du jederzeit Kontakt zu uns aufnehmen. Und das Foto kannst du ebenfalls behalten, ich habe mehrere Exemplare. Zeig es doch mal deinen Angestellten, vielleicht hat eine von ihnen den Jungen ja gesehen. Das hätten wir natürlich auch selbst tun können, aber wir wollten keine unnötige Aufregung verursachen. Du weißt ja, wie wir sind – Zurückhaltung ist nie fehl am Platz …«

Für einen Moment blitzte der altbekannte Hass in ihren Augen wieder auf. Sie räumte ihre Sachen zusammen, stand langsam auf und bedeutete Julián durch eine Handbewegung, ihrem Beispiel zu folgen. Er zögerte, anscheinend hätte er gern noch über das ein oder andere gesprochen, nachdem wir uns dreißig Jahre lang nicht gesehen hatten. Aber Carmen blickte ihn so lange unverwandt an, bis auch er sich erhob.

Durch den Schreibtisch voneinander getrennt, verabschiedeten wir uns. Ohne Umarmungen oder sonstige Berührungen, wie bei ihrer Ankunft. Bloß ein paar Worte und ein Kopfnicken. Da bemerkte ich, dass meine Schwester ein Metallkästchen auf dem Tisch hatte stehen lassen.

Als ich sie darauf hinwies, erwiderte sie: »Nein, das ist für dich. Da ist Papas Asche drin.«

»Wie?«, stammelte ich und wäre fast ohnmächtig geworden.

»Also, die Hälfte davon. Die andere Hälfte habe ich in Mamas Grab getan. Als Katholikin wollte sie natürlich eine Erdbestattung. Aber er hatte sich eine Einäscherung gewünscht. So haben wir es dann auch gemacht, obwohl es unserer Überzeugung widersprach. Ich habe gedacht, du würdest das sicher gern bei dir aufbewahren. Oder nicht?«

Ich sagte kein Wort. Mir wurde schwindlig und ich musste mich setzen. Damit kam sie jetzt, kurz vor dem Weggehen! Wie beiläufig, als wäre alles andere, worüber wir gesprochen hatten, wichtiger als die Tatsache, dass unser Vater gestorben war. Meine Mutter war für mich schon seit Langem tot, und wann genau sie gestorben war, spielte für mich keine große Rolle. Aber mein Vater war für mich bis gerade eben noch am Leben gewesen. Wie ich meine Schwester auf einmal hasste – das würde ich ihr nie verzeihen.

Eins musste ich allerdings zugeben, auch in diesem Fall war sie sich treu geblieben: Wenn es um *sie* ging, beziehungsweise um ihren Sohn, war alles andere zweitrangig, selbst der Tod unseres Vaters. Da war es nur konsequent, mir das Kästchen mit der Asche meines Vaters auf den Tisch zu stellen wie ein Mitbringsel aus der Heimat. Als kleines Dankeschön im Voraus für meine Bemühungen, sozusagen.

»Wann ist Papa denn gestorben?«, fragte ich, als ich mich halbwegs wieder im Griff hatte.

»Vor zwei Monaten, ein paar Tage vor Mateos Abreise«, sagte Julián, und mir wurde klar, dass er schon tot gewesen sein musste, als sein letzter Brief bei mir eintraf. »Er hat länger durchgehalten, als die Ärzte und wir erwartet hatten.«

»Er war krank, wusstest du das nicht?«, fragte Carmen.

»Nein, das wusste ich nicht«, antwortete ich.

»Er hatte Krebs. Einen Hirntumor. Es ist sehr schnell gegangen, und am schlimmsten war, dass er zuletzt nicht mehr er selbst war«, sagte Carmen.

»Was heißt, nicht mehr er selbst?«

»Er hat wirres Zeug geredet, Lügen erzählt. Das war aber keine Absicht, es lag an dem Tumor.«

»Ich hatte ja keine Ahnung …«

»Woher denn auch! So geht es, wenn man sich davonmacht und alle Verbindungen kappt. Dann bekommt man manche Dinge eben nicht mit. Natürlich hat das auch Vorteile«, versetzte sie.

Ich konnte mir keinen Reim darauf machen, was Julián über unsere Unterhaltung dachte. Einerseits kam er mir abweisend vor, als schiene er sich zu wünschen, dass Carmen endlich zum Ende kam. Andererseits machte er einen betroffenen Eindruck, ich bildete mir sogar ein, ihm stünden Tränen in den Augen. Wie genau sein Verhältnis zu meinem Vater gewesen war, wusste ich nicht. Vielleicht hatte er ihn aufrichtig geliebt und trauerte über seinen Tod, aber vielleicht weinte er auch, weil er Carmens Gehässigkeit nicht ertrug.

So oder so hatten sie aber nicht aus diesem Grund eine Reise von mehreren Tausend Kilometern auf sich genommen. Ich wollte bloß noch, dass sie verschwand, dass sie beide verschwanden, zu bereden gab es nichts mehr. Ihnen ging es offenbar genauso, denn kurz darauf hatten sie tatsächlich mein Büro verlassen, und ich saß reglos an meinem Schreibtisch und starrte auf das Metallkästchen vor mir.

Bis irgendwann das Telefon läutete, was mir half, in die Gegenwart zurückzukehren. Ich verstaute Mateos Foto und das Kästchen mit der Asche meines Vaters in der Schreibtischschublade, warf Carmens Visitenkarte in den Papierkorb und nahm erst dann den Hörer ab.

Mehrere Tage vergaß ich Mateo. Wie überhaupt fast alles. Ich war völlig eingenommen von dem Gedanken an den Tod meines Vaters, seine Einsamkeit während der Krankheit, obwohl er alle möglichen Menschen um sich gehabt haben musste, und seinen Schmerz – oder auch seine Wut – über das bevorstehende Ende. Ich machte mir Vorwürfe, weil ich ihm aus purem Egoismus verboten hatte, mir egal welche Neuigkeiten von zu Hause mitzuteilen. Ich hätte bei ihm sein oder wenigstens in meinen Briefen Anteil an seinem Leid nehmen müssen.

Ich ging mehrmals seine letzten Antworten durch – nirgends fand sich auch nur der kleinste Hinweis auf seine Erkrankung. Aber auch keinerlei Anzeichen der Verwirrtheit, von der Carmen gesprochen hatte. Vielleicht war die Schrift an manchen Stellen ein wenig zittrig, was mir aber nur durch den Vergleich mit früheren Briefen auffiel. Nach meiner wütenden Reaktion auf seine Nachricht von Carmens und Juliáns Hochzeit vor vielen Jahren – ich hatte ihm mitgeteilt, dass ich erst einmal keine Briefe mehr schicken würde – musste er befürchtet haben, ich könne endgültig den Kontakt abbrechen. Geduldig hatte er abgewartet, ohne mich zu drängen, bis ich mich von mir aus zurückmeldete. Er kannte mich und wusste, dass er andernfalls das Risiko einging, nie wieder von mir zu hören.

Mehrere Monate schrieb ich ihm damals nicht. Bis an einem Frühlingstag ein Mann in die Buchhandlung kam, dessen Rasierwasser genau so roch, wie ich es von meinem Vater erinnerte. Da hätte ich am liebsten geweint. Wie immer wollten aber keine Tränen kommen. Daraufhin schrieb ich ihm wieder. Von diesem Tag vor fast dreißig Jahren an beschränkte sich unser Austausch noch konsequenter auf allgemeine Dinge. Als wären wir Nachbarn oder Freunde, waren wir beide ängstlich darauf bedacht, dem anderen keinesfalls zu nahe zu treten. Was uns wirklich verband, verbargen wir hinter distanzierter Freundlichkeit. So fügte sich wie von selbst ein Thema ans andere. Im Lauf der Zeit gelang es uns, Nähe zuzulassen, ohne Gefahr zu laufen, einander zu verletzen. Und wir konnten uns weiterhin ohne unerwünschte Zeugen unserer Liebe versichern. Im Bewusstsein, dass mein Vater dieses Stück Papier in Händen gehalten hatte, strich ich jedes Mal zärtlich über seine Briefe, und er empfand es umgekehrt womöglich genauso. Eben deshalb kam wohl auch keiner von uns irgendwann mit dem Vorschlag, uns statt durch Briefe über E-Mail oder telefonisch auszutauschen.

Ein Thema, auf das wir anfangs besonders intensiv eingingen, waren Kathedralen. Vor der mehrmonatigen Unterbrechung hatte ich meinem Vater in einem Brief davon erzählt, dass die Kathedrale von Santiago restauriert werde und deshalb komplett eingerüstet und verhüllt sei, was für die Pilger, die nach ihrer langen Anreise endlich davorstanden – oder sich kurzerhand erschöpft davor auf den Boden setzten –, eine ziemlich Enttäuschung bedeutete. So manchen Bildband verkaufte ich damals wahrscheinlich vor allem deshalb, weil die Leute wissen wollten, wie diese Kirche eigentlich aussieht. In seinem ersten Antwortbrief nach der langen Pause bat mein Vater mich, ihm die Kathedrale doch einmal genau und mit möglichst vielen Einzelheiten zu beschreiben. »Damit ich sie so wie du sehen kann, als stünden wir gemeinsam davor. Aber schick bitte kein Foto mit, und auch keine Zeichnung, ich möchte bloß eine mündliche Beschreibung.« Er bat mich um das, was ich ihm geben konnte – um Worte. Dass ich keinerlei zeichnerisches Talent besitze, wusste er.

Ana war die Künstlerin von uns drei Schwestern, das hatte sie von meinem Vater geerbt. Carmen beneidete sie darum, vor allem, weil Ana dadurch auf besondere Weise mit ihm verbunden war. Carmen versuchte es stattdessen mit Töpfern und mit Skulpturen, aus Eisen, Kupfer oder Bronze. Als sie anfing, als Religionslehrerin zu arbeiten, kaufte sie sich von ihrem ersten selbstverdienten Geld einen Brennofen und eine Schleifmaschine und richtete sich im Schuppen hinter dem Haus eine von ihr so genannte »Werkstatt« ein. Viel mehr als wenig reizvolle Kopien bereits existierender Arbeiten anderer Künstler – vor allem Engel, Jungfrauen und Heilige – kam dabei jedoch nicht heraus. Ana hätte es dagegen als Künstlerin weit bringen können, da bin ich mir sicher. Aber lieber denke ich gar nicht erst darüber nach. Sie konnte von egal wem exakte Porträts anfertigen, auch wenn der oder die Betreffende gar nicht anwesend war. Ich weiß bis heute nicht, ob mein Vater auch noch so oft daran dachte, wie sie beide gemeinsam gezeichnet hatten; ich hatte ihn nie danach gefragt, und vielleicht wollte auch er über manche Dinge möglichst nicht mehr nachdenken.

In meinem nächsten Brief erfüllte ich seine Bitte, allerdings nicht so, wie er sie formuliert hatte. Ich schickte ihm zwar kein Foto, dafür aber die Worte von jemand anderem – ich steckte eine Fotokopie der Erzählung »Kathedrale« von Raymond Carver mit in den Umschlag. Mehrere Absätze markierte ich. Außerdem schrieb ich auf die letzte Seite: »Carver sagt es auch: Kathedralen kann man nicht mit Worten beschreiben, wir müssten zusammen eine zeichnen, einer müsste die Hand des anderen führen, aber unsere Hände sind zu weit entfernt.«

Am Ende der Erzählung soll der Erzähler einem Blinden erklären, wie eine Kathedrale aussieht, aber er weiß nicht, wie er das anstellen soll. Deshalb versucht er sich herauszureden, indem er sagt: »Die Wahrheit ist, dass Kathedralen mir nichts Besonderes bedeuten. Nichts. Kathedralen. Sie sind etwas, was man sich spätabends im Fernsehen anguckt. Das ist alles, was sie sind.« Damit lässt der Blinde sich aber nicht abspeisen und schlägt etwas anderes vor: Sie zeichnen zusammen eine, mit übereinandergelegten Händen.

Mein Vater, der Geschichtslehrer war und fast nur Fachbücher las, kaum je Literatur, war von Carvers Erzählung begeistert. Er schrieb: »Das konnte ich sehr gut nachvollziehen. Viele Menschen sind kein bisschen blind, wollen aber trotzdem nicht sehen. Man müsste sie wahrscheinlich bloß an der Hand nehmen, dann ginge es.« Anschließend erzählte er, dass er nach der Lektüre selbst versucht habe, eine Kathedrale zu zeichnen. Eigentlich habe er das Zeichnen ja schon vor Langem aufgegeben, jetzt habe es ihm aber wieder großen Spaß gemacht. Das war, ohne ihren Namen zu nennen, ein klarer Verweis auf Ana. Mit ihr hatte er oft Porträts gezeichnet, von jedem aus der Familie existierte eins, mit Widmung und allem, was dazugehört. Beim Lesen seines Briefs fragte ich mich, wo meins wohl abgeblieben war, warum ich es nicht mitgenommen hatte, als ich fortging, ob es überhaupt noch existierte.

Von da an tauschten wir uns regelmäßig über Bücher aus, aber nicht nur über ihren Inhalt. Ich erzählte, welche neuen Schriftsteller ich entdeckt hatte, was ich gerade schon zum zweiten oder dritten Mal las, wem ich noch mal eine Chance einräumte, obwohl ich sein oder ihr letztes Buch nicht fertig hatte lesen wollen, wen ich endgültig von meiner Liste strich. Oder ich erklärte, nach welchen Kriterien ich die Bücher auf die Regale der Buchhandlung verteilte, wie lange dort überhaupt noch Platz für Neuerscheinungen wäre, welches Holz und welche Farbe sich meiner Meinung nach für zusätzliche Regale am besten eigneten. Nachdem ich Kirschholz erwähnt hatte, listete mein Vater im nächsten Brief sämtliche bei ihnen im Garten vertretenen Baumarten auf – in diesem Garten hatte ich als Kind stundenlang gespielt. In einem anderen Brief beschrieb er ausführlich den Gemüsegarten, den er angelegt hatte – zu meiner Zeit gab es so etwas bei uns in Adrogué nicht. Was er alles angepflanzt hatte, was zuerst gekommen war, welches Saatgut seine Erwartungen nicht erfüllt hatte. Nicht immer verstand ich gleich, von welchen Pflanzen die Rede war, die Bezeichnungen in Argentinien und Spanien sind schließlich häufig ganz verschieden. Und die argentinischen hatte ich im Lauf der Jahre oftmals einfach vergessen. Als ich ihm in diesem Zusammenhang einmal eine Frage stellte, schrieb er zurück: »Für die Antwort müsste ich meine Hand auf deine legen, und dann müssten wir die Pflanze zusammen zeichnen, wie in der Erzählung von Raymond Carver.«

Ich glaube, wir haben beide die Hoffnung nie aufgegeben, dass wir das irgendwann tatsächlich tun würden – mit übereinandergelegten Händen zeichnen –, aber zuletzt kam es dann doch nicht mehr dazu. Ich hatte versprochen, dass ich zurückkommen würde, sobald sich herausstellte, wer Ana ermordet hatte. Das war unfair von mir, damit bürdete ich ihm die Verantwortung für etwas auf, was gar nicht in seiner Hand lag. Andererseits schien er, außer mir, der Einzige in der Familie zu sein, der an der Aufklärung dieser Frage wirklich interessiert war. Meine Mutter und Carmen beteten bloß, um sich auf diese Weise »Gottes Willen zu fügen«. Dazu war mein Vater offensichtlich nicht bereit: Er ging immer wieder zum Gericht, um sich über den Stand der Ermittlungen zu informieren, und hatte sich außerdem den besten Anwalt genommen, den er sich mit seinen bescheidenen Mitteln leisten konnte. Trotzdem versandete früher oder später jede neue Spur. So blieb es zumindest bis zu meinem Aufbruch. Wie es danach weiterging, bekam ich nicht mehr mit, so viel wir uns auch schrieben.

Wie es mit mir weiterging, erfuhr mein Vater ebenso wenig – dass ich seit fünfzehn Jahren mit Luis zusammenlebe, dass wir beschlossen haben, keine Kinder zu bekommen, dass unsere Katze Poe heißt oder dass Luis mir auf dem Balkon Gesellschaft leistet, wenn ich nachts wieder einmal von Ana geträumt habe und anschließend nicht mehr einschlafen konnte und aufgestanden bin. Vom Tod meiner Mutter erfuhr ich also nichts – mein Vater schrieb auch davon nichts, so seltsam es ihm vorgekommen sein muss. Er hielt sich an unsere Verabredung. Wie er sich wohl nach der Krebsdiagnose gefühlt hat? Und lebte meine Mutter da noch? Wer hat ihn zu seinen Arztterminen begleitet? Wer hat seine Hand gehalten, als er im Sterben lag? Hat er davor noch irgendwann mit jemandem eine Kathedrale gezeichnet? Wenn, dann mit Carmen, fürchte ich – mit wem sonst? –, obwohl die beiden sich nie gut verstanden haben.

In unseren letzten Briefen unterhielten wir uns vor allem über *meinen* Garten, soll heißen: den Parque de la Alameda in Santiago. Unsere Wohnung hat bloß einen kleinen Balkon. Aber der geht auf den Park, von hier kann ich ihn vollständig überblicken. Und der Weg zur Buchhandlung führt durch ihn hindurch. Oft sitze ich dort auf einer Bank und lese. Wenn Luis in der Universität früher Schluss hat als ich, erwartet er mich seinerseits lesend unter einem der großen Bäume der Carballeira de Santa Susana, der berühmten Eichenallee des Parks. Mein Vater hat sich immer wieder nach den Pflanzen erkundigt, die dort wachsen. In einem der letzten Briefe sprach er davon, dass bei ihnen gerade die »Santarritas« in Blüte stünden. Er wollte wissen, ob es im Parque de la Alameda auch welche gebe. Wieder einmal war ich mir nicht sicher, welche Pflanze er meinte. »Ich versuche, mir mit geschlossenen Augen vorzustellen, wie diese Santarritas aussehen, Papa, aber ich komme einfach nicht drauf, als wäre ich blind«, antwortete ich. Daraufhin beschrieb er sie mir ausführlich und in allen Einzelheiten, »da ich ja leider meine Hand nicht auf deine legen und sie mit dir zusammen zeichnen kann«. Irgendwann war klar, dass das, was er als Santarrita bezeichnete, hier Bougainvillea hieß. Im nächsten Brief listete mein Vater all die Namen auf, unter denen diese Pflanze in Südamerika bekannt ist: In Mexiko, Peru, Chile und Guatemala heißt sie »Bugambilla«, in Nordperu »Papelillo«, in Honduras, Nicaragua, Costa Rica und Panama »Napoleón«, in Kuba, Puerto Rico, der Dominikanischen Republik und Venezuela »Trinitaria« und in Kolumbien und El Salvador »Veranera«. Mindestens so sehr wie am Akzent kann man also auch an den Pflanzennamen erkennen, woher ein Spanisch sprechender Mensch stammt ... Und in »meinem Garten«, dem Parque de la Alameda von Santiago de Compostela, gibt es natürlich auch Bougainvilleen, und was für welche! Ich schickte meinem Vater einen Plan des Parks, auf dem ich die Stelle eingezeichnet hatte, wo eine Gruppe wunderschöner

Exemplare steht. »Bougainvilleen«, schrieb ich an den Rand. »Du meinst Santarritas«, korrigierte er mich hartnäckig im nächsten Brief, und ich machte mir beschämt klar, dass auch ich bis zu meinem einundzwanzigsten Lebensjahr nur diese Bezeichnung gekannt und verwendet hatte.

Wie viele Wörter habe ich wohl noch vergessen? Wo im Gedächtnis landen diese Wörter? Dass ich sie vergessen hatte, merkte ich erst durch die Kommentare meines Vaters. In allen folgenden Briefen kam er auf die Santarritas beziehungsweise Bougainvilleen zu sprechen. Im allerletzten gestand er mir außerdem, als handelte es sich um einen Streich: »PS: Ich habe ein schlechtes Gewissen und muss dir etwas sagen – die Namensliste habe nicht ich zusammengestellt. Ich habe einen guten Freund (Mateo) darum gebeten, und er hat sich im Internet auf die Suche gemacht. Anschließend hat er sie mir in die Feder diktiert. Falls die Liste Fehler enthält, sind nicht wir schuld daran, sondern diese seltsame Wolke, in der die jungen Menschen heutzutage nach der Wahrheit suchen. Du und Mateo, ihr würdet euch bestimmt gut verstehen. Was mich angeht, tue ich mich immer noch schwer mit all diesen technischen Dingen.«

Als ich den Brief, im Bewusstsein, dass mein Vater tot war, jetzt noch einmal las, fiel mir plötzlich auf, dass sein Freund genau so hieß wie Carmens Sohn. Luis, dem ich beiläufig davon berichtete, hielt das, anders als ich, keineswegs für einen Zufall.

»Das ist bestimmt der Sohn deiner Schwester. Zu erzählen, dass er einen Enkel hat, hat dein Vater sich wahrscheinlich nicht getraut. Dafür hat er dich auf diese Weise darauf hingewiesen, dass es da einen gewissen Mateo gibt, dem du vertrauen kannst. Vielleicht ist der Junge ja deshalb hier in

Santiago. Sieh doch mal zu, ob du ihn nicht irgendwo auftreibst. Nicht wegen deiner Schwester. Dir zuliebe, und ihm.«

Ich erwiderte nichts. Luis weiß, dass das bedeutet, dass ich nachdenke. Eine meiner Schwächen besteht darin, immer sofort zu sagen, wenn mir etwas nicht gefällt, und das nicht gerade auf die netteste Weise. Wenn ich nicht gleich explodiere, sondern im Gegenteil stumm vor mich hin grübele, liegt ein besonderer Grund vor. Angesichts meines Schweigens zog Luis sich lächelnd mit einem Buch zurück.

Am nächsten Tag holte ich in der Buchhandlung als Erstes das Foto von Mateo aus der Schreibtischschublade und zeigte es Ángela.

»Der hübsche Argentinier, na klar kenne ich den, der ist nicht so leicht zu übersehen«, sagte sie.

»Sieht wirklich gut aus«, erwiderte ich.

»Ich würde sagen, der könnte sofort als Calvin-Klein-Model anfangen!«

»Wann war er denn das letzte Mal hier?«

»Das ist leider schon ganz schön lange her. Davor kam er ziemlich regelmäßig. Er hat nicht immer was gekauft, aber er hat eigentlich fast jeden Tag vorbeigeschaut. Und jedes Mal ist er lange geblieben. Weißt du was? Jetzt, wo du es sagst – einmal ist was Komisches passiert. Vielleicht ist ja nichts dabei, aber ...«

»Was denn?«

»Weißt du noch, als dieses argentinische Ehepaar hier war? Wie hieß die Frau noch mal?«

»Carmen.«

»Carmen, genau. Und ihr Mann. Also, unser schöner Argentinier war kurz vor ihnen in die Buchhandlung gekommen. Ich hatte ihm gerade zwei Bücher in die Hand gedrückt, die er ein paar Tage davor bestellt hatte. Als die beiden Richtung Kasse kamen, hat er die Bücher auf einmal wieder auf den Tresen gelegt und ist hastig hinter einem Regal verschwunden, als wollte er schnell noch was nachschauen. Es war auch nicht so wichtig, außerdem würde ich diesem attraktiven Burschen sowieso egal was durchgehen lassen, aber einigermaßen seltsam fand ich es schon. Ich bin dann jedenfalls zu dir ins Büro gegangen, um zu sagen, dass Besuch für dich da ist. Und als ich die beiden reingeführt hatte und zurück in den Verkaufsraum gekommen bin, war der junge Mann nicht mehr da. Die Bücher habe ich erst mal zur Seite gelegt, ich habe angenommen, dass er sie später abholen wird, aber er ist bis heute nicht wieder aufgetaucht.«

Ich bat Ángela, mir die Bücher zu zeigen. Eins hatte sie inzwischen an jemand anderen verkauft. Bei dem zweiten handelte es sich um Richard Dawkins' Buch *Der Gotteswahn*.

»Weißt du noch, was das andere Buch war?«

»Natürlich, *Kathedrale* von Raymond Carver.«

Bei diesen Worten überkam mich das gleiche Gefühl wie an dem Tag, als der Mann in die Buchhandlung gekommen war, dessen Rasierwasser mich an meinen Vater erinnerte.

»Sag mir bitte Bescheid, wenn der Junge noch mal auftaucht, ja?«, sagte ich fast flehend.

»Ist irgendwas mit ihm?«, fragte Ángela beunruhigt.

»Nicht so wichtig. Er ist der Sohn von Leuten, die ich kenne, und sie versuchen schon seit einiger Zeit vergeblich, ihn zu finden.«

»Keine Sorge, ich geb dir sofort Bescheid, Lía.«

Ich ging wieder in mein Büro und stellte Mateos Foto neben das Telefon. Am späten Nachmittag packte ich meine Sachen zusammen und wollte das Foto erneut in die

Schreibtischschublade legen. Als ich sie aufzog, sah ich das Kästchen mit der Asche meines Vaters vor mir. Ich steckte es ein – ich hatte das Gefühl, es sei an der Zeit, den passenden Ort dafür zu finden.

Auf dem Nachhauseweg steuerte ich unversehens die Stelle mit den schönen großen Bougainvilleen im Park an. Im warmen Abendlicht setzte ich mich auf eine Bank, ließ den Blick über die Sträucher gleiten und versuchte gleichzeitig, das Gesicht meines Vaters vor mir aufsteigen zu lassen. Die braunen Augen – genau wie meine –, das breite Lächeln, die stets gut gebräunte Haut. Immer hatte er es geschafft, zu egal welcher Jahreszeit, einen sonnigen Platz zum Lesen zu finden. Den Klang seiner Stimme heraufzubeschwören gelang mir dagegen nicht. Schließlich zog ich das Kästchen mit der Asche hervor, wagte es jedoch nicht, den Inhalt ohne Umschweife in der Umgebung zu verstreuen. Langsam erwärmte sich das Metall in meiner Hand. Gedankenverloren starrte ich auf die Bougainvilleenblüten und versuchte, meinen ganzen Mut zusammenzunehmen und mich für immer von meinem Vater zu verabschieden. Am liebsten hätte ich geweint, aber auch diesmal war ich nicht dazu imstande.

Ich hatte gerade beschlossen, das Kästchen wieder einzustecken und an einem anderen Tag zusammen mit Luis noch einmal herzukommen, da spürte ich, dass sich eine Hand auf meine Schulter legte. Das war bestimmt Luis – wie durch Gedankenübertragung musste er auf einmal hinter mir aufgetaucht sein. Als ich mich erleichtert lächelnd zu ihm umdrehte, erblickte ich jedoch Mateo. Genauso schön wie auf dem Foto, allerdings um einiges größer, als ich ihn mir vorgestellt hatte, stand er da, viel zu schüchtern, um auch nur ein Wort herauszubringen.

Ich ließ ihm Zeit, bis er sich schließlich aufraffte und murmelte: »Hallo Lía.«

»Hallo Mateo«, antwortete ich. »Schön, dich zu sehen.«

Mateo

Wozu von fremden und alten Kunstwerken leben?
Jeder Mensch sollte sich seine eigene Kathedrale
errichten.

JORGE LUIS BORGES

I

Ich kam an einem Sonntag nach Santiago de Compostela. Ich hatte drei Briefe dabei. Einen hatte ich schon gelesen, er war für mich bestimmt. Den anderen sollte ich Lía geben, im Auftrag meines Großvaters Alfredo, der ihr Vater gewesen war. Der dritte war für uns beide, wir sollten ihn zusammen lesen, aber nur, wenn wir das auch wollten. Außerdem hatte ich einen Ring mit einem großen Türkis im Gepäck.

Ich stieg in einem Hostel ab und machte anschließend einen Rundgang durch die Stadt. Es war seltsam, einfach so, ganz für mich, umherschlendern zu können, ohne wem auch immer Rechenschaft ablegen zu müssen, ohne mich beobachtet zu fühlen.

Obwohl meine Abreise aus Argentinien schon einige Zeit zurücklag, hatte ich erst jetzt, allmählich, das Gefühl, frei zu sein. Als läge ein völlig neues Leben vor mir, das jeden Augenblick beginnen konnte.

Wo Lías Buchhandlung war und wie sie hieß, wusste ich bei der Ankunft in Santiago nicht. Mein Großvater hatte ihr immer an eine Postfachadresse geschrieben. Im Internet war sie jedoch nicht schwer zu finden. Nach kurzer Suche stieß ich auf das Foto einer Buchpremiere, unter dem der Name eines spanischen Autors und der meiner Tante standen: »Lía Sardá, Besitzerin der Buchhandlung *The Buenos Aires Affair*.« Darüber gelangte ich zu der dazugehörigen, ziemlich wenig genutzten Facebook-Seite wie auch an die Adresse. Noch am selben Nachmittag machte ich mich auf den Weg dorthin. Da Sonntag war, war das Geschäft aber geschlossen.

Ich wollte Lía ohnehin nicht sofort ansprechen, sondern erst einmal »vor Ort die Lage erkunden«. Wenn ich den Eindruck bekäme, dass wir nicht zusammenpassten, würde ich den für sie bestimmten Brief einfach, ohne mich vorzustellen, im Laden abgeben und den für uns beide ungelesen zerreißen und wegwerfen, weil er für mein Gefühl in diesem Fall seinen Sinn verlöre.

Erst beim dritten Versuch traf ich Lía selbst in der Buchhandlung an. Ich war überrascht, wie sehr sie meinem Großvater ähnelte – und wie wenig meiner Mutter. Auf den Fotos, die er mir gezeigt hatte, war mir das nicht aufgefallen, allerdings war Lía darauf jünger als ich jetzt. Auf der Kohlezeichnung von Lía, die meine Tante Ana einst gemacht hatte, wie auch auf dem Bild aus dem Internet hatte ich es ebenso wenig bemerkt. Ich hatte erwartet – und gefürchtet –, in ihr die Züge meiner Mutter wiederzufinden, wenn auch vielleicht in etwas sanfterer Form.

Ich sage gefürchtet, weil ich tatsächlich Angst vor meiner Mutter habe. Bis heute.

Vor dreißig Jahren hatte man auf einer Müllhalde die Leiche meiner Tante Ana gefunden, der jüngsten der drei Sardá-Schwestern. Sie war verstümmelt und verbrannt worden. Sie war erst siebzehn gewesen. Lía neunzehn. Meine Mutter dreiundzwanzig – so alt wie ich jetzt.

Lía erwies sich als flink und zuvorkommend. Als ich sah, wie bereitwillig sie eine der steilen Leitern erklomm, um ein Buch aus dem Regal zu holen, nach dem ein Kunde gefragt hatte, wie unermüdlich sie beriet und Vorschläge machte und manchmal mitten im Gespräch herzlich lachte, vor allem aber als sie unversehens eine Bewegung ausführte, wie ich sie haargenau von meinem Großvater erinnerte, schöpfte ich Hoffnung. Wieder im Hostel stellte ich mich vor den Spiegel und sah mich ganz genau an, in der Hoffnung, den einen oder anderen Gesichtszug Lías an mir zu entdecken. Auch das Foto aus dem Internet nahm ich mir noch einmal vor. Vielleicht der Farbton ihrer und meiner Haare, oder die Mandelaugen? Meine sind allerdings blau, wie die meiner Tante Ana. Wenn mich früher jemand darauf hinwies, stieg unweigerlich das Bild eines vom Rumpf abgetrennten Kopfes vor mir auf. Die Augen meiner Mutter sind anders, kälter und heller, fast durchsichtig. So oder so haben alle immer behauptet, ich sei meinem Vater wie aus dem Gesicht geschnitten. Lieber wäre mir etwas anderes, oder wenigstens keine ganz so große Ähnlichkeit.

Ich beobachtete Lía aber nicht nur bei der Arbeit in der Buchhandlung. Mehrfach ging ich im Park hinter ihr her. Und lernte so auch ihren Mann oder Freund kennen. Es gefiel mir sehr, wie die beiden sich verhielten, wenn sie, aus entgegengesetzten Richtungen kommend, aufeinandertrafen. Die Art, wie sie ihn anlächelte, während er ihr zärtlich über die Wange strich. Ich freute mich, dass auch sie Teil meiner Familie waren, dass diese seltsame Institution, der wir durch unsere Geburt zwangsweise angehören und deren Mitglieder man sich nicht aussuchen kann, nach dem Tod meines Großvaters also nicht nur aus mir und ihrem düstersten Element bestand – meinen Eltern. Weshalb ich schon bald entschlossen war, mich tatsächlich Lía vorzustellen: »Hallo, ich bin dein Neffe Mateo«, würde ich sagen, »ich habe einen Brief für dich. Und noch einen für uns beide, den sollen wir zusammen lesen. Falls wir den Mut dazu haben.« Und ich würde hinzufügen, dass ich mich allein und verloren auf der Welt fühle und keine Freunde habe und mir der Umgang mit Frauen sehr schwerfällt, vor allem, wenn sie mir gefallen.

Nein, das würde ich mir für später aufheben.

Ich war mir sicher, dass ich den Mut haben würde, den dritten Brief zu lesen. Und Lía bestimmt auch, das zeigte mir schon die Art, wie sie sich durch ihre Buchhandlung bewegte. Aber da tauchten auf einmal meine Eltern auf, und mit ihnen die Düsternis, das Schlechte, die Lüge. Als ich sie hereinkommen sah, wurde mir für einen Moment schwarz vor Augen, und ich bekam weiche Knie. Ich fühlte mich wie ein kleiner Junge, der gerade mit seinem Fußball eine Scheibe eingeschossen hat. Schnell ging ich hinter einem Regal in Deckung. Wenn man so groß ist wie ich, ist das gar nicht so einfach. Also kauerte ich mich hin, als suchte ich etwas auf dem Boden. »Du wirst wirklich nie erwachsen«, hätte meine Mutter gesagt, wenn sie mich in dieser Haltung entdeckt hätte. Und sie hätte herausfordernd oder warnend oder drohend hinzugefügt, dass ich eben doch noch nicht reif genug sei, um auszuziehen und ein eigenes Leben zu beginnen, irgendwann werde es so weit sein, keine Sorge, aber bis dahin brauche es noch viel Geduld und Ausdauer – »mit Gottes Hilfe wird sich alles fügen«. Insgeheim würde sie ihren Gott jedoch anflehen, diesen Fall niemals eintreten zu lassen. Weshalb sie mich anschließend an der Hand nehmen – oder am Ohr, wenn ich nicht so groß wäre – und ins Hotel führen würde, ohne dass mein Vater ihren Entschluss auch nur mit einem Wort infrage stellen würde.

Oft habe ich mich wegen meiner Eltern geschämt. Ich weiß, das soll man nicht, die Zehn Gebote rufen einen zum Gegenteil auf – man soll sie lieben und ehren, so wie sie sind, und mehr als alles auf der Welt. Oder ist Gott derjenige, den man über alles auf der Welt lieben soll? Wirklich sicher bin ich mir da nie. Es kann schon sein, dass es vielen Menschen durch schiere Willenskraft gelingt, welche Gebote auch immer zu befolgen. Aber die sind nicht das Kind meiner Eltern.

Sie brauchten mich, und deshalb erzogen sie mich so, dass ich möglichst unselbstständig blieb, auf diese Weise stellten sie sicher, dass ich die von ihnen erfundene Welt nicht verließ. Um ihre Vorstellung von Familie zu verwirklichen, waren sie auf mich angewiesen.

In dem Regal, hinter dem ich hockte, standen lauter Bücher lateinamerikanischer Autoren. Nach einer Weile bekam ich einen Wadenkrampf, also kniete ich mich hin und spähte durch eine Lücke zwischen den Büchern. Meine Eltern sahen blass und erschöpft aus. Dass wahrscheinlich mein Verschwinden der Grund dafür war, beeindruckte mich nicht. Stattdessen schämte ich mich, weil ich nicht den Mut aufbrachte, zu ihnen zu gehen und ihnen mitzuteilen, wozu ich mich entschlossen hatte. Von wegen – fast hätte ich mir vor Angst in die Hose gemacht. Als sie dann in Lías Büro verschwanden, verließ ich ohne weitere Erklärungen den Laden. Die Buchhändlerin muss sich gefragt haben, was sie mit den Büchern machen soll, die ich ein paar Tage davor bestellt hatte und eigentlich gerade abholen wollte.

Diese Buchhändlerin gefiel mir gut.

Es war leicht zu erraten, warum meine Eltern in Santiago de Compostela und dort ausgerechnet in Lías Buchhandlung erschienen waren. Offensichtlich waren sie mir auf die Spur gekommen und hatten sich auf den Weg gemacht, um mich zurückzuholen. Mit Lía hatte meine Mutter nicht mehr gesprochen, seit jene einst von zu Hause ausgezogen war. Oder schon seit Anas Ermordung. In diesem Punkt waren meine Eltern sich nicht einig. Davon abgesehen äußerten die beiden sich so gut wie nie über meine verstorbene Tante. Auch über Lía nicht. Wäre mein Großvater nicht gewesen, wäre sie für mich bloß eine Verwandte geblieben, die eines Tages fortgegangen war und über die zu sprechen einem schlimmen Verrat gleichkam. So oder so hatten meine Eltern durch ihr unerwartetes Auftauchen meinen Plan zunichtegemacht, mich meiner Tante mit den Worten vorzustellen, ich sei ihr Neffe und habe eigens den Atlantik überquert, um sie kennenzulernen und ihr einen Brief von meinem Großvater zu übergeben. Immer machten sie alles kaputt.

Warum entscheidet sich jemand dafür, Kinder zu haben? Für meine Eltern spielte das Wort »haben« offensichtlich eine entscheidende Rolle – ein Kind haben, es besitzen. Auf die Frage, warum sie eigentlich Theologie studiert habe, erwiderte meine Mutter einmal: »Weil ich Mutter werden wollte.« Der Zusammenhang leuchtete mir nicht ein. Bis ich irgendwann begriff, dass sie andernfalls Nonne geworden wäre. Bei der Vorstellung bekam ich eine Gänsehaut.

Warum sie nicht noch mehr Kinder hatten, weiß ich nicht. Wenn ich danach fragte, sagten sie jedes Mal bloß: »Gott hat es so gewollt.« Als Einzelkind war ich ihrer maßlos übertriebenen Zuwendung völlig ausgeliefert. Ständig hatten sie Angst, mir könne etwas zustoßen. Und sie hätten nie zugelassen, dass ich ohne ihre Zustimmung von zu Hause auszog, auch als ich längst volljährig war.

Dass ich nicht aufs Priesterseminar wollte, war für sie ein schwerer Schlag. Es bedeutete, dass ich das, was mein Vater seinerzeit nicht geschafft oder nicht gewollt hatte, nicht an seiner Stelle nachholen würde. Warum Eltern sich überhaupt wünschen können, dass eins ihrer Kinder Priester wird, verstehe ich nicht. Meine Eltern wünschten sich aber genau das. Ob ihnen inzwischen auch klar war, dass ich mein Architekturstudium abgebrochen hatte, wusste ich nicht – ich selbst hatte ihnen nichts davon gesagt. In jedem Fall müssen sie überzeugt gewesen sein, dass die Dinge, was mich betraf, aus irgendeinem Grund aus dem Ruder gelaufen waren. Weshalb sie bestimmt viel gebetet hatten, zu Hause und in der Kirche. Sie müssen Gott ganz konkret angefleht haben, dass ich wieder auftauchen möge, wie auch abstrakt, dass er meine Seele retten möge, die sich von ihm abgewandt hatte.

Ich bin kein Mensch, der anderen auf Anhieb sympathisch ist. Ein Besserwisser bin ich deshalb aber noch lange nicht. Meine Mutter schon, ich kenne keinen pedantischeren Menschen. Vor anderen kann sie das hervorragend überspielen, und so finden eigentlich alle sie nett. Ihrem Gegenüber vermittelt sie erfolgreich das Gefühl, es mit einem intelligenten und bedeutenden Menschen zu tun zu haben, der ihm auf Augenhöhe entgegentritt und sich aufrichtig für ihn interessiert. Was jedoch überhaupt nicht stimmt, das ist reine Augenwischerei. Weil ich dagegen meistens so distanziert auftrete, halten alle mich für einen Besserwisser, dabei bin ich in Wirklichkeit bloß unsicher. Meine scheinbare Distanziertheit ist purer Selbstschutz. »Die Hölle, das sind die anderen.« Sartres berühmten Satz habe ich mir tätowieren lassen, rings um mein linkes Handgelenk.

Lieber halte ich mir andere Menschen vom Leib, wenn ich ihnen schon nicht gefallen kann. Das ist weniger riskant.

Das Verhalten meiner Mutter bleibt mir dagegen völlig unerklärlich.

Mein Großvater starb zu Hause, an einem Dienstag im Juli. An das genaue Datum erinnere ich mich nicht, ich weiß aber, dass gerade Semesterferien waren, weshalb ich den ganzen Nachmittag mit ihm verbracht hatte. Mit einer großen Kraftanstrengung hat er am Leben festgehalten, solange ich bei ihm war – er wollte nicht in meiner Anwesenheit sterben. Als ich ging, lächelte er mich an. Er war abgemagert und konnte kaum noch sprechen. Ich war gerade zu Hause angekommen, da klingelte das Telefon. Meine Mutter ging dran, es war Susana, seine Pflegerin. Sie teilte mit, dass er soeben gestorben sei. Meine Mutter legte auf und sagte bloß: »Er ist tot.« Von wem sie sprach, sagte sie nicht, das war aber auch nicht nötig. Ich glaubte, aus ihrer Stimme Erleichterung herauszuhören. Das irritierte mich. Sie seufzte auf wie jemand, der sich von einer schweren Last befreit hat. Die Krankheit meines Großvaters war im Lauf der Monate allerdings wirklich zu einer schweren Belastung geworden. Vor allem für ihn selbst. Er hatte starke Schmerzen, und dass es damit nun vorbei war, war natürlich eine große Erleichterung. Ja, vielleicht war mein Wunsch, er möge möglichst lange am Leben bleiben, sogar egoistisch gewesen.

Schnell machte ich mich auf den Weg zu seinem Haus. Erst bei der Ankunft merkte ich, dass ich keine Schuhe anhatte. Als Susana die Tür öffnete, drängte ich mich an ihr vorbei, stürmte in sein Zimmer und umarmte weinend seine Leiche. Sie war noch warm. Kurz danach kamen meine Eltern. Susana sagte, er habe ihr drei Briefe für mich gegeben, sie solle sie mir gleich nach seinem Tod aushändigen. Meine Eltern sahen sie erwartungsvoll an, als ob sie zu ihnen gesprochen hätte. Susana entschuldigte sich, ging in ihr Zimmer und kam gleich darauf mit den Briefen zurück. Als sie sie mir hinhielt – mit der Rückseite nach oben, wahrscheinlich, damit man nicht sehen konnte, an wen sie adressiert waren –, griff meine Mutter danach. Susana kam ihr jedoch zuvor und drückte sie mir direkt in die Hand. Ich steckte sie, ohne zu zögern, ein.

Ich glaube, Susana wusste Bescheid. Wahrscheinlich hatte mein Großvater sie eingeweiht. Manche Geheimnisse kann man nur schwer für sich behalten.

Brandmale, Verstümmelung – Wörter, die ich viel zu früh kennenlernte. Als Kind spricht man normalerweise nicht von tot aufgefundenen Verwandten, verkohlten Leichen, dem verstümmelten Körper einer Tante. Ich schon. Vielleicht endete meine Kindheit viel zu früh. Wenn es nach meinen Eltern gegangen wäre, wäre ich dagegen für immer ein Kind geblieben.

Dass mein Großvater starb, war keine Überraschung, nur dass es schließlich so plötzlich geschah. Dass sein Tod nahe bevorstand, war allen klar, aber wann genau es so weit sein würde, wusste niemand. Sterben müssen wir natürlich alle irgendwann. Wer noch so jung ist wie ich, hat jedoch das Recht, nicht daran zu denken. Ich nehme mir dieses Recht aber nicht, ich denke sehr wohl an meinen Tod. Nicht als etwas unmittelbar Bevorstehendes, aber als etwas Gewisses und zugleich Unvorhersagbares. Meine Eltern können nicht oft genug wiederholen: »Du hast ja noch dein ganzes Leben vor dir.« Ach ja? Und wie lange soll dieses Leben dauern? Darauf kommt es an. Stunden, Tage, Wochen, Monate?

Wenn jemand so schwer krank ist wie mein Großvater, kann man nicht mehr so tun, als stünde noch unbegrenzt Zeit zur Verfügung. Er hatte einen Hirntumor, an einer Stelle, an die selbst der beste Chirurg nicht herangekommen wäre, weshalb allen klar war, dass keinerlei Aussicht auf Heilung bestand. Trotzdem kam ich an jenem Nachmittag nicht auf den Gedanken, dass es der letzte sein könnte, den wir zusammen verbrachten, sonst wäre ich bei ihm geblieben, hätte, an seinem Bett sitzend, seine Hand gehalten. Ich hatte mir selbst etwas vorgemacht – mehrmals sagte ich mir im Verlauf seiner Krankheit: »Jetzt noch nicht, heute wird er noch nicht sterben.« Obwohl mir klar war, dass ich über kurz oder lang dem seltsamen Rest unserer Familie völlig allein ausgeliefert sein würde, hatte ich mich in falscher Sicherheit gewiegt. Bis schließlich an jenem Abend bei uns zu Hause das Telefon klingelte, hatte ich die Krankheit und deren unweigerliche Konsequenz nicht als Tatsache, sondern als bloße Drohung betrachtet. Und Drohungen dienen manchmal ja nur dem Zweck, uns einzuschüchtern, ohne sich letztlich zu bewahrheiten.

Aber da hatte ich mich getäuscht.

Ich glaube, die Aussicht, dass ich ohne ihn ganz allein sein würde, machte meinem Großvater mehr zu schaffen als mir selbst. Vermutlich dachte auch er, dass ich ohne die Hilfe anderer nicht zurechtkommen würde. Anders als meine Eltern, die mich für dauerhaft lebensuntüchtig hielten – wozu sie selbst tatkräftig beitrugen –, betrachtete er meine Schüchternheit, meine Kontaktschwierigkeiten und meine »Nerdhaftigkeit« als etwas Vorübergehendes, das sich durch entsprechendes Training beheben ließ. Weshalb er auch immer wieder zu mir sagte: »Du musst es bloß wollen.« Ihm schien klar zu sein, dass ich, wenn es nach meiner Mutter ging, für immer in ihrem Spinnennetz gefangen bleiben würde. Umso entschlossener machte er sich daran, mich auf ein selbstständiges Leben vorzubereiten, solange ihm dies möglich war. Manchmal sprach er offen über seine Absichten, manchmal wurden sie nur indirekt deutlich. Im Nachhinein erkannte ich jedenfalls, dass vieles von dem, was er in der letzten Zeit mit mir unternommen hatte, genau diesen Zweck verfolgte.

An manchen Orten fällt das Überleben besonders schwer – in der Wüste, auf einer unbewohnten Insel, auf einem Berggipfel, auf dem Mars, in einem Land, in dem Krieg herrscht, im Urwald. Oder in meiner Familie.

Wir sind wie eine große Narbe. Meine Familie, das ist eine einzige, riesengroße Narbe, die ein Mord hinterlassen hat. Mehrere Jahre vor meiner Geburt zerstückelte und verbrannte – in dieser Reihenfolge – jemand meine Tante Ana. Obwohl ich keine Gelegenheit hatte, sie kennenzulernen, obwohl bei uns zu Hause keine Fotos von ihr hingen und obwohl meine Eltern in der lächerlichen Hoffnung, dass das, worüber man nicht spricht, nicht existiert, die brutale Geschichte möglichst nicht erwähnten, war ich überzeugt, dass ich jeden Menschen, mit dem ich ins Gespräch kam, unbedingt und sofort wissen lassen müsse, dass es in meiner Familie einmal einen grausamen Todesfall gegeben hatte. Diese Geschichte, diese Narbe verwendete ich fast wie eine Visitenkarte. Vor allem, wenn ich es mit einer jungen Frau zu tun hatte, von der ich mir einbildete, dass ich ihr gefiel. Ich hatte das Gefühl, ich müsse sie warnen: »Pass auf, ich bin anders, als du denkst. Willst du meine Geschichte hören?« Und wenn sie Ja sagte – fast immer sagten die Frauen Ja –, erzählte ich ihr die Geschichte unserer Narbe in allen Einzelheiten. Nicht weil sich aus dieser Narbe eine Gefahr für mein Gegenüber ergeben hätte, ich war vielmehr überzeugt, dass Anas Tod unweigerlich zu mir gehörte, ein Teil von mir war. Ein Teil von uns allen – meine Eltern wären vielleicht bei meiner Erziehung nicht so ängstlich gewesen, hätte Anas Leben nicht ein so schreckliches Ende genommen. Meine Großmutter wäre vielleicht nicht bis zuletzt so verbittert und boshaft gewesen, wäre ihre Tochter nicht auf diese Weise gestorben. Mein Großvater hätte womöglich nicht diese traurigen Augen gehabt, wäre seine jüngste Tochter noch am Leben gewesen und seine zweitälteste nicht weggegangen, um ihr Leben auf einem anderen Kontinent fortzusetzen. Ohne diese Narbe hätte es auch die drei Briefe nicht gegeben, die ich bei der Ankunft in Santiago mit im Gepäck hatte.

Nachdem ich mehrmals schlechte Erfahrungen mit meiner Offenheit gemacht hatte, gewöhnte ich mir an, das Thema zu überspielen, nicht mehr sofort vor anderen darüber zu reden. Vor allem nach einem Erlebnis mit einer ehemaligen Mitschülerin aus der Sekundarstufe, die ich sehr mochte – sehr, sehr mochte. Nach langem Zögern hatte ich eines Tages endlich – mit rotem Kopf – gewagt, sie zu fragen, ob wir einmal etwas trinken gehen sollten. Ohne lange zu überlegen, hatte sie Ja gesagt, und ich war überglücklich. Ich lud sie in eine Bar ein, wo ich, noch bevor der Kellner mit den bestellten Getränken zurückkam, anstatt ihr einen Kuss zu geben, wie es jeder »normale Mensch« in dieser Situation getan hätte, sie umstandslos und ohne jede Vorwarnung mit meiner Horrorgeschichte überfiel: »Meine Tante Ana ist mit siebzehn ermordet worden, sie haben sie zerstückelt und verbrannt, bis heute weiß niemand, wer der Mörder war und was ihn angetrieben hat.« Ich konnte einfach nicht anders. Die Sache zu verschweigen wäre mir unanständig vorgekommen. Im ersten Moment hatte ich den Eindruck, das ohnehin schon intensive Grün der Augen meiner Freundin verstärke sich noch. Doch gleich darauf musste ich erkennen, dass in Wirklichkeit bloß ihr Gesicht ganz blass geworden war. Ihr trat Schweiß auf die Stirn, und sie erhob sich ungeschickt, sagte, sie müsse auf die Toilette, und verschwand auf Nimmerwiedersehen, um mich allein vor unseren Gläsern sitzen zu lassen, außerstande, auch nur einen Schluck zu trinken, und mich verzweifelt fragend, was ich falsch gemacht hatte.

Familien sind Systeme. Und Systeme sind »komplexe Objekte, deren Elemente beziehungsweise Bestandteile jeweils mit mindestens einem anderen Bestandteil desselben Objekts in Verbindung stehen«, wie es der argentinische Philosoph und Physiker Mario Bunge in seinem *Diccionario de Filosofía* formuliert. *Eine* solche Verbindung bestand zwischen mir und meinem Großvater, bis zu seinem Tod. Eine weitere bestand und besteht zwischen meinen Eltern. Mein Großvater wiederum war mit uns allen verbunden. Mit meinen Eltern in der letzten Zeit seines Lebens allerdings immer weniger eng. Ich sagte mir damals, er spare sich seine Kraft vor allem für unsere Verbindung und für die Briefe auf, die er und Lía sich weiterhin regelmäßig schrieben. Mit seinem Tod hörte das System auf zu funktionieren, die fehlenden Verbindungen ließen sich nicht überbrücken, immer öfter kam es zu »Fehlermeldungen«. Meine Eltern blieben in ihrer Endlosschleife gefangen, während ich mich endgültig ausklinkte.

Ich bin der Sohn eines ehemaligen Seminaristen und einer Theologin. Damit muss man erst mal klarkommen. Dass wir finanziell ein weitgehend sorgenfreies Leben führen können, liegt vor allem an dem Elektrogerätegeschäft, das mein Vater geerbt hat. Er und meine Mutter sind nicht nur gläubige, sondern auch sehr engagierte Katholiken – ständig nehmen sie an irgendwelchen Exerzitien, Kursen, Novenen, Spendensammlungen oder Missionierungsaktionen teil. Auch Ehevorbereitungskurse hatten sie lange im Angebot, die dafür sorgen sollten, dass eine derart sakramental abgesicherte Verbindung lebenslang Bestand hat. Als erfolgreiches Vorbild betrachten sie bis heute ihre eigene Ehe. Wenn man mich fragt – ich kann mir keine grandioser gescheiterte Beziehung vorstellen.

Wirkliche Gespräche habe ich mit meinen Eltern nie geführt, unsere Unterhaltungen beschränkten sich auf den Austausch von Gemeinplätzen und belanglosen Informationen. »Wie wars in der Schule?« – »Danke, gut.« – »Habt ihr viele Hausaufgaben aufbekommen?« – »Es geht.« – »Es ist kalt, zieh dich warm an.« – »Keine Sorge, ich hab einen Schal dabei.« Als ich einmal mit drei Tagen Schulausschluss bestraft wurde, weil ich im Religionsunterricht darauf beharrt hatte, dass die Hostie zwar ein Symbol, keinesfalls aber der Leib von Christus oder wem auch immer sein könne und dass der Messwein aus Traubensaft bestehe und nicht aus irgendwelchem Blut, erklärte ich meinem *Großvater,* was mich dazu gebracht hatte – mit meinen Eltern hätte ich unmöglich darüber reden können. Genauso war es, als ich einmal verwarnt wurde, weil ich auf einem Exerzitien-Wochenende, bei dem die Verpflegung ausschließlich aus Wasser, Brot und Reis bestand, die Notrufnummer gewählt hatte, nachdem drei meiner Mitstreiterinnen ohnmächtig geworden waren – unmittelbar davor hatten sie bekundet, sie würden spüren, dass der Herr in sie eindringe, woraufhin unser Tutor sie laut schreiend angefeuert hatte: »Lasset ihn ein, lasset den Herrn herein!« Als Teenager schenkte mein Großvater mir außerdem mein erstes Buch von Richard Dawkins. »Gott ist eine Wahnvorstellung, Millionen Menschen leiden darunter, das sage aber nicht ich, sondern der hier«, erklärte er, während er mit dem Zeigefinger auf den Namen des Autors auf dem Umschlag tippte. Von da an brachte er mir bei, frei und selbstständig zu denken.

Später kamen die Werke Freuds dazu, der sich lange vor Dawkins in durchaus ähnlicher Weise über Religion äußerte. Und ein Band mit Essays von Fritz Erik Hoevels. Sowie Texte von Hoevels-Fans und Hoevels-Hassern. Schließlich auch Lacans *Seminar 11,* und darin besonders die fünfte Sitzung, »Tyche und Automaton«: »So wäre die einzige zutreffende Formel für den Atheismus nicht: *Gott ist tot* (…) – die einzige zutreffende Formel für den Atheismus wäre: dass *Gott unbewusst ist.*« Wegen Lacan beschloss ich, das Fach zu wechseln – ich studiere jetzt nicht mehr Architektur, sondern Psychologie. Meinen Eltern sagte ich nichts davon. Sie hätten mich bestimmt mit allen Mitteln dazu bewegen wollen, mich an einer katholischen Universität einzuschreiben – wenn ich schon weder Priester noch Architekt werden wollte, sondern mich stattdessen darauf versteifte, mich in die Köpfe anderer Menschen zu versetzen, sollte ich das doch wenigstens aus einer »christlichen Perspektive« tun, alles andere wäre ihnen schamlos und unanständig erschienen.

»Ihre Technik (die der Religion) besteht darin, den Wert des Lebens herabzudrücken und das Bild der realen Welt wahnhaft zu entstellen, was die Einschüchterung der Intelligenz zur Voraussetzung hat«, heißt es in Freuds Schrift *Das Unbehagen in der Kultur*. Als ich meinen Großvater darauf ansprach, zitierte er die Stelle sogleich auswendig – er war nicht so leicht mit irgendwelchen Texten zu überraschen. Er hatte Geschichte studiert, interessierte sich jedoch über sein Fach hinaus für nahezu alles und las ständig die unterschiedlichsten Abhandlungen über Philosophie, Psychologie, Anthropologie, Biologie oder Theologie. Meine Großmutter beklagte sich regelmäßig, seit seiner Pensionierung verstecke er sich bloß noch hinter Büchern, für sie bleibe da keine Zeit mehr. Ich hätte es an seiner Stelle genauso gemacht.

Den Lesehunger habe ich von ihm geerbt.

»Versuche, glücklich zu sein, ohne dich zu belügen oder dir sonst etwas vorzumachen«, stand in dem für mich bestimmten Brief. Entscheidend schien mir das Wort »versuche« – er verlangte von mir nicht, glücklich zu sein, er bat mich lediglich, mich darum zu bemühen. Auch über die Liebe schrieb er. Und er versprach, dass er in dem Brief für Lía und mich erneut auf das Thema zu sprechen kommen werde. Aber in Bezug auf ihn selbst, nicht auf mich.

Bei der Abreise aus Argentinien hatte ich das Gefühl, keinerlei System oder sonstigen Verbindung mehr anzugehören. Unsere Familie gab eine Zeit lang bloß noch Fehlermeldungen von sich und hörte schließlich ganz auf, zu funktionieren. Woraufhin ich, der Satellit Mateo, endgültig von meiner Umlaufbahn abkam.

2

Zusammen mit meinem Großvater legte ich mir meinen eigenen Jakobsweg zurecht. Er sollte in Polen beginnen, sein eigentliches Ziel stellte jedoch nicht das angebliche Grab des angeblichen heiligen Jakobus in Santiago de Compostela dar. Wie mir später klar wurde, ging es in Wirklichkeit um die Adressatin des zweiten Briefes, den mein Großvater mir auf die Pilgerreise mitgab – Lía, die mittlere der drei Sardá-Schwestern, die vor meiner Geburt dorthin gezogen und seitdem nie wieder in Adrogué aufgetaucht war. Auch das ein Teil der großen Narbe meiner Familie.

Ich musste meinem Großvater versprechen, dass ich tatsächlich alle Kathedralen auf der von uns gemeinsam geplanten Route aufsuchen würde. Bis ich schließlich zu derjenigen seiner Töchter gelangte, die er am meisten vermisste, sogar mehr noch als Ana. Dass Lía seine Lieblingstochter war, hätte er jedoch niemals zugegeben. »Eltern haben ihre Kinder alle gleich lieb«, behauptete er immer. Was aber nicht stimmte, meine Mutter hätte niemals seine Lieblingstochter sein können. Nicht einmal, dass er sie lieb hatte, ließ sich mit Sicherheit sagen.

Die Kathedralen-Tour begann also in Polen. Genau genommen ist die Marienkirche in Krakau allerdings keine Kathedrale. »Wir müssen ja nicht päpstlicher als der Papst sein.

Oder als die Herren Priester. Wenn es denen in den Kram passt, drücken sie ja auch beide Augen zu.« Mein Großvater bezeichnete sich zwar bis zuletzt als Katholik, sein Verhältnis zur Kirche als Institution und zu deren Vertretern wurde im Lauf der Jahre aber zusehends schlechter. Eben deshalb wandte ich mich an ihn, als mich die ersten Glaubenszweifel befielen. Meine Eltern dagegen versuchten, mir diese Zweifel mithilfe eines Psychologen auszutreiben – der seine Ausbildung selbstverständlich an einer katholischen Universität erhalten hatte. Für sie waren meine kritischen Fragen Ausdruck eines mangelnden Schamgefühls, wenn nicht Zeichen einer psychischen Erkrankung. In jedem Fall, das ist mir seitdem klar, hätten sie es weniger schlimm gefunden, einen Geisteskranken zum Sohn zu haben als jemanden, der bei klarem Verstand die Existenz Gottes leugnete.

Mein Großvater verlieh der Krakauer Marienkirche folglich kurzerhand Kathedralen-Status, woraufhin wir uns daranmachten, sie mit übereinandergelegten Händen zu zeichnen.

Angetrieben zu unserem selbst gebastelten Jakobsweg wurden wir aber nicht durch irgendwelche christlich-religiösen oder sonst irgendwie mystischen Motive. Schon eher ging es darum, dem allgemeinen Wahnsinn um uns herum – und besonders innerhalb unserer Familie – etwas Vernünftiges entgegenzusetzen. Außerdem hatten wir es auf das Glück abgesehen, das aus kleinen Widerstandsaktionen hervorgehen kann, viel eher als aus großen Schlachten.

Eine wichtige Rolle spielte darüber hinaus natürlich auch die geplante Begegnung mit meiner Tante, bei der sich herausstellen sollte, warum meinem Großvater so viel daran lag, uns zusammenzubringen. Die brutale Wahrheit, die sich uns dabei offenbaren sollte, würde die alte Familiennarbe aufreißen – damit die Wunde anschließend endlich richtig, auf gesunde Weise verheilen konnte. Er muss allerdings auch darüber nachgedacht haben, ob wir mit dieser Wahrheit tatsächlich allein, ohne ihn, fertigwerden würden. Soll heißen, ich frage mich, ob er nicht doch etwas für sich behalten hat. Sein Ringen mit dieser schwierigen Entscheidung kann ich gut nachvollziehen. Letztlich muss er sich gesagt haben, dass wir die Wahrheit eines Tages ohnehin erfahren würden, weshalb er es so einrichtete, dass wir, Lía und ich, zusammen waren, als es schließlich dazu kam. Das war mutig von ihm. Er setzte darauf, dass das System Familie wieder funktionieren würde, wenn zwei seiner Bestandteile – meine Tante und ich – es schafften, eine gesunde Beziehung zu unterhalten. Dafür musste die Lüge aber außer Kraft gesetzt werden. Weiter ein Auge – oder auch beide – zuzudrücken, galt in diesem Fall nicht.

»Picasso hat den Hochaltar der Krakauer Marienkirche einmal als das achte Weltwunder bezeichnet, Grund genug, die Reise dort zu starten.« Nach diesen Worten meines Großvaters machten wir uns gemeinsam ans Zeichnen. Als Vorlage diente uns der Ausdruck eines Fotos, das ich im Internet gefunden hatte. Als ich später, nach langem Flug über den Atlantik, vor dem Gebäude stand, war ich fast ein wenig enttäuscht – ich hatte mir etwas Spektakuläreres erwartet. Die Marienkirche liegt an dem in sämtlichen Reiseführern für seine Schönheit gerühmten Krakauer Hauptmarkt. Während ich ihn überquerte, musste ich daran denken, dass ich gelesen hatte, unter seinem Pflaster befinde sich ein ganzes Netz mittelalterlicher Verbindungsgänge, und hatte auf einmal das Gefühl, unter meinen Fußsohlen kribbele es. Plötzlich erklang eine Fanfare. Wie ich feststellte, kam sie vom größeren der beiden ungleich hohen Kirchtürme. Kaum war ich vor dem Eingang angekommen, brach die Musik jedoch unvermittelt ab. Wie man mir später erklärte, soll auf diese Weise an einen Trompeter der städtischen Wache erinnert werden, den dort oben mitten im Spielen der Pfeil eines Tataren in die Kehle traf. Ob die Geschichte wahr oder bloße Erfindung ist, habe ich nicht herausgefunden, ich fand sie aber originell und stimmig und notierte sie mir deshalb in mein Reisetagebuch. Später sollten noch weitere solche Erzählungen und Anekdoten dazukommen. Wenn man sich darauf einigen könnte, dass die Religion im Grunde nichts anderes als eine Ansammlung derartiger Überlieferungen darstellt, wäre ich vielleicht kein Atheist. Dass meine Eltern mich dermaßen hartnäckig von der Wahrheit *ihrer* Geschichten überzeugen wollten, brachte mich allerdings erst recht dazu, sie abzulehnen. Wäre ihr Katholizismus wie bei so vielen Menschen ein bloßes Lippenbekenntnis gewesen, hätte ich mir solche Fragen womöglich nie gestellt. Ja, vielleicht wäre ich in diesem Fall sogar immer noch Katholik, was mir zweifellos eine Menge Schwierigkeiten erspart hätte, schließlich lebt es sich wesentlich einfacher, wenn man so ist, oder so tut, wie alle anderen. Insofern bin ich meinen Eltern geradezu dankbar – ihrem Fanatismus musste ich wohl oder übel etwas entgegensetzen. Allerdings wurde ich dadurch zum Außenseiter und Sonderling. So oder so hatte ich aber schon sehr früh das Gefühl, irgendwie anders zu sein, nicht nur in Bezug auf religiöse Dinge. Egal wo – in der kirchlichen Schule, auf die meine Eltern mich schickten, in dem Verein, wo ich Sport treiben musste, oder bei den Kinder- und Jugendgruppen der Gemeinde, an denen sie mich teilzunehmen zwangen –, nirgends gehörte ich wirklich dazu.

Als ich schließlich im Inneren der Kirche den gewaltigen Hochaltar von Veit Stoß vor mir sah, war ich sprachlos – das war tatsächlich ein spektakulärer Anblick. Vor der Abreise hatte ich viel über die kunstvollen Schnitzereien gelesen und mich auch mit meinem Großvater darüber unterhalten. Einmal, wenige Tage vor seinem Tod, hatte er gesagt: »Jeder Mensch hat etwas zu verbergen, ein Geheimnis, das eines Tages Schande über ihn bringen wird. Darauf muss man vorbereitet sein, man muss wissen, wie man mit der Enthüllung dieses Geheimnisses umgehen soll, egal, ob es einen selbst betrifft oder andere.«

»Du doch nicht, Großvater, du hast doch nichts zu verbergen«, erwiderte ich.

»Doch, auch ich habe ein Geheimnis, und es schmerzt mich stärker als der Krebs«, versetzte er. Mehr bekam ich dazu nicht aus ihm heraus. Er wandte den Blick ab und versank in tiefes Nachdenken.

Auch Veit Stoß musste erleben, dass Schande auf ihn fiel. Allerdings erst nach den Jahren, die er in Krakau mit der Arbeit an dem Altar zugebracht hatte. Als er wieder in Nürnberg lebte, kam eines Tages heraus, dass er Urkundenfälschung begangen hatte. Zur Strafe wurden ihm beide Wangen mit einem glühenden Eisen durchstoßen. Seitdem durfte er die Stadt nicht mehr ohne Genehmigung des Rates verlassen. Was ihn nicht übermäßig beeindruckt zu haben scheint, wie die Werke beweisen, die er anschließend an anderen Orten ausführte.

Es ist gar nicht so einfach, den Anblick seines Krakauer Wunderwerks mit der späteren Entwicklung dieses Künstlers in Einklang zu bringen. Der Mensch und seine Schattenseiten. Seine Schande.

Aus unterschiedlichen, manchmal berechtigten, manchmal nicht ganz so berechtigten Gründen ließen wir bei der Tourenplanung mehrere wichtige Ziele außer Acht. So etwa die Moskauer Basilius-Kathedrale, weil sie, wie mein Großvater sagte, zur orthodoxen und nicht zur katholischen Kirche gehöre. Das war nicht unbedingt zwingend logisch, insgeheim war ich ihm aber dankbar dafür. Ich hatte panische Angst bei der Vorstellung, in Moskau mit einem Joint im Gepäck erwischt zu werden und im Gefängnis zu landen. So war es, wie ich im Internet gelesen hatte, einige Monate zuvor einem anderen argentinischen Touristen ergangen. Und wenn jemand imstande war, dessen Schicksal zu wiederholen, dann ich.

Einen Besuch von Sankt Peter in Rom untersagte mein Großvater mir ausdrücklich: »Ich will nicht, dass du dem katholischen Establishment so nahe kommst.« Davon abgesehen ist Sankt Peter, auch wenn viele das Gegenteil glauben, gar keine Kathedrale. Ein Grund mehr, diesmal, anders als in Krakau, kein Auge zuzudrücken.

Dafür stand Notre-Dame in Paris sehr wohl auf meiner Liste, allerdings hatte es dort kurz vor meiner Ankunft einen schrecklichen Brand gegeben. Und wer wie ich einer Familie angehört, die eines ihrer Mitglieder durch einen Mord verloren hat, bei dem das Opfer verstümmelt und verbrannt wurde – oder umgekehrt, verbrannt und dann verstümmelt –, macht um Orte, wo es eine Brandkatastrophe gegeben hat, einen weiten Bogen. Da begnügte ich mich lieber mit der Zeichnung, die ich noch in Argentinien zusammen mit meinem Großvater von dieser Kathedrale angefertigt hatte. Und suchte stattdessen ein anderes Prachtexemplar der französischen Gotik auf, die Kathedrale von Amiens. Ich war mir sicher, dass mein Großvater mit dieser Entscheidung einverstanden gewesen wäre.

Vor Ort machte ich mich daran, sie zu zeichnen – zum ersten Mal allein und ohne dass er meine Hand führte. Besondere Aufmerksamkeit widmete ich der Rosette über dem Haupteingang. Während ich so in der Nachmittagssonne dasaß und sorgfältig jede Linie nachzog, liefen mir die Tränen übers Gesicht.

Die nächsten Stationen waren der Stephansdom in Wien, der Kölner Dom, Santa Maria del Fiore in Florenz, die Kathedrale von Siena und der Mailänder Dom. Manche erwiesen sich als noch schöner als die Abbildungen, die meinem Großvater und mir als Zeichenvorlagen gedient hatten, manche als vielleicht nicht ganz so beeindruckend, aber an allen gab es geheimnisvolle Dinge zu entdecken – die bunt glasierten Ziegel des Stephansdoms, die grünen und weißen Streifen der Marmorfassade der Kathedrale von Siena, das Geläut des Kölner Doms oder die in den Boden des Mailänder Doms eingelassene Meridianlinie, mit den Tierkreiszeichen zu beiden Seiten. Vor all diesen Gebäuden kam ich mir winzig klein vor, was nichts mit dem Glauben an und für sich zu tun hatte – es war etwas Existenzielles. Genau darauf hat es diese Art von Architektur abgesehen. Wer sie sieht, soll das unabweisbare Gefühl haben, dass es etwas gibt, was viel, viel größer ist als der Mensch, etwas Ungreifbares, Unerreichbares, das jedoch zweifellos existiert. Angesichts von Santa Maria del Fiore wiederum wurde ich tatsächlich ohnmächtig. Eine Gruppe Touristen, die mir wieder auf die Beine halfen, erklärten mir in ebenso stümperhaftem Englisch wie dem meinen, dass ich dem berühmten Stendhal-Syndrom zum Opfer gefallen sei. Den französischen Schriftsteller, von dem es seinen Namen hat, ereilte das gleiche Schicksal beim Verlassen der ebenfalls in Florenz gelegenen Kirche Santa Croce – Herzklopfen, Schwindel, Verwirrtheit, die bis zur Bewusstlosigkeit führen können. Als Folge eines Übermaßes an Schönheit. Das hätte mir beim Zeichnen mit meinem Großvater nicht passieren können.

Mit Frauen, vor allem, wenn sie mir sehr gut gefallen, geht es mir ähnlich. Allzu oft ist das bis jetzt aber noch nicht vorgekommen. Es fällt mir schwer, meine körperliche Reaktion auf ihren Anblick zuzulassen. Ich habe Angst davor. Manchmal habe ich schon gedacht, ich sei schwul. Letztlich habe ich dann aber immer festgestellt, dass ich mich sexuell eben doch nur von Frauen angezogen fühle. Sie ziehen mich an und machen mir zugleich eine Heidenangst. Ich weiß nicht, wie ich mich ihnen nähern soll. Deshalb errichte ich jedes Mal wie automatisch eine Art Barriere, wenn eine Frau mir gefällt. Gleichsam eine Wand aus Panzerglas. Die wenigen Male, bei denen mir das nicht rechtzeitig gelang, empfand ich ähnliche Schwindelgefühle wie vor der Kirche in Florenz. Und bei den noch viel selteneren Gelegenheiten, bei denen ich nackt mit einer Frau im Bett war, folgte auf die anfängliche starke Erektion schon bald die große Ernüchterung, und ich konnte nicht in sie eindringen. Danach brauchte ich jedes Mal sehr lange, bis ich einen neuen Versuch wagte. Manchmal fürchte ich, dass ich nie mehr den nötigen Mut dazu aufbringen werde.

Wie viel diese Schwierigkeit mit meinen Eltern oder mit der Religion oder mit unserer Familien-Narbe zu tun hat, weiß ich nicht. Aber spielt es, wenn wir an etwas leiden, überhaupt eine Rolle, warum?

Nach dem Tod meines Großvaters hatte ich mindestens drei Mal den Eindruck, jemand habe mein Zimmer durchwühlt. Das konnte nur meine Mutter gewesen sein. Was suchte sie? Gras? Pornos? Schwulenmagazine? Alkohol? Linksradikale Flugblätter? Wahnsinnig, wie sie war, war alles denkbar. Gras gab es tatsächlich in meinem Zimmer, aber so gut versteckt, dass meine Mutter es niemals gefunden hätte. Nach allem anderen hätte sie lange suchen können – nichts davon war in meinem Zimmer vorhanden. Obwohl mir also klar war, dass sie bloß ihre Zeit verschwendete, ärgerte ich mich maßlos über ihr Verhalten. Bis ich eines Tages begriff, worum es ihr in Wirklichkeit ging: Beim Abendessen fragte sie – und mein Vater auch – mich nach den Briefen meines Großvaters. Warum es gleich mehrere gewesen seien. Für wen sie bestimmt seien. Was darin stehe. Ob mein Großvater sich auch über sie äußere. Und über Lía? Dass sie es egoistisch und unverantwortlich fänden, dass ich sie ihnen nicht zu lesen gab. Ob ich mir darüber im Klaren sei, dass er zuletzt teilweise wirres Zeug von sich gegeben habe. Weder beantwortete ich ihre Fragen, noch ging ich auf ihre Forderungen ein. Umso dankbarer war ich ihnen dafür, wusste ich so doch endlich, wonach meine Mutter in meinem Zimmer gesucht hatte. Allerdings hätte sie die Briefe dort niemals finden können. Ich trug sie stets bei mir, genauer gesagt in meinem Rucksack, und das, seit Susana sie mir ausgehändigt hatte. Nach diesem Essen war mir klar, dass ich keinen Tag länger als nötig mit ihnen zusammenleben wollte. Woraufhin ich mich an die Reisevorbereitungen machte.

Kurz vor der Abreise kam Marcela zu Besuch, eine von Anas Freundinnen aus Kindertagen. Das heißt, sie kam nicht zu uns nach Hause – als ich gerade auf dem Weg zum Haus

meines Großvaters war, um ein paar Erinnerungsstücke abzuholen, kam sie mir auf dem Fahrrad entgegen. Gerade mal
eine Woche nach der Beerdigung hatte meine Mutter verkündet, es sei höchste Zeit, das Haus meines Großvaters leer zu
räumen und zu verkaufen. Deshalb war ich in diesem Augenblick unterwegs dorthin. Marcela hatte ich zwei oder drei
Mal bei meinem Großvater getroffen, er selbst hatte sie mir
vorgestellt, und jedes Mal hatte ich den Eindruck, für sie sei
es, als begegnete sie mir zum ersten Mal. Da mir seinerzeit
niemand erklärte, was mit ihr los war, hielt ich sie einfach
für ungewöhnlich zerstreut. Dieses Mal wurde mir im Verlauf unserer Unterhaltung aber irgendwann selbst klar, dass
sie offensichtlich Schwierigkeiten hatte, Dinge zu behalten.
Mehrfach wiederholte sie, was sie gerade erst gesagt hatte,
und meine Antworten schien sie sofort wieder zu vergessen.
Nachdem sie vor mir angehalten hatte, nahm sie ein Notizbuch aus ihrem Fahrradkorb und notierte sich darin, während
sie mit mir sprach, immer wieder einzelne Wörter, in einer
Art stenografischer Mitschrift. Einmal las sie auch daraus vor:
»Alfredos Enkel den Ring geben, damit er ihn an Lía weiter-
geben kann.« Darunter standen, wie ich aus der Ferne erkennen zu können glaubte, die Wörter Milch, Blazer, Reinigung.
Außerdem enthielt ihr Notizbuch zu meiner Überraschung
ein Foto von mir, oder vielmehr die Fotokopie eines Fotos,
das gerahmt auf dem Kamin im Haus meines Großvaters gestanden hatte. Als sie meine neugierigen Blicke bemerkte,
klappte sie das Buch irritiert zu, um mir gleich darauf einen
Ring mit einem Türkis daran zu überreichen. Dazu sagte sie:
»Der ist für Lía.« Dann fuhr sie, ohne weitere Erklärungen,
davon. Mir blieb keine Zeit, sie zu fragen, woher sie wisse,
dass ich vorhatte, Lía zu besuchen.

Verwirrt betrat ich wenig später das Haus meines Großvaters. Susana war immer noch dort, meine Mutter hatte sie mit der Haushaltsauflösung beauftragt. Ich erzählte ihr von meiner Begegnung mit Marcela. Susana kannte sie besser als ich. Sie erklärte, mein Großvater habe sie sehr gemocht, vor allem aber habe er unendlich viel Geduld mit ihr gehabt. »Obwohl es wirklich schwer ist, sich mit so jemandem zu unterhalten, haben die beiden sich sehr gut verstanden.« Auch dass ich zu Lía fahren würde, wisse Marcela von meinem Großvater. Er habe sie dazu aufgefordert, es sich in ihrem Buch zu notieren. »Er hat schon gewusst, was er macht, verlass dich darauf«, sagte Susana dazu. Ich sah keinen Grund, daran zu zweifeln. Marcela und Ana seien schon als Kinder enge Freundinnen gewesen, fuhr Susana fort. Nach Anas Tod habe Marcela dann psychische Probleme bekommen. Oder vielmehr neurologische. So genau konnte Susana es nicht benennen. Jedenfalls funktioniere seitdem ihr Kurzzeitgedächtnis nicht mehr.

»Anterograde Amnesie«, sagte ich, und Susana blickte mich ein wenig ratlos an. Ich wollte mit meiner Äußerung nicht wichtigtun, das Thema war nur gerade in einem Psychologie-Seminar an der Universität vorgekommen, an dem ich teilgenommen hatte. Zur Illustration hatte der Professor uns unter anderem Christopher Nolans Film *Memento* gezeigt. Einem Menschen, der tatsächlich daran litt, war ich bis dahin aber noch nicht begegnet.

Ohne weiter auf meine Bemerkung einzugehen, erklärte Susana, dass Marcela seit Anas Tod nicht mehr in der Lage sei, sich neue Dinge zu merken. An das, was davor geschehen sei, erinnere sie sich jedoch. »Angeblich liegt es an einem heftigen Schlag, den sie abbekommen hat, aber wenn du mich fragst, kommt es davon, dass Anas Tod sie so mitgenommen hat.« Mithilfe von Medikamenten und viel Training hatte ihr Zustand sich im Lauf der Zeit offenbar deutlich verbessert. Zu diesem Training gehörte wohl auch das Notizbuch, das sie in ihrem Fahrradkorb dabeihatte. Die Aufzeichnungen darin ersetzten gewissermaßen ihr Kurzzeitgedächtnis.

Ich stellte keine weiteren Fragen und nahm den Auftrag an – es gab schwierigere Dinge auf der Welt, als jemandem einen Ring zu übergeben. Ich packte mehrere Bücher, die meinem Großvater gehört hatten, sowie seine Armbanduhr, ein Foto, auf dem er mich als Baby auf dem Arm hielt, und den Bleistift, mit dem wir zusammen Kathedralen gezeichnet hatten, in eine Tüte. Zuletzt steckte ich auch den Ring mit dazu, den Marcela mir gegeben hatte.

Dann verabschiedete ich mich von Susana. Mein Jakobsweg konnte beginnen.

3

Meinen dreiundzwanzigsten Geburtstag feierte ich in Barcelona, der letzten Station vor Santiago de Compostela. Mein Großvater hatte erklärt, dass wir auch im Fall von Gaudís berühmter Kirche Sagrada Familia, die streng genommen ebenfalls keine Kathedrale ist, eine Ausnahme machen sollten. Er hatte allerdings dazugesagt, dass ihm persönlich in Barcelona die Kirche Santa Maria del Mar viel lieber sei. Das auch als »Catedral del Mar« bekannte Gebäude wurde im 14. Jahrhundert von den Bewohnern des Hafenviertels errichtet. »Und das waren keine Adligen oder hohen Kleriker, das waren die einfachen Leute aus der Umgebung, vor allem die Hafenarbeiter. Die haben damals für den Bau riesige Felsbrocken vom Montjuïc herbeigeschleppt, auf ihrem Rücken. Diese Kirche ist wirklich einen Besuch wert.« Mir gefiel vor allem der Name Catedral del Mar – ganz ohne irgendwelche heiligen Zusätze … Als wäre sie bloß dem Meer gewidmet. Obwohl der vollständige Name natürlich, wie gesagt, Santa Maria del Mar lautet. Da ist die heilige Jungfrau dann wieder mit von der Partie. Wie dem auch sei, in jedem Fall erwies die Kathedrale des Meeres sich als die bescheidenste, am wenigsten prunkvoll ausgestattete all der Kirchen, die ich bis dahin zu sehen bekommen hatte. Und kam damit der Vorstellung von Christus am nächsten, wie man ihn mir in der Schule präsentiert hatte, als ich mich noch als Katholik betrachtete.

Ich ließ mich den ganzen Tag durch das alte Stadtzentrum treiben, umgeben von lauter Menschen, die keine Ahnung hatten, dass heute mein Geburtstag war. Die Festivitäten zu Ehren der Stadtpatronin La Mercé hatten angefangen, Barcelona platzte aus allen Nähten. Umso besser, sagte ich mir, schließlich wollte ich an diesem Tag vor allem nicht auffallen.

Beim Verlassen des Hostels am Morgen hatte der Mann an der Rezeption mir auf Katalanisch gratuliert: »Moltes felicitats!« Offenbar machten sie das hier mit allen Gästen so, deren Geburtsdatum sie ja durch die Anmeldung kannten. Ich muss ihn so erstaunt angesehen haben, dass er die Glückwünsche noch einmal auf Englisch wiederholte: »Happy birthday!« Was mich nur noch mehr verwirrte – ich war davon ausgegangen, dass ihm klar war, dass ich Spanisch spreche. Wortlos übergab ich ihm den Zimmerschlüssel, woraufhin er, ebenfalls auf Englisch, erklärte, dass er auch auf der Informationstafel des Hostels einen Hinweis auf meinen Geburtstag anbringen werde.

»Don't do it«, versetzte ich, ohne weitere Begründung, in der Hoffnung, mich klar genug ausgedrückt zu haben, um ihn von seinem Vorhaben abzubringen. Trotzdem beschloss ich, für alle Fälle erst am späten Abend zurückzukehren, hatte ich doch auf nichts weniger Lust, als mit Wildfremden meinen Geburtstag zu feiern.

Ich kam also tatsächlich erst nach Mitternacht zurück, und bei der Ankunft verlief alles wie gewünscht – niemand nahm Notiz von mir. Kurz nachdem ich mich hingelegt und das Licht ausgeschaltet hatte – ich leistete mir den Luxus eines Einzelzimmers –, kam jedoch unversehens jemand herein. Es handelte sich um einen älteren Mann, dem ich ein paar Mal in den Waschräumen begegnet war. Über ein eigenes Bad verfügte mein Einzelzimmer nicht. Während ich noch überlegte, wie er wohl die Tür aufbekommen hatte, schien er, in einer mir unbekannten Sprache lallend, einen Geburtstagsglückwunsch zu formulieren. Mit einer Bierflasche in der Hand näherte er sich langsam meinem Bett. Er hatte bloß eine Unterhose an, unter der sich deutlich sichtbar eine Erektion abzeichnete.

»He, was soll das?«, fuhr ich ihn an und richtete mich auf. »Verpiss dich, Alter«, fügte ich hinzu, da er unverdrossen näher kam. Als auch ein energisches »Stopp!« nichts half – außer ihn zu lautem Lachen zu bewegen –, schleuderte ich ihm kurzerhand das Buch entgegen, das auf meinem Nachttischchen lag. Ich traf ihn an der Stirn, und was er daraufhin von sich gab, dürfte ein derber Fluch gewesen sein. Anschließend schmiss er seinerseits das Buch wutentbrannt an die

Wand und verschwand mit lautem Türenknallen aus dem Zimmer.

Mateo heiße ich, weil ich am 21. September Geburtstag habe. Zusammen mit ihrer Versichertenkarte hatte meine Mutter während der Schwangerschaft immer einen Heiligenkalender dabei, für den Fall, dass irgendwo unterwegs auf einmal die Wehen einsetzten. Wäre ich einen Tag früher zur Welt gekommen, hieße ich heute Andrés, oder aber Mauricio, falls ich einen Tag später geboren wäre. Meinen Namen verdanke ich also nicht dem Wunsch meiner Eltern, vielmehr hat ein äußerer Umstand beziehungsweise schlichtweg der Zufall darüber entschieden. Aber meine Eltern sind ja auch der Überzeugung, dass in unserem Leben »Gottes Willen« die entscheidende Rolle zufällt.

Für meine Eltern hing – und hängt bis heute – alles von »Gottes Willen« ab. Sie wurden nicht müde, es zu betonen: Was auch geschieht, Gutes wie Schlechtes, »Gottes Wille« ist verantwortlich dafür. Aber musste deshalb der Heiligenkalender über meinen Namen entscheiden? Dass der heilige Matthäus unter anderem der Schutzpatron der Bankiers und Buchhalter ist, war meiner Mutter egal, auch dass die Leute zu ihm beten, weil sie gute Geschäfte machen wollen, oder dass er manchmal mit einem Geldbeutel in der Hand abgebildet wird. Für sie war bloß wichtig, dass ich unter dem Schutz eines Heiligen stand. »Dein Heiliger war ein Apostel und Märtyrer, nach ihm ist eines der Evangelien benannt, und er wird als geflügeltes Wesen dargestellt. Was willst du mehr?«, erwiderte sie, wenn ich mich wieder einmal über meinen Namen beschwerte. Sie war – und ist immer noch – eine fanatische Katholikin und noch strenger gläubig als meine erzkonservative

Großmutter, und das will etwas heißen. Kein Wunder, dass ich mich, sobald ich konnte, aus dieser delirierenden Welt davongemacht habe.

Auch meine Großmutter wollte ihre Kinder allesamt nach Heiligen benennen, nur auf den Heiligenkalender verzichtete sie. Im Fall von Lía gelang es meinem Großvater jedoch, sie auszutricksen. Meine Mutter, die älteste der drei Töchter, heißt Carmen, nach der »Virgen del Carmen« beziehungsweise der »Jungfrau Maria vom Berge Karmel«, der Urmutter aller Karmelitinnen, egal ob beschuht oder unbeschuht. Ana wiederum hatte ihren Namen von der heiligen Anna, der Mutter Marias und Schutzpatronin der Schwangeren. Als meine Großmutter dagegen Lía erwartete, war sie überzeugt, diesmal einen Jungen zur Welt zu bringen, den sie ohne mit der Wimper zu zucken Jesús genannt hätte. Nur für den Fall, dass es doch wieder ein Mädchen würde, hatte sie allerdings ihrem Mann, also meinem Großvater, die Wahl des Namens zugestanden. Selbstverständlich unter der Bedingung, dass es der einer Heiligen wäre.

Als sie erneut ein Mädchen bekam, entschied mein Großvater, dass es Lía heißen solle – diesen Namen kannte er von der Schwester eines Arbeitskollegen, und er hatte ihm auf Anhieb gefallen. Bei der Großmutter fiel er damit aber durch. »Nicht mit mir! Wenn es keine Heilige gibt, die so heißt, wer soll sie dann beschützen?«

Mein Großvater gab sich nicht so schnell geschlagen und verwies auf Lea, die erste Frau von Stammvater Jakob – dann solle das Mädchen eben so heißen. Nach längerem Sträuben willigte meine Großmutter schließlich ein, hatte sie zuletzt doch tatsächlich eine römische Heilige namens Lea entdeckt. Woraufhin der Großvater sich auf den Weg zum Standesamt machte. In der Geburtsurkunde, die er bei seiner Rückkehr präsentierte, stand jedoch der Name Lía Sardá. Angeblich hatte die Standesbeamtin sich verschrieben, wie er selbst erst jetzt entdeckt haben wollte. Diese Version hielt er bis zuletzt hartnäckig aufrecht, obwohl ich glaube, dass er log.

Denn manchmal log mein Großvater.

Obwohl mein Großvater oft vorgab, es habe keinen Sinn, weiter über Anas Tod nachzudenken, tat er dies insgeheim sehr wohl. So lange die Krankheit es ihm erlaubte. Das wurde mir klar, als mein Fahrrad einmal auf dem Weg zu ihm einen Platten bekommen hatte. Bei der Ankunft sagte mein Großvater, ich solle in den Schuppen gehen, da müsse irgendwo eine Luftpumpe sein. Ich fand sie erst nach längerem Suchen. In dem Schuppen lagerten ausgemusterte Möbel, der Brennofen und Werkzeug aus der einstigen »Skulpturenwerkstatt« meiner Mutter, alte Farbdosen, eine Kiste voller Autozeitschriften, der Rasenmäher, ein Spaten und anderes Gartengerät. Außerdem standen, an einer Wand, drei Koffer. Als ich sie ein Stück vorzog, für den Fall, dass die Pumpe dahintergerutscht war, stellte ich fest, dass einer von ihnen ziemlich schwer war. Aus Neugier öffnete ich ihn und entdeckte darin eine Menge Zeitungsausschnitte, die mit der Ermordung Anas zu tun hatten. Dazu eine Kopie der Untersuchungsakten. Viele Stellen waren unterstrichen worden, am Rand standen Kommentare.

Ich breitete die Papiere vor mir auf dem Boden aus und musterte sie flüchtig, ohne allzu viel zu verstehen. Ich hatte ein schlechtes Gewissen, weil ich meine Nase in Dinge steckte, die mich nichts angingen. Oder eben doch – die Narbe, die Anas Tod in unserer Familie hinterlassen hatte, betraf mich schließlich auch. Nach einer Weile legte ich alles – so weit wie möglich in der Reihenfolge, in der ich es vorgefunden hatte – in den Koffer zurück. Später sah ich immer wieder einmal nach, ob der Koffer noch da war und vielleicht neues Material enthielt. Und tatsächlich: Stets war irgendetwas dazugekommen, manchmal auch die Reihenfolge verändert. Was bewies, dass mein Großvater bis zuletzt den Versuch nicht aufgab, herauszufinden, wer seine jüngste Tochter ermordet hatte und warum. Vielleicht stellte er sich im Lauf der Zeit auch noch andere Fragen – je mehr man weiß, desto präziser kann man nachforschen.

Nachdem ich den für mich bestimmten Brief meines Großvaters gelesen hatte, tauschte ich die SIM-Karte meines Handys aus und löschte meine Instagram- und Facebook-Accounts.

Ich las den Brief in Madrid-Barajas, während ich auf meinen Anschlussflug nach Krakau wartete. Erst jetzt hatte ich den Mut dazu, vorher hätte die Lektüre mich möglicherweise davon abgehalten, die Reise anzutreten. Und das wollte ich unbedingt vermeiden. Aber in dem Brief forderte mein Großvater mich ausdrücklich dazu auf, mich ins Abenteuer zu stürzen und mein Leben zu genießen. Ich fing an zu weinen und wünschte mir, dass er in diesem Augenblick bei mir gewesen wäre. Noch nie hatte ich mich so allein – und meinen Eltern so fern und entfremdet – gefühlt.

Ich beschloss, dass mich ab sofort nur noch die Personen kontaktieren können sollten, von denen ich das ausdrücklich wollte. Keinesfalls jedoch meine Eltern. Normalerweise genügte eine einzige von mir nicht sofort beantwortete WhatsApp-Nachricht, damit sie mich auf sämtlichen anderen zur Verfügung stehenden Kanälen mit Nachfragen bombardierten. Im Zweifelsfall hätten sie auch eine Brieftaube oder eine Drohne geschickt. Damit wäre jetzt endgültig Schluss. Und nach Argentinien würde ich auch so bald nicht zurückkehren, das war nun ebenfalls klar. Dabei hatte ich zu diesem Zeitpunkt den für mich und Lía gemeinsam bestimmten Brief noch gar nicht gelesen. Erst durch ihn sollte ich begreifen, wer ich wirklich war und wie tief die Narbe war, die wir alle mit uns herumtrugen.

Auf dem Madrider Flughafen stand ich trotz allem noch am Beginn meines Ablösungsprozesses. Hätte ich meinen Vornamen ändern können, hätte ich das sofort gemacht. Und mit neuem Namen – sicher kein Heiliger mehr – auch noch die letzte Verbindung gekappt. So oder so hatte ich so gut wie nichts in Argentinien zurückgelassen. Zu meinen früheren Schulfreunden hielt ich nur noch sporadisch Kontakt. Und an der Universität sprach ich mit kaum jemandem. Gruppenarbeiten waren mir verhasst. Meinen Kommilitonen erzählte ich, ich hätte einen zeitaufwendigen Brotjob, der mich auch am Wochenende in Beschlag nehme. Deshalb sollten sie mir bitte den Gefallen tun, mir die Teile unserer Projekte zu überlassen, die man allein ausführen konnte, und sie mich anschließend zusammen mit der Gruppenarbeit abgeben lassen. Als ich dann an die Psychologie-Fakultät wechselte, verstärkte sich meine Isolation noch, was dort aber nicht unbedingt von Nachteil war. Viele berühmte Psychologen und deren bekannteste Schüler waren schließlich ausgeprägte Eigenbrötler gewesen. Eine Liebesbeziehung hinterließ ich bei meinem Aufbruch auch nicht. Stattdessen fürchtete ich mich davor, den Frauen wieder zu begegnen, die Zeuginnen meiner Gefühlsverwirrung oder sexuellen

Schwäche gewesen waren. Was Letzteres anging, machte ich mir allerdings Hoffnungen im Zusammenhang mit meinem Neuanfang.

So verblasste mein altes Ich auf dieser Reise zusehends. Jede Station meiner großen Kathedralentour war ein weiterer Schritt in diese Richtung. Ich wartete gewissermaßen nur darauf, dass ein Tsunami mein früheres Leben auslöschen würde – oder ein Brand, das passt besser zu unserer besonderen Familiengeschichte. Wie auch immer: Hauptsache, ich wäre danach endlich ein anderer.

Erst drei Wochen nach dem plötzlichen Auftauchen meiner Eltern wagte ich mich wieder in die Buchhandlung. Davor vergewisserte ich mich noch, dass sie nicht irgendwo in der Nähe unterwegs waren oder in einem Café oder Restaurant saßen. Außerdem war ich ganz anders angezogen, als ich es von zu Hause gewohnt war – ich trug halblange khakifarbene Bermudashorts, Jesuslatschen und ein ärmelloses schwarzes Shirt. Und auf dem Kopf eine rote Basecap mit der Aufschrift »Santiago Sporting«. Meine Mutter wäre entsetzt über meinen Aufzug gewesen. Die Mütze kaufte ich auf dem Weg zur Buchhandlung, die restliche Kleidung hatte ich mir bereits in Barcelona zugelegt.

Als ich mich gerade an den Tisch mit den Neuerscheinungen gestellt hatte, kam Ángela, die Buchhändlerin, auf mich zu.

»Na endlich! Wir haben dich schon vermisst.«

»Ich war ein paar Tage weg«, log ich.

Sie ließ den Blick über meine nackten Schultern und Arme wandern. Innerlich verkrampfte ich mich sofort. Sie war etwa zehn Jahre älter als ich. Trotzdem hatte ich das Gefühl, dass unsere Körper durchaus etwas miteinander würden anfangen können. Vielleicht war mir das anzumerken, denn sie trat noch ein wenig näher, woraufhin ich mich eingeschüchtert abwandte und in dem vor mir liegenden Buch zu blättern anfing. Sie ließ sich davon offensichtlich nicht beeindrucken.

»Meine Chefin Lía hat gesagt, ich soll ihr Bescheid geben, falls du wieder hier auftauchst. Sie möchte mit dir sprechen.«

»Genau das möchte ich auch.«

»Na also. Umso besser. Sie ist allerdings gerade weggegangen. Meinst du, du könntest morgen noch mal wiederkommen? Sie würde es mir total übel nehmen, wenn es nicht klappt.«

»Ist sie zu sich nach Hause?«

»Ja.«

»Ich kenne den Weg. Vielleicht kann ich sie einholen.«

»Das wäre großartig! Los, viel Erfolg! Aber lass dich hier auch wieder blicken, unbedingt! Wie gesagt, wir haben dich schon vermisst.«

Ich wich ihrem verheißungsvollen Blick aus und zog mich noch tiefer in mein Schneckenhaus zurück. Sie gefiel mir sehr, auch wenn ich es mir nicht eingestehen wollte. Aber in diesem Augenblick hatte ich Dringenderes zu tun.

Hastig verließ ich die Buchhandlung, überquerte die Straße und betrat den Park. Ich wusste genau, welche Strecke Lía normalerweise entlangging, schließlich war ich ihr schon mehrfach gefolgt. Einmal hatte sie einen Abstecher zu einem Beet mit großen Santarritas gemacht. Da ich sie jetzt nicht auf dem gewohnten Weg entdeckte, steuerte ich diese Stelle an. Und da war sie. Sie saß auf einer Bank mit Blick auf die üppig blühenden Sträucher und hielt etwas in der Hand. Was es war, konnte ich jedoch nicht erkennen. Vorsichtig näherte ich mich von hinten und legte ihr schließlich eine Hand auf die Schulter. Vertrauensvoll drehte sie sich um und stellte überrascht fest, dass ich nicht derjenige war, den sie erwartete. Trotzdem schien sie sich über meinen Anblick zu freuen. Und ich brauchte mich gar nicht vorzustellen – sie wusste, wer ich war.

Als ich, nach einer kurzen Begrüßung, auf die Briefe und den Ring zu sprechen kommen wollte, unterbrach sie mich und hielt mir das Metallkästchen entgegen, das sie in der Hand hatte.

»Das hat mir deine Mutter mitgebracht. Da drin ist ein Teil der Asche deines Großvaters. Meines Vaters. Ich würde sie gern hier ausstreuen. Bei diesen Bougainvilleen haben wir uns immer getroffen, obwohl er nie hier war.«

Sie verstummte und betrachtete das Kästchen, während ich ihre Hand ansah und überlegte, an welchem Finger sie wohl vor dreißig Jahren den Ring mit dem Türkis getragen hatte.

»Allein habe ich mich aber noch nicht dazu durchringen können«, sagte sie schließlich. »Wollen wir es zusammen machen?«

»Ja, klar«, sagte ich.

Für den Brief und den Ring und die tausend Dinge, die wir uns zu erzählen hatten, wäre später noch genug Zeit. Dann würden wir uns auch umarmen und zusammen weinen können. Und über die wirklich schrecklichen Sachen sprechen. Jetzt war erst einmal die Asche an der Reihe. Lía öffnete das Kästchen, ließ mich meine Hand auf ihre legen, so wie mein Großvater es immer beim gemeinsamen

Kathedralenzeichnen gemacht hatte. Dann schüttelten wir zusammen das Kästchen. Die Asche flog durch die feuchte Abendluft und ließ sich auf den Santarritas des Parque de la Alameda nieder.

Marcela

Man muss erst beginnen, sein Gedächtnis zu verlieren, und sei's nur stückweise, um sich darüber klar zu werden, dass das Gedächtnis unser ganzes Leben ist. (…) Unser Gedächtnis ist unser Zusammenhalt, unser Grund, unser Handeln, unser Gefühl.

LUIS BUÑUEL, *Mein letzter Seufzer*

Ana ist in meinen Armen gestorben.

Eine Tote kann man nicht töten.

Niemand stirbt zweimal.

Mein Jackenärmel verfing sich an einer Ecke des Bronzesockels des Erzengels Gabriel. Eine schwere Statue aus poliertem weißen Marmor, die nur bei besonderen Gelegenheiten gezeigt wurde – der Heilige mit auf dem Rücken zusammengeklappten Flügeln tritt einen Schritt vor. Ich drehte mich um, um zu sehen, was mich zurückhielt. Als ich versuchte, den Ärmel freizubekommen, kippte die Figur um.

Alles wird schwarz. Filmriss.

Weiter reichen meine Erinnerungen nicht. Bis dahin, alles; danach, nichts mehr. Oder nur ganz wenig. Manchmal für eine kurze Weile. Dann ist es wieder weg.

(   )

Durch den Aufprall gingen Gefäße kaputt und Zellen starben ab – »anterograde Amnesie«, sagten die Ärzte. Die Statue, die auf mich stürzte, zerstörte einen Teil meines Gehirns. Seitdem kann ich mir nichts Neues mehr merken. Nicht das Geringste. Egal, ob ich mich gerade in jemanden verliebt habe, oder – wenn der Kellner im Restaurant das Essen bringt – was ich kurz zuvor bestellt habe. Oder – wenn ich meinen Mantel an der Garderobe abholen möchte –, was ich bei der

Ankunft anhatte. In Bezug auf alles, was dem Unfall vorausging, ist mein Gedächtnis intakt. Das Kurzzeitgedächtnis aber funktioniert nicht mehr. Nur ganz vereinzelte Dinge kann ich jetzt noch abrufen, bestimmte immer gleiche Handgriffe, Sinneswahrnehmungen, Bilder, ein Parfüm, darüber hinaus so gut wie nichts. Fahrrad fahren habe ich zum Beispiel nach dem Unfall noch gelernt, in einem Alter, in dem andere das längst können. Wenn man mir die Nationalität von jemandem nennt, vergesse ich sie sofort. Hält man jedoch die Fahne des Landes, aus dem er stammt, neben sein Foto, kann ich beides in Verbindung setzen und die entsprechende Frage richtig beantworten. Genau genommen erinnere ich mich dabei aber nicht, es handelt sich um eine bloße Assoziation, wie man mir erklärt hat. Das verstehe ich, es erscheint mir plausibel, gleich darauf habe ich die Erklärung aber schon wieder vergessen.

Mit anderen unterhalten kann ich mich trotzdem noch – ich ergänze einfach die Lücken, die sich auf Ereignisse aus der Zeit nach dem Unfall beziehen, durch meine Vorstellungskraft. Was ich nicht weiß, erfinde ich, so wie alle, ob sie nun Gedächtnisschwierigkeiten haben oder nicht. Beim Füllen der Leerstellen helfen mir meine Notizen. Dann überlege ich, was passiert sein könnte, und verwandle Spekulation in Gewissheit – es hätte nicht passieren können, es ist passiert.

An alles, was vor dem Schlag passiert ist, erinnere ich mich genau, in allen Einzelheiten. Hier brauchte ich nie irgendwelche Lücken zu füllen, dieser Teil meines Lebens hat sich mir unauslöschlich eingeprägt, ja, mit der Zeit wird die Erinnerung daran sogar noch exakter. Manchmal tauchen unversehens auch neue Details auf. An das Leben, das ich vor dem Unfall führte, habe ich jede Menge Erinnerungen; an das Leben danach keine einzige.

Ana ist in meinen Armen gestorben.

(   )

Ich lese und ergänze. Ich kam in der Sakristei wieder zu Bewusstsein, in einem Sessel. Dorthin hatte man mich nach dem Unfall gebracht. Wie lange ich bewusstlos war, weiß ich nicht, jedenfalls lange genug, damit jemand in der Zwischenzeit meine Eltern benachrichtigen konnte, die daraufhin sofort herkamen. Mehr als eine Stunde war ich bewusstlos, ihrer Einschätzung nach. Meine Kleider waren feucht, ich hatte irgendwann nach Einbruch der Dunkelheit die Kirche betreten, da regnete es bereits. Meine Mutter hielt meine Hand, mein Vater fasste sich besorgt an den Kopf, ein Notarzt nahm mir den Puls, und Padre Manuel, der Gemeindepfarrer, stand daneben und betete.

(   )

Hat niemand etwas von Ana gesagt? Hat mich niemand gefragt, was passiert war? Ich lese: Nein, niemand. Die Erinnerungen, die mir von diesem Tag fehlen, haben meine Eltern ergänzt. Was sie gesagt haben, habe ich anschließend in mein Notizheft eingetragen, jetzt gehört die Geschichte mir, ich kann sie, so oft ich will, nachlesen. Was darin nicht vorkommt, ergänze ich. Das ist gar nicht so schwierig, man muss bloß der Vorstellungskraft freien Lauf lassen. Nach dem Aufprall muss ein ziemliches Durcheinander geherrscht haben. Mein Kurzzeitgedächtnis funktionierte da schon nicht mehr, was ich aber noch nicht wusste. Was vor dem Unfall geschehen war, weiß ich noch ganz genau, die Bilder der letzten Minuten mit Ana laufen wie ein Film vor meinem inneren Auge ab, wie in einer Endlosschleife. Aber niemand hat mich danach gefragt. Sonst hätte ich gesagt: »Ana ist in meinen Armen gestorben. Wir saßen durchnässt in der hintersten Reihe. Irgendwann habe ich sie auf die Bank gelegt und bin losgelaufen, um Hilfe zu holen. Auf dem Weg zur Sakristei musste ich am Altar vorbei, und da hat sich meine Jacke an dem Sockel der Figur des Erzengels verfangen. Die Statue ist umgekippt und hat im Fallen meinen Kopf getroffen.«

Alles wird schwarz. Filmriss.

Niemand hat danach gefragt.

(   )

Als ich halbwegs wieder bei Bewusstsein war, wieder wusste, wer ich bin, und meine Eltern erkannte, glaubten diese, alles sei so weit in Ordnung. Darum wollten sie mich nach Hause bringen, damit ich mich dort ausruhte. Aber ich habe den Kopf geschüttelt und mich gewehrt, ohne Ana wollte ich nicht weg, obwohl sie tot war. Es regte mich auf, dass sie sich wegen mir Sorgen machten und sich gleichzeitig überhaupt nicht um die Leiche meiner Freundin kümmerten, die nur wenige Schritte von der Sakristei entfernt auf der Bank lag. Natürlich regte mich das auf. »Was ist mit Ana? Habt ihr ihren Eltern Bescheid gesagt?«, muss ich immer wieder verzweifelt gefragt haben. Vielleicht habe ich sogar geschrien. Nein, wahrscheinlich nicht. So mutig bin ich nicht, das war ich noch nie. Ich muss meine Worte hartnäckig wiederholt haben, aber ohne zu schreien.

(　　)

»Versuchen Sie, sie zu Hause noch ein Weilchen wach zu halten, sie sollte möglichst nicht sofort wieder schlafen«, sagte der Arzt vermutlich zu meinen Eltern, ohne auf meine Fragen nach Ana einzugehen. Außerdem wies er darauf hin, dass später noch ein paar Untersuchungen gemacht werden sollten. »Das hat aber keine Eile«, fügte er, wie meine Mutter sagte, hinzu, »nur für alle Fälle.« Daran zeigt sich, dass offensichtlich keiner von ihnen sich der Schwere meiner Verletzungen bewusst war. So, wie sie mich in diesem Augenblick vor sich sahen, verwirrt, aber wach und ansprechbar, machten sie sich keine weiteren Gedanken.

Pater Manuel verschwand mit den Worten, er wolle noch einmal nachsehen, ob in der Kirche alles in Ordnung sei. Als er einige Minuten später wiederkam, sagte er – erzählen meine Eltern –, wenn mein Zustand es erlaube, wäre es ihm am liebsten, wir würden uns jetzt auf den Weg machen, es sei schon spät, und er müsse die Kirche abschließen. Deshalb seien wir daraufhin aufgebrochen. Es sei mir schwergefallen, aufzustehen, mir sei schwindlig gewesen. Einer von ihnen habe mich am Arm genommen, der andere an der Hand – wer von ihnen was gemacht hat, weiß ich nicht –, und dann hätten sie mich aus der Sakristei geführt. Noch einmal hinsetzen durfte ich mich anscheinend nicht.

(　　)

Immerhin gestanden sie mir offenbar zu, noch eine letzte Runde durch die Kirche zu machen. Alle kamen mit, auch der Arzt. An der Spitze ging der Priester. »Selten habe ich ihn so schlecht gelaunt erlebt«, erzählte meine Mutter später.

Das steht in dem Notizbuch, das ich gerade wieder durchlese. Wir gingen bis zur hintersten Bank. Ich sah mich nach Ana um, konnte sie aber nirgends entdecken. Wo war ihre Leiche? Hielt ich wirklich nach ihrer Leiche Ausschau? Ich suchte nach Flecken – Schweiß oder Regenwasser –, aber alles war makellos sauber. Sagen die anderen. Wie ich in meinem Notizbuch lese. Ob ich alles bloß geträumt hatte? Ich weinte wegen Ana. »Meine arme Kleine, was für ein Schreck«, hat meine Mutter bestimmt gesagt. Ohne zu wissen, worin der Schreck tatsächlich bestand. Die Marmorstatue lag offenbar noch auf dem Boden. Ein Flügel war abgebrochen. Der Priester hat sie sich angeblich genau angesehen und über den Verlust eines so bedeutenden Stücks gejammert. »Wo ist Ana?«, muss ich zum x-ten Mal wütend gefragt haben, als ich neben der Bank stand, auf der sie gestorben war. Mein Zorn muss den anderen einen ziemlichen Schreck eingejagt haben. Sie antworteten ausweichend und versuchten, mich zu beruhigen – alle wollten offensichtlich so schnell wie möglich von hier weg. Die Schuld an meinem Zustand gaben sie der schweren Engelsfigur.

(   )

Ich blättere in meinem Notizbuch.

Meine Mutter hat gesagt, sie habe mir ins Ohr geflüstert: »Hat Ana dich geschubst?«

»Ana ist tot, Mama«, habe ich erwidert und auf die Bank gedeutet. Ihr traten Tränen in die Augen, sie muss angenommen haben, durch den Unfall sei meine Denkfähigkeit eingeschränkt. So war es auch. Trotzdem sagte ich in diesem Augenblick die Wahrheit.

»Morgen siehst du das alles klarer«, sagte mein Vater beruhigend. So war es aber nicht. Ich kann seitdem nicht mehr ungehindert nachdenken. Dafür muss man Dinge im Gedächtnis speichern können, und das kann ich nicht mehr. In jedem Fall war ich zu verwirrt, um mit dem nötigen Nachdruck auf der Frage nach Ana zu bestehen. Offenbar bin ich irgendwann verstummt. Und habe mich aus der Kirche führen lassen.

(   )

Wieder zu Hause, habe ich wohl vergeblich darauf gewartet, dass alle Puzzleteile ihren Platz einnehmen. Oder dass mich jemand nach meiner Freundin befragt – ihre Eltern, meine Eltern, die Polizei. Ob ich in der Nacht geschlafen habe, weiß ich nicht. Dass der nächste Tag sehr früh begonnen hat, weiß ich dafür genau – lange vor dem Frühstück klingelte das Telefon, es war die Mutter einer Mitschülerin, die mitteilte, dass Ana ermordet worden sei.

(   )

Ich lese in meinem Notizbuch: »Ana Sardá ist gefunden worden, verstümmelt und verbrannt.« Das hat die Frau am Telefon gesagt. Anschließend muss meine Mutter es laut schreiend im Flur vor unseren Schlafzimmern verkündet haben. Die Nachricht muss sich im ganzen Viertel verbreitet haben. Ich suche und ergänze: Das Gerücht muss sich in Windeseile verbreitet haben. In Adrogué kamen solche Sachen nicht vor. Meine Mutter muss es den ganzen Vormittag über wiederholt haben. Und sie muss mich gefragt haben: »Hast du ihre

Mörder gesehen? Haben sie den Engel umgestoßen?« Falls sie mich das tatsächlich gefragt hat, habe ich es bestimmt verneint und gesagt, dass Ana nicht ermordet worden ist, dass sie schon tot war. Zuerst muss ich das zu ihr gesagt haben, später dann zu allen, die es hören wollten. Wie ich lese, habe ich einige Wochen danach sogar verlangt, bei der Polizei eine Aussage machen zu dürfen.

Ich habe auch eine Fotokopie dieser Aussage.

(   )

Bis ich irgendwann genug davon hatte, dass niemand mir zuhören wollte. Seitdem behalte ich die Wahrheit für mich. Im Lauf der Zeit verwandelte sich das, was nur ich wusste, in Schweigen. Die Vergangenheit in Schweigen, die Gegenwart in Vergessen, die Zukunft in Leere.

(   )

Es ist schrecklich, in einer Welt zu leben, in der man nicht versteht, wovon die Menschen um einen herum reden, und wenn sie es erklären, vergisst man es fast sofort wieder. Angeblich war Ana ermordet worden, dabei war sie doch in meinen Armen gestorben! Das konnte nicht sein, niemand stirbt zweimal. Ich muss das Gefühl gehabt haben, ich sei dabei, verrückt zu werden. Die Leute müssen geglaubt haben, ich sei verrückt, auch wenn sie es nicht gesagt haben.

(   )

Ich bin mir sicher, dass mir auch in der Sakristei schwindlig war.

Seitdem ist mir ständig schwindlig, nicht allzu sehr, aber so,
als hätte ich ein Glas zu viel getrunken. Inzwischen habe ich
mich daran gewöhnt, es macht mir nichts mehr aus. Wenn es
bloß das wäre, könnte ich mühelos über alles nachdenken. Die
Amnesie, unter der ich leide, schränkt mein Denkvermögen
jedoch ein. Dass ich zum Denken mein Gedächtnis brauche,
wurde mir erst klar, als ich es verloren hatte.

(   )

Ich lese:»Am stärksten ist das Spracherinnerungszentrum ge-
schädigt, weil bei dem Aufprall die linke Hirnhälfte verletzt
wurde.« So steht es in dem Bericht des Neurologen, bei dem
wir ein paar Wochen nach dem Unfall waren. »Eine Kory-
phäe auf seinem Gebiet«, wie man meinen Eltern versichert
hatte. Nach mehreren Untersuchungen kam er schließlich zu
diesem Befund. Den ich umgehend wieder vergessen hätte,
hätte der Mann nicht im selben Augenblick ein bordeauxrotes Notizbuch hervorgeholt und mir entgegengehalten.
Auf dem Einband war eine Tuschezeichnung – ein schwarzer
Schmetterling. Wenn ich das Bild dieses und der folgenden
Notizbücher vor mir aufsteigen lassen will, erscheint zuerst
der Schmetterling, dann der bordeauxrote Einband, und erst
viel später die Seiten. Seitdem folgen meine Aufzeichnungen
einem festen System, das diese Bücher zu einer Art Ersatz-
gedächtnis macht. Bis dahin hatte ich mir nur Einzelheiten
auf irgendwelchen losen Zetteln notiert, aber nicht, um mich
später mit ihrer Hilfe erinnern zu können, sondern aus Wut,

weil ich etwas nicht verstand, oder aus dem Bedürfnis heraus, mir einen Satz einzuprägen, der mir wichtig erschien, weshalb ich ihn wie ein Mantra zu wiederholen versuchte. Von einer wie auch immer gearteten Systematik war ich da aber noch weit entfernt, anders als heute. Inzwischen archiviere ich meine »Erinnerungen« auch auf dem Computer. Diese Methode hat mir mein Vater beigebracht. So kann ich außerdem nach einzelnen Wörtern, Daten oder Namen suchen.

( )

Als der Arzt mir mein erstes Notizbuch in die Hand drückte, wusste ich noch nicht, wofür es gut sein sollte. Er sah mich ernst an und sagte: »Ich will dir nichts vormachen. Ab sofort musst du alles, was du behalten willst, aufschreiben, verstehst du? Fangen wir gleich mal an.« Er gab mir einen Stift. »Schreib, bitte: Wenn ich mir etwas merken will, muss ich es mir notieren.« Ich schrieb, was er gesagt hatte. »Vielleicht kannst du dich an manche Sachen auch so erinnern, es gibt alle möglichen Wege, um an gespeicherte Informationen zu gelangen, auch Abkürzungen, aber der Hauptzugang ist für dich jetzt versperrt.« Ich nickte, als würde ich verstehen. Dann schrieb ich verwirrt und wütend und mit einem leichten Schwindelgefühl weiter: »Es gibt alle möglichen Wege.« »Auch Abkürzungen.« »Ich will dir nichts vormachen.« »Der Hauptzugang ist versperrt.«

Der Arzt, das Notizbuch, die Diagnose und seine Ratschläge. Was er damals gesagt hat, kann ich heute wiederholen, weil es hier in meinem Notizbuch steht, ich lese es vor, die ersten Sätze aus dem Buch mit dem bordeauxroten

Einband und dem schwarzen Schmetterling darauf. Danach habe ich noch viele andere Notizbücher vollgeschrieben, dickere und dünnere, mit den unterschiedlichsten Designs. Manchmal mache ich mir die Mühe und markiere Wörter, die mir besonders wichtig vorkommen, mit Leuchtstift – rosa, grün oder gelb –, für später. Sie wandern auch in einen meiner Favoriten-Ordner auf dem Computer. Immer wieder markiert habe ich unter anderem »anterograde Amnesie«, »Spracherinnerungszentrum«, »Hippocampus«, »linke Hirnhälfte«. Außerdem »Ana«, »ermordet?«, »Lía/Ring«, »Mateo« – dazu ein Foto – und »Alfredo«. Diese Wörter übernehme ich in jedes neue Notizbuch, dann brauche ich nicht so oft nachzuschlagen. Und in meinen Favoriten-Ordner. Oder habe ich das schon gesagt? Das System hat mein Vater sich für mich ausgedacht, damit kann ich schnell und unkompliziert Dinge finden. Ich verfüge also über ein schriftliches Gedächtnis und eine Methode, die sich mir durch tägliche Wiederholung mechanisch eingeprägt hat: Jeden Morgen schlage ich mein aktuelles Notizbuch auf, blättere es durch, sehe mir die markierten Wörter an, versuche, sie mit anderen Dingen in Verbindung zu setzen, und tue so, als würde ich mich erinnern beziehungsweise mithilfe der Erinnerung denken. Oder ich gebe am Computer ein Wort in die Suchmaske ein und lasse mich zu der gewünschten Stelle führen. Ich tue, was ich kann, um mein Gedächtnis in Gang zu halten, allem Vergessen zum Trotz.

Auch wenn mein Gedächtnis nicht mehr funktioniert, möchte ich mich an Dinge erinnern oder wenigstens so tun, als könnte ich es.

(   )

Am Tag nach dem Unfall, bei dem ich mein Gedächtnis verlor, fand die Totenwache für Ana statt. Oder war es zwei Tage danach? Ich nehme an, die Polizei wird die Leiche nicht so schnell freigegeben haben. Meine Eltern fragten mich, ob ich mitkommen oder lieber zu Hause bleiben und mich ausruhen wolle. Hat es geregnet? Als Ana starb, regnete es, vielleicht glaube ich deshalb, am Tag der Totenwache sei schlechtes Wetter gewesen.

Meinen Eltern wäre es lieber gewesen, dass ich zu Hause blieb, so kam es mir wenigstens vor. »Sie wollten nicht, dass ich mitkomme«, steht in meinem Notizbuch. Meine Mutter sagt, ich hätte daraufhin erwidert: »Ich habe gesehen, wie sie stirbt, sie ist in meinen Armen gestorben, ich gehe zur Totenwache.« Ich ergänze: Wieder gingen sie nicht auf meine Äußerung über den Zeitpunkt von Anas Tod ein, weder sie noch sonst jemand fragte mich, warum ich so etwas sage.

Niemand kümmerte sich darum, was ich über meine Freundin zu erzählen hatte, sie schrieben meine Worte dem traumatischen Erlebnis zu, das ich durchgemacht hatte. Obwohl ich möglicherweise dabei war, als Ana ermordet wurde, war ich wegen meiner »Krankheit« in ihren Augen keine glaubwürdige Zeugin.

(   )

»Nein, wir haben dich nicht gefragt. Weil du unter Schock standst, du hast wirres Zeug geredet, als würdest du delirieren«, sagte meine Mutter jedes Mal, wenn ich den Grund wissen wollte. So steht es in meinem Notizbuch. Mein Vater hat es genauso erklärt, aber wahrscheinlich mit anderen, vor allem weniger Worten, wie es seine Art ist. Ich lese, ergänze und füge eine weitere Version hinzu. Ich markiere sie mit gelbem Leuchtstift. Und übertrage sie in den Favoriten-Ordner. Die Umstände von Anas Tod brauche ich nicht aufzuschreiben, weil ich mich daran erinnere. Das war vor dem Unfall, als ich noch Dinge in meinem Gedächtnis speichern konnte, die dann zu Erinnerungen wurden. Ich war bei ihr, als sie aufhörte zu zittern, zu weinen und zu atmen. Auch davor war ich bei ihr. Deshalb weiß ich nicht nur, wann sie gestorben ist, sondern auch, wie und warum. Ana ist in meinen Armen gestorben. Von allen, die sich an ihrem Sarg versammelt hatten, wusste bloß ich, woran sie gestorben war. Und ich hatte geschworen, es niemandem zu verraten.

(   )

Oder vielleicht doch, vielleicht war auch er am Sarg – ich hätte es nicht sagen können. Ich wusste weder, wie er heißt, noch wie er aussieht. Bestimmt habe ich versucht, unter den Anwesenden den Mann zu erkennen, auf den Ana damals gewartet hat und der nicht kam. Wahrscheinlich war er da, ja.

Ana und ich waren unzertrennlich, fast wie Schwestern. Ich hätte alles dafür gegeben, um ihr helfen zu können, sie zu retten, ihr den Schmerz zu ersparen, den körperlichen und den seelischen. Hätte ich die Zeit zurückdrehen können, hätte ich versucht, Ana zu erklären, dass sie sich getäuscht hatte, dass das nicht Liebe war, dass ich zwar nicht wusste, *was* Liebe war, aber Liebe mit Sicherheit etwas anderes als *das* sein musste. Obwohl sie immer gesagt und geglaubt hatte, dass sich verlieben und leiden zusammengehören. Ich kann die Zeit nicht zurückdrehen. Wir waren siebzehn und wussten viel zu wenig über das Leben und die Liebe. Und erst recht über den Tod.

( )

Seitdem kamen mir die Menschen um mich herum bloß noch seltsam, absurd und egoistisch vor. Angeblich war ich fast die ganze Zeit wütend und gereizt. Irgendwann habe ich dann angefangen, mir einzubilden, meine Eltern, Freunde und Mitschüler seien von Außerirdischen entführt worden, die jetzt an ihrer Stelle herumliefen – perfekt maskiert, sodass sie genauso aussahen wie die Menschen, die ich kannte. So erklärte ich mir, warum ich auf einmal so viele Dinge nicht verstand, ich wusste damals ja noch nicht, was mit mir los war. Ich tat, was diese Außerirdischen verlangten, und verzichtete darauf, Dinge zu äußern, die ihnen womöglich unangenehm waren. Ich hatte Angst, sie herauszufordern.

Bei der Totenwache kauerte ich mich neben Anas Sarg zusammen. Das haben meine Eltern mir oft erzählt, es muss sie sehr beeindruckt haben. Meine Mutter sagte – oder habe ich das schon gesagt? –: »Es ging dir sehr schlecht, du hast weinend auf dem Boden gesessen und mit einem Ring gespielt, den du von Ana hattest.« Der Glücksring ihrer Schwester Lía, der Ana kein Glück gebracht hatte, daran erinnere ich mich noch genau. Dass sie in meinen Armen gestorben war, sagte ich da aber zu niemandem mehr. Auch nicht, dass man eine Tote nicht ermorden kann. Und erst recht nicht, dass Ana in der Kirche auf einen Mann gewartet hatte, der nicht gekommen war. Angeblich habe ich bei der Totenwache überhaupt nichts gesagt. Wie auch – schließlich war ich von lauter

Außerirdischen umgeben, die mich entführen wollten. Ich musste auf mich aufpassen, Widerstand leisten.

( )

Im ersten Notizbuch bewahre ich auch die Zettel mit den wütenden Aufzeichnungen aus der Zeit auf, bevor ich lernte, die Dinge systematisch zu notieren. »Sie sind alle Außerirdische.« »Ana war tot, bevor sie ermordet wurde.« »Sie hören mir nicht zu.« »Sie wollen, dass ich verrückt werde.« Auch der kleine Friedhofsplan, auf dem die Grabstelle verzeichnet ist, ist dabei, ich bekam ihn bei Anas Beerdigung. Und ein Brief von meinen Klassenkameraden, in dem sie mir gute Besserung wünschen. Außerdem eine kurze Nachricht von Carmen, der Ältesten der Sardá-Schwestern. Darin fragt sie, ob ich weiß, ob Ana ein Tagebuch geführt hat. »Das könnte für die Ermittlungen hilfreich sein.« Ich muss die Frage verneint haben – Ana hat nie Tagebuch geschrieben.

( )

Ich suche, finde aber nicht, und ergänze. Es dauerte ziemlich lange, bis meine Eltern begriffen, dass mit meinem Kopf etwas nicht in Ordnung war. Anfangs glaubten sie verständlicherweise, mein Zustand sei bloß die Folge der traumatischen Erfahrung von Anas Tod. Aber die Symptome verschwanden nicht, so viel Zeit auch verging. Von der Schule kam die Aufforderung, mit mir zum Psychologen zu gehen – das, was vorgefallen sei, habe offensichtlich Spuren bei mir hinterlassen. Die Rede war von »posttraumatischem Stress«. Dass ich durcheinander sei und dem Unterricht nicht richtig folgen könne, sei kein Wunder, schließlich sei meine beste Freundin ermordet worden. Worüber meine Lehrer und dann auch meine Eltern sich wunderten, war jedoch, dass die Symptome auch Wochen später nicht nachzulassen schienen, weshalb sie die Hilfe eines Spezialisten und die entsprechende Behandlung für dringend angezeigt hielten.

(   )

Ich lese und ergänze.

Der Psychologe überwies mich an einen Psychiater. Der Psychiater an einen Neurologen. So kam ich zu dem Mann mit dem schwarzen Schmetterling. Habe ich schon von dem schwarzen Schmetterling erzählt?

Ich blättere zurück und stelle fest: Ich habe von ihm erzählt. Entschuldigung.

Meine Mutter trug die Termine all dieser Arztbesuche in ihrem Kalender ein. Später, als die Situation sich halbwegs geklärt hatte – wenigstens für sie und meinen Vater –, überließ sie mir die entsprechenden Kalenderseiten, damit ich sie in mein Notizbuch einheften konnte. Auch, was sie sich jeweils dazu notiert hatte. Ich glaube, damit wollte sie vor allem zeigen, dass mein Vater und sie getan hatten, was in ihrer Macht stand, um mir zu helfen, mein Gedächtnis zurückzugewinnen. Es muss schwer sein, ein Kind mit lauter Leerstellen im Kopf zu haben.

(   )

Sobald ich begriffen hatte, was mit mir los war, sagte ich, dass ich bei der Polizei eine Aussage machen wolle. Erst nach längerem Drängen setzte ich mich durch. Meine Eltern hielten die Idee für Unsinn, eine unnötige Anstrengung, die weder mich noch die Ermittlungen voranbringen würde. Auch auf dem Kommissariat nahm man mich nicht ernst. Ein Polizist muss meine Worte widerspruchslos in den Computer eingegeben haben, als hätte er es mit einer Verrückten zu tun, der man am besten ihren Willen lässt. Selbst wenn ich tatsächlich Zeugin eines Verbrechens gewesen war, war meine Aussage aufgrund meiner »Probleme« wertlos.

Ich lese: »Die Aussage ist nicht verwertbar.« Da täuschten sie sich. Ich wusste zwar nicht, was nach dem Unfall passiert war, aber was davor passiert war, wusste ich und weiß ich immer noch. Mein bordeauxrotes Notizbuch enthält auch eine Kopie meiner Aussage bei der Polizei. Habe ich das schon erzählt? Offensichtlich kümmerte sich niemand um das, was ich dort sagte. Ich glaube, meine Eltern ließen mich nur aus Mitleid zur Polizei gehen. Außerdem wollten sie mich nicht reizen. Für sie war auch ich ein Opfer des an Ana verübten Verbrechens, ein »Kollateralschaden« sozusagen, der wahrscheinlich derselben Person anzulasten war, die meine Freundin ermordet hatte.

Für meine Eltern wie auch für die meisten anderen gab es drei Möglichkeiten. Erstens: Ana war tatsächlich mit mir in der Kirche gewesen. Der Täter, der sie später ermordete, stieß zunächst die Engelsstatue um. Anschließend nahm er Ana, die noch lebte, mit, vergewaltigte sie, ermordete sie, verbrannte ihre Leiche und zerstückelte sie auf der Müllhalde, wo ihre Körperteile gefunden wurden.

Jedes Mal, wenn ich das in meinem Notizbuch lese, bleibt mir fast das Herz stehen. Ich weiß, dass Ana tot ist, aber bei jeder Lektüre erfahre ich wieder zum ersten Mal, dass sie zerstückelt und verbrannt wurde. Und das ist kaum auszuhalten.

Zweitens: Ana und ich trieben uns, warum auch immer, beim Altar herum, und dabei kippte irgendwann die Statue auf mich. Ana lief aus der Kirche, um Hilfe zu holen, und fiel auf der Straße ihrem Vergewaltiger und Mörder in die Hände, der sie, als sie tot war, verbrannte und zerstückelte.

Wieder bleibt mir fast das Herz stehen.

Drittens: Alles waren bloße Wahnvorstellungen von mir, und Ana war zu keinem Zeitpunkt in der Kirche. Während dort der Unfall mit der Statue passierte, war sie irgendwo draußen unterwegs und traf, absichtlich oder zufällig, die Person, die sie kurz darauf ermorden sollte. Da ich die Vorstellung, dass meine beste Freundin auf diese Weise ums Leben gekommen war, nicht ertragen konnte, dachte ich mir aus, sie sei in meinen Armen gestorben.

Die meisten hielten die dritte Möglichkeit für am wahrscheinlichsten, auch meine Eltern. Ich nehme an, ihnen war vor allem daran gelegen, dass zwischen dem Mörder und mir ein möglichst großer Abstand erhalten blieb. »Meine Eltern glauben mir nicht«, steht dazu in meinem Notizbuch. Meine Aussage war wertlos. Offenbar machten nicht einmal die Worte des Neurologen Eindruck. Wie ich jetzt wieder lese, sagte der damals: »Die anterograde Amnesie stammt von einer Verletzung beziehungsweise einem Aufprall, sie ist nicht die Folge eines traumatischen Erlebnisses.« Es ließen sich keine Spuren von Anas Anwesenheit in der Kirche finden. Also war sie, nach Ansicht der anderen, auch nicht dort gewesen.

( )

Pater Manuel kam vor dem Unfall an uns vorbei, auf dem Weg zum Altar, wo er Hostien ins Tabernakel legen wollte. Daran erinnere ich mich, weil es vor dem Unfall war. Ich könnte schwören, dass er gegrüßt und uns beide gesehen hat. Er hat das aber bestritten; er hat unter Eid ausgesagt, er habe nur ein Mädchen gesehen, das in der hintersten Bank gebetet habe, und dieses Mädchen sei bestimmt ich gewesen, was er allerdings nicht bezeugen könne, da er kurzsichtig sei und zu diesem Zeitpunkt keine Brille getragen habe. Wörtlich sagte er – so steht es in meinem Notizbuch –: »Ich habe sie gegrüßt. Ich grüße alle, die zum Beten in meine Kirche kommen. Auch wenn ich sie nicht kenne.« Ich habe eine Kopie seiner Aussage. Dann ist er in die Sakristei gegangen und erst nach dem Knall wieder aufgetaucht, mit dem die Statue zuerst auf meinem Kopf und dann auf dem Boden aufgeschlagen ist. Nur ein Mädchen, hat er gesagt, was die anderen darin bestätigte, dass ich mir das, was ich sagte, nur einbildete. Dabei hat jeder auf seine Weise – durch seine eigenen Erfindungen – dazu beigetragen, meine Geschichte zu vervollständigen.

( )

Bei meiner Aussage habe ich nicht alles erzählt. Es war nicht nötig, zu schildern, weshalb und wie sehr Ana vor dem Tod gelitten hat. Niemand hat danach gefragt, und ich hatte geschworen, es nicht zu verraten. Dass sie in meinen Armen gestorben ist, auf meinem Schoß, habe ich dagegen gesagt, deshalb habe ich die Aussage ja gemacht – damit sie es endlich einsehen. Es hörte sich seltsam an, das stimmt. Aber es war die Wahrheit. Eindeutig. Meine Mutter – so steht es wörtlich in ihrer Aussage – wies darauf hin, dass ich mir infolge meiner Erkrankung angewöhnt hätte, Lücken durch Erfindungen zu füllen und mich in ziellosen Abschweifungen zu verlieren. Damit hatte sie recht, das muss ich zugeben, das ist bis heute so. Aber deshalb sollte mir niemand Vorwürfe machen – es ist zum Verzweifeln, wenn man etwas erzählen will und die passenden Wörter oder Bilder dafür nicht finden kann.

Früher, vor dem Unfall, war das nicht so. Habe ich das schon erklärt? Ich sehe in meinem Notizbuch nach. Ich habe es schon erklärt. An mein Leben vor dem Unfall erinnere ich mich viel genauer als jeder andere. Ana ist in meinen Armen gestorben, das habe ich mehrfach erzählt, es steht in meiner Aussage, aber niemand hat sich dafür interessiert, dass meine Freundin schon »davor« tot war. Stattdessen wollten die Leute wissen, ob wir zusammen in die Kirche gegangen waren, ob uns jemand begleitet hatte, ob ich eine verdächtig aussehende Person hatte reinkommen sehen – womöglich jemanden, den ich kannte –, ob uns auf der Straße jemand gefolgt war.

Das alles habe ich verneint. So steht es in meiner Aussage. Auch, dass ich die letzte Person war, die Ana lebend gesehen hat. Dort wird allerdings bestritten, dass sie in meinen Armen gestorben sei. Wörtlich heißt es: »Die Zeugin behauptet, Ana Sardá sei in ihren Armen gestorben. Diese wurde jedoch zehn Stunden später, verstümmelt und verbrannt, tot aufgefunden. Mehrere Querstraßen von der Pfarrkirche San Gabriel entfernt, auf einem unbebauten Gelände, das die Anwohner als Müllhalde benutzen.« Und einige Zeilen darunter: »Infolge ihres durch einen Aufprall verursachten

Schädel-Hirn-Traumas vermischt die Zeugin Wirklichkeit und Fantasie.«

Ana ist verstümmelt worden?

Die Zeugin, das bin ich.

( )

Alles wird schwarz. Davor der Filmriss. Und davor der Erzengel, der auf mich fällt. Und davor die Figur, die ins Wanken gerät. Und davor die Jacke, die sich verfängt. Und davor ich, die losläuft, um Hilfe zu holen. Und davor Ana, die zu atmen aufhört, Ana, die vor Fieber glüht, obwohl sie schon tot ist. Und davor Ana, die sagt: »Er wird kommen.« Und davor: »Bring mich in die Kirche.« Und davor: »Wenn mir etwas zustößt, gib Lía den Ring mit dem Türkis.« Was zuerst passiert ist, vor all dem »Davor«, habe ich nicht erzählt, denn ich hatte meiner Freundin versprochen, dass ich es nie verraten würde, auf keinen Fall.

Im Angesicht des Altars hat sie mich das auch noch einmal schwören lassen. Viele Jahre später habe ich meinen Schwur zwar nicht gebrochen, aber ich habe das, was offensichtlich war, dann doch bestätigt. In meinem Notizbuch steht: »Elmer García Bellomo.« Er begriff endlich, was Sache war, und erklärte es Alfredo. Ausgesprochen hat *er* es, nicht ich. Danach hatte es keinen Sinn, es weiter abzustreiten. Mein Schweigen aufrechtzuerhalten hätte nur noch größeren Schaden verursacht. Denn es gab jemanden, der Ana getötet hatte, ja, aber anders, es war kein Mord. Was zwischen dem Augenblick passierte, in dem Ana tot in meinen Armen lag, und dem Moment, in dem ihre Leiche verstümmelt und verbrannt wurde, weiß ich nicht. Sobald ich lese, dass Ana zuletzt so etwas zugefügt wurde, vergesse ich es wieder. Am liebsten würde ich es nie wieder lesen müssen. Sosehr ich mich auch anstrenge, diese Lücke kann ich nur durch Erfindungen schließen, denn hierzu verfüge ich über keinerlei Erinnerungen, weder in meinem Kurzzeit- noch meinem Langzeitgedächtnis. Mein Leben kann ich bloß im Plusquamperfekt erzählen – alles, was vor dem Unfall passiert war. Ich war gegangen, ich hatte gesehen, ich war gewesen. Ana war in meinen Armen gestorben.

(   )

Ich ging zur Totenwache für Ana, ich wollte mich von ihr verabschieden. Habe ich das schon erzählt? Was die Leute um mich herum sagten, war mir vollkommen unverständlich. Ich kam mir vor wie in einem Albtraum, die anderen redeten lauter verrücktes Zeug, das machte mich wütend. Das hat meine Mutter immer wieder gesagt: »Du warst sehr wütend.« Ich habe es aufgeschrieben. Mein Vater hat gesagt: »Du wolltest mit niemandem sprechen, niemand durfte dich berühren, du hast dich neben dem Sarg auf den Boden gesetzt und nicht mehr von der Stelle gerührt, wie ein krankes Hündchen.« Das habe ich farbig markiert: »Krankes Hündchen.«

»Sie wollen, dass ich verrückt werde«, steht auch in meinem Notizbuch, das hat aber niemand gesagt, das muss ich mir gedacht haben. Die Notizbücher helfen mir beim Nachdenken. Als die Totenwache stattfand, machte ich mir jedoch noch keine Notizen. Damit habe ich erst nach dem Besuch beim Neurologen angefangen. Von ihm bekam ich mein erstes Notizbuch. Dazu die Diagnose »anterograde Amnesie«. Das Notizbuch war bordeauxrot und hatte einen schwarzen Schmetterling auf dem Einband. Bis dahin hatte ich mir keine

Notizen gemacht, darum ist da eine Lücke. Wenn ich wissen will, was zwischen dem Unfall und den Notizbüchern passiert ist, muss ich es erfinden, oder ich frage andere und schreibe ihre Antworten auf. Leider kamen die Notizbücher in gewisser Hinsicht zu spät, denn die ersten Stunden waren entscheidend, viele wichtige Informationen müssen verloren gegangen sein. Als wir endlich zu dem Neurologen gingen, war der Schaden in meinem Gehirn nicht mehr rückgängig zu machen. Das hat er selbst gesagt: »Der Schaden lässt sich nicht beseitigen.«

(   )

Mein Jackenärmel verfing sich am Sockel der Statue des Erzengels Gabriel. Davor war ich losgelaufen, um Hilfe zu holen. Davor war Ana in meinen Armen gestorben. Davor war Ana glühend vor Fieber zu mir nach Hause gekommen. Ihr Gesicht hatte eine seltsam kupfrig gelbe Farbe. In der Kirche nahm sie eine bläuliche Tönung an, und sie weinte vor Schmerzen. Das alles brauche ich aber nicht aufzuschreiben, weil es zu dem Teil meines Lebens gehört, an den ich mich erinnere und den ich nie vergessen werde. Auch den Grund für Anas Leid werde ich nie vergessen. Ich habe ihr geschworen, es nie zu verraten, und viele Jahre, dreißig Jahre, um genau zu sein, bin ich meinem Schwur treu geblieben. Vor ein paar Monaten hatte ich aber zum ersten Mal das Gefühl, dass ich Alfredo die Wahrheit schuldete. Er war sehr krank und würde bald sterben. Was wog schwerer – was ich Ana versprochen hatte oder was ich Alfredo schuldig war?

Ist Alfredo gestorben? Ich blättere in meinem Notizbuch. Ja, Alfredo ist gestorben.

( )

»Bring mich in die Kirche, bring mich in die Kirche, bitte«, sagte Ana, die kaum noch atmen konnte. Ich brachte sie in die Kirche, wo wir uns in die hinterste Bank setzten. Sie sagte, ich solle sie allein lassen und gehen. »Er wird gleich kommen.«

Ich fragte: »Wer?«

Aber sie antwortete nicht, sondern wiederholte bloß: »Er wird kommen.«

»Wer denn, sag doch, ich kann ihn holen, wenn du willst.«

»Er wird kommen.« Dann sagte sie noch einmal, ich solle gehen, klammerte sich aber gleichzeitig an mich. Sie glühte vor Fieber, zitterte, war nass. So lag sie auf meinem Schoß. Sie ließ mich schwören, dass ich niemals verraten würde, was sie getan hatte. Ich schwor es. Lange weinte sie, ihre Tränen durchnässten meine Hose. Bis sie auf einmal aufhörte – sie weinte nicht mehr, zitterte nicht mehr, atmete nicht mehr. Ich schüttelte sie, schrie sie an, wurde böse auf sie. Ana war tot, ich war mir sicher, ich bin mir sicher. Ich bekam keine Luft mehr und fühlte einen stechenden Schmerz in der Brust. Behutsam bettete ich sie auf die Bank und lief los, um Hilfe zu holen. Ich rannte zum Altar, stürmte die Stufen hinauf, mein Ärmel verfing sich am Sockel der Figur des Erzengels. Ich drehte mich um und zog an dem Ärmel, um ihn freizubekommen. Da geriet die Statue ins Wanken und kippte auf mich.

( )

Ein Flügel des Engels brach ab. Ein Flügel brach ab? Ich sehe im Notizbuch nach. »Aufprall.« »Ein Flügel war abgebrochen.« Alles wird schwarz. Filmriss.

( )

Wir lernten uns in der dritten Klasse kennen, Ana und ich, und erklärten einander schon bald zu »besten Freundinnen«. Als sie starb, waren wir beide siebzehn, und da galt das noch genauso. Und so wäre es auch für immer geblieben. Ana wusste alles über mich. Und ich wusste alles über sie, bis auf seinen Namen.

( )

Ich musste schließlich die Tatsache akzeptieren, dass sie verstümmelt und verbrannt worden war. Meine Eltern sagten das, die Zeitungen sagten es, die Polizei sagte es, und so steht es auch in meinen Notizbüchern. Ich habe nie verstehen können, was passiert ist, nachdem sie in meinen Armen gestorben war. Niemand kann zweimal sterben, und niemand kann eine Tote töten. Die anderen suchten nach einem Mörder, den es nicht gab. Trotzdem hatten alle ihre Erklärungen. Die Lücken ergänzten sie mit dem, was die anderen sagten, die nicht sehen wollten. Nur ich durfte nichts erfinden, oder wenn, dann nur, weil sowieso alles, was ich sagte, erfunden war – ich war ja »die, die ihr Gedächtnis verloren hat«, »die kleine Spinnerin«.

( )

Ein verlorenes Gedächtnis – das neue. Und ein zum Schweigen gebrachtes Gedächtnis – das alte. So war es, bis vor einiger Zeit Alfredo bei mir auftauchte, Anas Vater. Das steht in meinem Notizbuch. Ich habe es farbig markiert. »Alfredo Sardá hat mich besucht.« Ja, mich, auch wenn sonst nie jemand kam, um mich zu besuchen.

Normalerweise besuchten die Leute unsere ganze Familie, oder nur meine Eltern, meistens, weil ein Fest oder ein Geburtstag gefeiert wurden. Meine Mutter erschien in meinem Zimmer und sagte, Anas Vater wolle sich mit mir unterhalten. »Meine Mutter kommt in mein Zimmer.« »Meine Mutter sagt: ›Alfredo Sardá ist da, um dich zu besuchen.‹«

Ich zog mich an. Eigentlich hatte ich vorgehabt, wie so oft den ganzen Tag im Pyjama zu verbringen und die Übungen zu machen, die meine neue Physiotherapeutin mir gezeigt hatte. Jetzt betrachte ich wieder ihr Foto, das ich zusammen mit den Angaben zu den Übungen in das Buch eingeheftet hatte, weil ich die Frau nach unseren Treffen sofort vergaß, obwohl ich sie sehr mochte. Ich nahm das Notizbuch und ging nach unten ins Wohnzimmer, wo Anas Vater auf mich wartete. Meine Mutter brachte uns Tee und ließ uns dann allein. So muss es gewesen sein, denn es taucht kein einziger Satz von ihr in meinen Aufzeichnungen auf.

Wäre sie dabei gewesen, hätte sie auch etwas gesagt. Sie sagt immer etwas, sie versucht, zu ergänzen, woran ich mich nicht erinnern kann. Sie glaubt, so hilft sie mir. Aber ich fühle mich dabei wie jemand, der stottert und dem sein Gegenüber aus Ungeduld ständig ins Wort fällt, bevor er selbst sagen kann, was er möchte. Warum lassen sie mich nicht meine eigenen Erinnerungen erfinden? Warum beunruhigt es die anderen so sehr, wenn ich meine Vorstellungskraft benutze? Das Problem ist ja nicht, dass ich mich nicht erinnern *will* – ich *kann* mich nicht erinnern. Und ich stelle Bezüge her, lasse mich von meinem Gefühl leiten, fantasiere, lüge, falls nötig. Bis die schwarze Leinwand bunt ist.

(   )

Alfredo war sehr nett. Zuerst fragte er, wie es mir gehe, und entschuldigte sich, weil er sich in den vergangenen fast dreißig Jahren nie nach mir erkundigt habe. In meinem Notizbuch steht: »Und, was hast du in der Zeit gemacht, Marcela?« Wie er sagte, war es ihm lange schwergefallen, zu hören, was Anas Freundinnen machten, wie sie ihr Leben – ohne Ana – fortsetzten. »Aber jetzt geht es, jetzt bin ich so weit. Erzähl mir doch was von dir.«

Gab es etwas zu erzählen? Erinnerte ich mich einfach nur an nichts, oder gab es tatsächlich nichts zu erzählen? Ohne Gedächtnis blieben mir fast alle Türen verschlossen. Ich konnte nicht studieren, mich nicht verlieben und auch keine neuen Freundschaften schließen. Ein paar alte Bekannte hatte ich noch, aber allzu viel lag mir nicht an ihnen, denn meine Freundin, meine wirkliche Freundin Ana, war tot. Was ich gemacht hatte, wollte Alfredo wissen. Behandlungen, Übungen, essen, schlafen, Behandlungen, Übungen. Viel mehr war da nicht. Trotzdem beantwortete ich seine Frage, so gut es ging. Mit der Zeit hatte ich das gelernt – ich lächelte und gab den einen oder anderen vorgefertigten Satz von mir.

Dann sagte ich, er solle erzählen. Bevor er anfing, klappte ich mein Notizbuch auf. »Fertig?«, fragte Alfredo. Damals hatte ich ein Buch mit einem gelben Einband. Und einem schwarzen Schmetterling darauf, den ich aber selbst gezeichnet hatte. Wenn die Einbände sich dafür eignen, zeichne ich schwarze Schmetterlinge darauf.

»Fertig«, sagte ich, und Alfredo fing an zu erzählen. Vor einigen Tagen habe er wieder einmal die Untersuchungsakten zu Anas Tod durchgesehen. Sehr sorgfältig, weil es, wie er sich gesagt habe, vielleicht das letzte Mal sein würde – er habe genug davon, sich immer nur im Kreis zu drehen und letztlich keinen Schritt weiterzukommen, das tue ihm nicht gut, außerdem habe er seit einiger Zeit gesundheitliche Probleme. »Warum auch immer« habe er sich meine Aussage bei der Polizei noch einmal besonders gründlich durchgelesen. Und dabei sei ihm plötzlich etwas aufgegangen.

Ich bat ihn, mir zu erzählen, was ich damals ausgesagt hatte, weil ich mich nicht daran erinnern kann. Das machte er sehr geduldig. Dann suchte ich im Computer nach der entsprechenden Datei und las meine Aussage noch einmal im Original durch. Anschließend bat ich Alfredo, schnell weiterzusprechen, weil ich das, was er gerade gesagt hatte, schon bald wieder vergessen würde. Er wollte wissen, warum ich ausgesagt hatte, dass Ana wenige Minuten vor dem Unfall mit der Engelsstatue tot auf meinem Schoß gelegen habe.

»Du hast gesagt: Eine Tote kann man nicht töten. Warum hast du das gesagt, Marcela?«

»Weil es so war.« Ich erzählte ihm ausführlich, wie es abgelaufen war. Das hatte ich schon lange nicht mehr getan. Beim Zuhören nickte er, und ihm traten Tränen in die Augen. Zum ersten Mal ließ sich jemand offen und vorurteilslos auf das ein, was ich zu sagen hatte. In meinem Notizbuch steht dazu: »Alfredo hört mir zu.« Und: »Ich will nicht, dass du dich überanstrengst. Meinst du, wir könnten uns ein paar Mal hintereinander treffen, und du erzählst mir in aller Ruhe,

woran du dich erinnerst? Dann kann ich alles aufschreiben.«
»Gern, na klar. Schreiben Sie sich auch Sachen auf, Alfredo?«
»Ja, Marcela.« Da mussten wir beide lachen. Vielleicht haben
wir gelacht. Vielleicht haben wir uns umarmt. Vielleicht haben wir uns auch nur angesehen und gespürt, dass uns endlich jemand zuhört. Ich erinnere mich nicht daran, aber in
jedem Fall hätten wir das tun sollen.

Ich trug den Tag und die Uhrzeit unseres ersten Treffens
in das gelbe Notizbuch ein und markierte beides mit rosafar-
benem Leuchtstift. Zwei Tage später trafen wir uns zum ersten
Mal in dem Haus, wo Ana gewohnt hatte.

2

In der dritten Klasse wechselte ich an die Herz-Jesu-Schule.
Anders als heute war das damals eine reine Mädchenschule.
Jetzt gehen auch Jungs dorthin, sagen die anderen. Sie müssen
es mir immer wieder sagen, weil ich es vergesse. Ich kannte
niemanden. Als sich alle meine künftigen Klassenkameradin-
nen gesetzt hatten, ließ ich mich an dem einzigen noch freien
Platz nieder. Der befand sich genau in der Mitte des Raums.
Wie ich später erfuhr, hatte dort das Mädchen gesessen, das
in der Klasse den Ton angab, eine gewisse Nadina, die jedoch mit ihrer Familie nach Brasilien gezogen war. Wie alle
Anführer war Nadina von den einen geliebt und von den
anderen gehasst worden. Obwohl sie schon im August des
Vorjahrs umgezogen war, war ihr Platz immer noch ihr Platz.
Keine meiner Klassenkameradinnen hatte gewagt, sich dort
niederzulassen – entweder aus Respekt oder aus Angst oder,

um sich nicht irgendwelchen negativen Energien auszusetzen. Der leere Platz musste noch einschüchternder gewirkt haben als seine ehemalige Besitzerin. Aber es war sonst keiner mehr frei, also bewegte ich mich in meiner Ahnungslosigkeit unsicher darauf zu. Bei jedem Schritt spürte ich die Blicke der anderen auf mir. Auch den mir unerklärlichen Vorwurf, der in diesen Blicken lag, spürte ich genau, stehen zu bleiben oder gar umzukehren hätte es jedoch nur schlimmer gemacht. Ich redete mir ein, dass es wahrscheinlich daran lag, dass ich die »Neue« war. Noch im Laufen kontrollierte ich, ob ich nicht doch etwas falsch gemacht hatte, zum Beispiel zwei verschiedene Schuhe angezogen, oder ob mein Rock verrutscht und mein Slip zu sehen war oder ob ich einen Popel an der Nase hatte oder Zahnpasta in den Mundwinkeln. Aber nichts davon war der Fall.

Tagelang sprach keine meiner Mitschülerinnen auch nur ein Wort mit mir. Wenn die, die neben mir saß, etwas brauchte, tippte sie der Schülerin vor ihr auf den Rücken oder drehte sich zu der hinter ihr um. Mich hätte sie nicht einmal versehentlich angesprochen. Die Einzige, die ab und zu den Blick auf mich richtete – und mich dabei eine andere Art Energie spüren ließ –, war Ana Sardá. Aber sie saß weit von mir entfernt, in der letzten Reihe. Wenn mich hin und wieder das Gefühl überkam, gleich in Tränen ausbrechen zu müssen, drehte ich mich zu ihr um und stellte fest, dass sie mich ohne Mitleid, aber auch ohne Vorwurf ansah. Das genügte mir. Einmal lächelte sie sogar. Und bei einer anderen Gelegenheit war sie kurz davor – das könnte ich schwören –, auf mich zuzugehen, um mich zu ihrer Gruppe mitzunehmen, aber da klingelte es, und wir mussten ins Klassenzimmer zurückkehren.

So ging es bis zu den Winterferien. Während der ganzen Zeit sprach ich mit so gut wie keiner meiner Mitschülerinnen. Ich wünschte, die Ferien würden ewig dauern, ich fühlte mich außerstande, noch einmal in diese Klasse zu gehen. An dem Tag, an dem der Unterricht schließlich wieder anfangen sollte, erwachte ich mit starken Bauchschmerzen. Fast wäre ich zu Hause geblieben, aber meine Mutter ließ es nicht zu. Im Pausenhof sah ich Ana und die Lehrerin, die sich unterhielten, oder vielmehr etwas auszuhecken schienen. Hin und wieder blickten sie in meine Richtung. Bis Ana plötzlich, kurz bevor das Klingelzeichen ertönte, auf mich zukam und lächelnd sagte: »Na, wie gehts?« Als wir daraufhin das Klassenzimmer betraten, forderte die Lehrerin uns zu meiner Überraschung auf, stehen zu bleiben. Sie wolle »ein paar Veränderungen« vornehmen, »für das Lernklima«, wie sie sich ausdrückte. Anschließend sollten wir die Bänke in U-Form anordnen.

Die Lehrerin beteiligte sich mit großer Entschlossenheit an der Umbauaktion. Anschließend hätte niemand mehr sagen können, wer früher an welcher Bank gesessen hatte. Dann erst forderte sie uns auf, Platz zu nehmen. Wieder wartete ich, bis alle sich gesetzt hatten. Doch da merkte ich plötzlich, dass Ana den Stuhl neben sich freigehalten hatte und mich zu sich herwinkte. Ohne zu zögern, folgte ich ihrer Aufforderung und hatte das Gefühl, endlich dazuzugehören. Bald darauf erklärten wir einander zu »besten Freundinnen« und wurden unzertrennlich. Bis zu Anas Tod.

Als Teenager glaubten wir, ein langes Leben vor uns zu haben, und verliebten uns beide mehrmals. Ausführlich schilderten wir uns gegenseitig unsere Empfindungen – was, auf welche Weise und wie intensiv wir für unsere jeweiligen

Erwählten fühlten. Und auch, woran und wie schmerzhaft wir litten. Manchmal war es wie ein Spiel, manchmal auch eine ernsthaftere Angelegenheit, und trotzdem gingen diese ersten Erfahrungen kaum über ein kindliches Hoffen und Sehnen hinaus. Im Grunde waren wir vor allem in die Liebe selbst verliebt. Zuletzt, in dem Jahr, bevor sie starb, lernte Ana jedoch eine andere Art von Gefühlen kennen. War *das* Liebe? Das fragte ich mich damals und tue es noch heute.

In den Sommerferien hatten wir uns kaum gesehen. Ich hatte fast zwei Monate mit meiner Familie auf dem Land verbracht, meine Großmutter war krank, und meine Mutter wollte so viel Zeit wie möglich mit ihr verbringen. Wir sahen uns erst im März wieder, kurz vor Beginn des neuen Schuljahrs. Ana gestand mir damals, dass sie sich verliebt habe. »Hoffnungslos verliebt«, verkündete sie. Doch als ich fragte, in wen, wollte sie es nicht sagen. Was den Verdacht in mir hervorrief, dass das Adjektiv »hoffnungslos« sich nicht auf die Heftigkeit ihrer Gefühle bezog, sondern wörtlich zu verstehen war – für Anas Liebe gab es keinerlei Hoffnung.

»Liebt er dich nicht?«, fragte ich.

»Er liebt mich, aber er darf mich nicht lieben«, erwiderte Ana. Und ich litt mit ihr, obwohl ich nicht recht verstehen konnte, warum man jemanden, den man liebt, nicht lieben durfte.

Mehrfach wiederholte ich meinen zaghaften Vorstoß: »Wer ist es denn?« Doch Ana verweigerte mir standhaft die Antwort, bat mich um Entschuldigung und gab zu, dass sie sich schlecht fühle, weil sie es mir nicht sagen könne, aber sie habe ihm nun einmal versprochen, es niemandem zu verraten.

»Ich habe es ihm geschworen«, wiederholte sie jedes Mal und fügte hinzu: »Verzeih mir, er darf mich nicht lieben.« Doch *wer* sie angeblich nicht lieben durfte, das behielt sie für sich.

Wir waren inzwischen siebzehn, und mir wurde klar, dass es künftig Geheimnisse zwischen uns geben würde, dass Erwachsenwerden auch darin bestand, dass jeder einen Teil seiner Welt vor dem anderen verborgen hielt. Dass sich das nicht aufhalten ließ – und dass damit auch eine Art Trennung einherging –, tat weh, so weh, wie es in der dritten Klasse getan hatte, an Nadinas Platz sitzen zu müssen und von allen gemieden zu werden.

Ich erstellte eine Liste aller verheirateten Männer, die wir kannten und in die Ana meiner Meinung nach verliebt sein könnte. Darauf schrieb ich auch alle, die als »verbotene« Liebhaber infrage kamen – Lehrer, die Brüder von Freundinnen, Vettern. Die Väter von Freundinnen schloss ich aus, der bloße Gedanke, Ana könnte sich in einen von ihnen verliebt haben, war einfach zu abstoßend. Jedem Namen ordnete ich eine Zahl zwischen eins und fünf zu, je nachdem, für wie wahrscheinlich ich es hielt, dass meine Freundin ihm ihr Herz geschenkt haben könnte. In den meisten Fällen vergab ich eine Eins: »Unmöglich.« Oder eine Zwei: »Sehr unwahrscheinlich.« Manchmal eine Drei: »Vorstellbar.« Letzteres etwa im Fall eines noch sehr jungen Lehrers, der für mehrere Monate eine Vertretung an unserer Schule übernommen hatte. Wegen seiner großen Ähnlichkeit mit Harrison Ford hatten wir ihm den Spitznamen Indiana Jones gegeben. Eine Vier – »sehr wahrscheinlich« – vergab ich nie. Ebenso wenig eine Fünf: »Der ist es.«

Unsere Beziehung blieb davon nicht unberührt. Nicht, dass wir uns nicht mehr gemocht hätten, unsere Freundschaft war unversehrt, aber wir verbrachten weniger Zeit miteinander und teilten nicht mehr alle Erlebnisse, Vorlieben und lustigen Geschichten wie bis dahin. Ob die beiden sich wirklich so oft sahen, weiß ich nicht, doch Ana war jederzeit wie auf Abruf, wartete auf ein Zeichen von ihm, hoffte, dass sie sich würden sehen können, und weinte, wenn es nicht klappte. Sie war völlig davon eingenommen. Was ich zu erzählen hatte, interessierte sie nicht. Manchmal erkannte ich an ihrem verträumten Blick, dass sie bloß so tat, als würde sie zuhören, während sie in Wirklichkeit mit den Gedanken ganz woanders war. So verhielt sie sich aber nicht nur mir gegenüber, mit den Lehrern und anderen Freundinnen war es genauso.

Obwohl sie über ihre Beziehung kaum mehr preisgab, als dass sie sehr intensiv war, machte sie mich dabei zu ihrer Komplizin. Des Öfteren rief sie an und sagte: »Falls meine Eltern nach mir fragen, sag ihnen bitte, dass ich bei dir übernachte.« Ob sie die Nacht dann tatsächlich mit ihm verbrachte oder bloß, in der Hoffnung, ihm zu begegnen – oder um ihm nachzuspionieren –, umherlief, wusste ich nicht. So oder so hoffte ich inständig, dass ihre Eltern nicht bei uns anrufen und nach ihr fragen würden, denn lügen konnte ich damals noch nicht. Das kann ich erst, seit ich lernen musste, die Lücken in meiner Erinnerung zu füllen. Als mein Gedächtnis noch funktionierte, wurde ich unweigerlich rot, wenn ich auch nur daran dachte, etwas Unwahres zu sagen.

Kurz vor ihrem Tod ging es Ana eine Zeit lang richtig gut, das sah man ihr an, sie wirkte zufrieden, strahlte. Sie sagte, endlich zeichne sich eine Lösung ab, er habe beschlossen, ein freier Mensch zu werden, sein Leben von Grund auf zu ändern, das habe er ihr versprochen. Von irgendwelchen Verpflichtungen sei keine Rede mehr. Ana war siebzehn und verstand ihn, oder behauptete das wenigstens. Und wenn er sein Vorhaben umsetze, werde sie mir auch sagen können – zuerst mir und dann allen anderen –, wen sie liebe, da sei sie sich ganz sicher. Sie sprach über die Zukunft, über ihren Plan, wegzugehen, vielleicht im Ausland zu studieren, etwas, worüber ich mir noch keinerlei Gedanken gemacht hatte.

Doch kurz darauf verwandelte ihre romantische Liebesgeschichte sich in ein Drama. Ihre Monatsblutung ließ auf sich warten. Sie merkte es nicht sofort, weil ihre Menstruation unregelmäßig war. Von allen aus unserer Klasse hatte sie als Letzte ihre Tage bekommen und noch keinen festen Rhythmus. Ich dagegen hatte meine Regel schon, seit ich elf war, und blutete exakt alle achtundzwanzig Tage, und das reichlich. Als ihr schließlich klar war, dass sie bereits mehrere Monate keine Blutung mehr gehabt hatte, und sich außerdem ihre Brüste geschwollen anfühlten, sagte sie ihm das. Sie beschlossen, zu warten, doch die Tage vergingen, und keinerlei Menstruation kündigte sich an. Unterdessen versuchten sie sich mithilfe aller möglichen Hausmittel Gewissheit zu verschaffen. Für einen Labortest hätten sie ihre Namen und Ausweisnummern angeben müssen. Schnelltests waren damals noch etwas ganz Neues und für unsereins nicht zu bekommen. Eins der Hausmittel bestand darin, gleich morgens in eine Schüssel mit Essig zu pinkeln. Wenn sich nach zwanzig Minuten keine Veränderung zeigte, war sie nicht schwanger. Wenn sich Schaum bildete, war das Gegenteil der Fall. Es bildete sich Schaum, eine ganze Menge. Sie wiederholten die Prozedur, aber diesmal mit Seifenwasser. Erneut bildete sich Schaum. Die Ungewissheit blieb, und die Angst auch. Da organisierte er eine Krankenschwester, die Ana Blut abnahm und die Probe in dem Krankenhaus, wo sie arbeitete, unter falschem Namen analysieren ließ. Der Schaum hatte die Wahrheit angezeigt: Ana war schwanger, wie jetzt auch offiziell bestätigt war.

Erst als das feststand, erzählte Ana mir davon – weinend, als wir einmal zusammen bei mir die Hausaufgaben machten. Ich hätte am liebsten auch geweint, unterdrückte die Tränen jedoch. Von dem, was ich gerade zu hören bekommen hatte, schwirrte mir der Kopf.

»Aber habt ihr …?« Ich brauchte die Frage nicht zu beenden.

»Ja, wir haben gevögelt, Marcela«, sagte Ana.

»Wann denn?«

»Oft.«

»Und habt ihr nicht verhütet?«

»Doch, haben wir, aber es ist was schiefgegangen.«

»Wie?«

Statt einer Antwort wiederholte Ana bloß: »Wir haben verhütet.«

Ich glaubte ihr nicht. Als ich sie anschließend umarmte, fing ich dann doch noch zu weinen an.

Was sie jetzt tun und wann sie es ihren Eltern sagen werde, und ob er sich nun trennen werde oder plane, zwei Familien zu haben, wagte ich nicht zu fragen. Auch nicht, ob es schön war zu vögeln, ob es wehtat, ob die Lust größer war als der Schmerz.

Nachdem wir beide lange geweint hatten und schließlich nebeneinander auf dem Bett lagen, sagte Ana: »Ich liebe ihn so sehr, dass es richtig wehtut. Ihm geht es genauso. Du weißt gar nicht, wie schön es ist, wenn dich jemand so lieb hat.« Ich hörte schweigend zu und glaubte auf einmal, alles werde gut werden. Aber ich täuschte mich, kurz darauf fing Ana wieder an zu weinen.

»Was macht ihr denn jetzt?«, fragte ich.

Und sie erwiderte: »Ich lass es wegmachen.« Ich verstand nicht. »Ich werde es nicht bekommen, Marcela. Ich lasse es abtreiben«, sagte Ana, um jeden Zweifel auszuschließen. Bei dem Wort »abtreiben« erschrak ich. Wir verwendeten es nie. Es war ein schmutziges Wort. Ich war auch noch in keinem einzigen Buch oder einer Zeitschrift darauf gestoßen. Unsere Lehrerinnen hätten es niemals in den Mund genommen. Und hätten wir das Thema angesprochen, hätten sie gesagt, das sei eine Sünde, und uns ohne weitere Erklärungen zum Direktor geschickt oder mehrere Vaterunser beten lassen. Aber was hätte man von Lehrerinnen, die zugleich Nonnen waren, auch anderes erwarten sollen?

»Und wie macht man das, abtreiben?«, fragte ich.

»Ich weiß nicht. Er wird sich erkundigen, und dann erklärt er mir alles, und er gibt mir Geld, selbst habe ich nicht genug dafür. Trotzdem hat er die Entscheidung mir überlassen, er will mich nicht bevormunden.«

»Das soll er auch nicht, aber er sollte dich bei der Entscheidung unterstützen«, wagte ich zu sagen.

»Das kann er nicht«, erwiderte Ana. Dass er sich in der Öffentlichkeit mit ihr zeigte, sich zu ihr bekannte, war ausgeschlossen. Dass er die Verantwortung auf diese Weise ganz auf sie abschob, irritierte mich.

Als ich Ana das sagte, wurde sie böse. »Du kennst ihn nicht, er tut das mir zuliebe.«

»Wäre er denn bereit, sich zu trennen oder seine Vaterschaft wenigstens anzuerkennen, wenn du beschließt, das Kind zu bekommen?«

»Das kann er nicht, wie oft soll ich das noch sagen? Außerdem will ich nicht. Das kommt für mich nicht infrage.

Ich bin gerade mal siebzehn, ich weiß noch gar nicht, ob ich später mal Kinder bekommen will. Willst du denn Kinder bekommen?«

»Ich weiß nicht, so habe ich noch nie darüber nachgedacht, ehrlich.«

»Was das angeht, sind wir allein, Marcela, verstehst du? Auch du wirst allein sein, wenn es bei dir irgendwann mal so weit ist.«

Nein, ich verstand sie nicht, ich wusste nicht, ob sie von Liebe redete oder von Sex oder Abtreibung oder vom Mutterwerden. Allein? Wieso allein? Und für immer?

Danach taten wir, als würden wir uns wieder mit den Hausaufgaben beschäftigen. Schließlich wurde es draußen dunkel, und Ana fragte, ob sie bei mir übernachten könne. Natürlich, sagte ich, und sie rief zu Hause an und gab ihren Eltern Bescheid. Wir aßen in meinem Zimmer zu Abend. Zu meiner Mutter sagte ich, wir hätten noch so viel zu tun und würden deshalb lieber beim Lernen ein paar Brote essen.

»Wann gibt er dir denn Bescheid?«, fragte ich irgendwann unvermittelt.

»Morgen, glaube ich. Er hat gesagt, wenn, dann soll ich es gleich machen lassen. Später wird alles nur noch chaotischer.«

»Was heißt, noch chaotischer? Hat er das wirklich so gesagt?«

Wieder versuchte Ana, ihn in Schutz zu nehmen: »Für ihn ist es eben nicht so einfach, darüber zu sprechen. Vor allem über das, was ich werde tun müssen. Da geht es ihm richtig schlecht.« Nach einer längeren Pause fuhr sie fort. »Er tut mir so leid. Er ist gegen Abtreibung, er ist sehr katholisch, für ihn ist das etwas Verbotenes. Eine Sünde. Aber meinetwegen ist er bereit, sich darauf einzulassen. Was auch immer ich entscheide, er trägt es mit«, sagte sie.

»Wenn du dich dafür entscheiden würdest, das Kind zu bekommen, würde er das aber nicht mittragen«, versetzte ich.

»Das will ich auch gar nicht, *ich* habe beschlossen, abzutreiben«, erwiderte Ana heftig. Die Diskussion war beendet.

Ich hasste ihn, obwohl ich ihn gar nicht kannte – er machte es sich leicht, erklärte, er sei Katholik, und überließ die Entscheidung Ana, mit ihren siebzehn Jahren, die bis vor Kurzem noch Jungfrau gewesen war.

»Kommt er mit? Wenn du es machen lässt, meine ich, begleitet er dich dann?«, fragte ich, als ich glaubte, dass Anas Ärger sich ein wenig gelegt habe.

»Ja, natürlich kommt er mit«, sagte Ana.

»Geh bloß nicht allein«, sagte ich und bezweifelte, dass dieser Mann tatsächlich Wort halten würde. Wieder umarmten wir uns und fingen an zu weinen. »Wenn du möchtest, dass ich mitkomme, oder was auch immer, sag es mir, ich bin da.«

»Danke, ich weiß, dass ich mich auf dich verlassen kann. Aber es wird nicht nötig sein.«

Kurz vor Mitternacht gingen wir endlich ins Bett. Ich wälzte mich unruhig hin und her. Ana dagegen lag ruhig da. Ich wusste nicht, ob sie schon schlief oder bloß ihren Gedanken nachhing. »Ana …«, sagte ich leise.

»Hm? Was ist?«, murmelte sie. Offensichtlich hatte ich sie geweckt.

Ich näherte mich mit dem Mund ihrem Ohr und flüsterte: »An deiner Stelle würde ich dasselbe tun, ich würde es genauso machen.«

Seufzend schmiegte sie sich an mich. »Ich liebe dich, Marcela.« So schliefen wir ein.

Als wir am nächsten Tag zusammen in die Schule gingen, sagte keine von uns ein Wort. Auch ich war ganz von dem Gedanken an Anas Schwangerschaft eingenommen, ich litt, als ob das, was ihr gerade geschah, uns beiden widerfahren würde. Der Unterricht zog sich unendlich in die Länge. Andererseits wünschte ich, er würde niemals enden, denn mit seinem Ende rückte die bevorstehende Abtreibung näher – innerlich sah ich eine Sanduhr vor mir, in der unaufhaltsam die Körnchen hinabrieselten.

Nach der Schule ging ich nach Hause, während Ana mit ihm verabredet war, damit er ihr erzählte, was er herausgefunden hatte. Für einen Augenblick überlegte ich, ob ich ihr heimlich nachgehen sollte, um zu erfahren, wer der Mann war, der das Leben meiner Freundin dermaßen auf den Kopf gestellt hatte. Zuletzt entschied ich mich aber dagegen, unsere Freundschaft war mehr wert als die Befriedigung meiner Neugier.

Gegen Abend rief Ana mich an: »Also, morgen früh ist es so weit, dann wird die Sache endlich erledigt.« Sie hörte sich erleichtert an, was mich freute, für sie und für mich. Ich wünschte ihr, dass die Qual für sie damit ein Ende fände. Und mir wünschte ich, dass unsere Freundschaft, auch wenn sie nie mehr so sein würde wie früher, wieder ins Gleichgewicht käme.

»Und er kommt mit, oder?«, fragte ich.

»Ja«, sagte Ana, »er kommt mit.«

In dieser Nacht schlief ich sehr schlecht, mehrfach wachte ich erschrocken auf und hatte danach Schwierigkeiten, wieder einzuschlafen. Einmal stand ich auf und wanderte im

Haus herum. Fast wäre ich in Nachthemd und Pantoffeln zu den Sardás gelaufen, ich war mir sicher, dass auch Ana nicht schlafen konnte. Ich betete für sie. Ich bat Gott, sie zu beschützen, dass alles gutgehen und schnell vorbei sein und nicht wehtun möge. Und dass man es ihr danach nicht ansehen möge. Ob eine Abtreibung wohl Spuren hinterlässt?, fragte ich mich im Halbdämmer. Ich hatte keine Ahnung. Ich wusste nicht, was dabei eigentlich gemacht wurde, und ebenso wenig, wo die Prozedur stattfinden und wie lange sie dauern würde. Er würde jedenfalls bei ihr sein, und das war gut so, auch wenn ich ihn hasste. Ana würde mir später alles erzählen, dann wüsste ich, was mich erwartete, falls ich eines Tages in die gleiche Lage kommen sollte.

Am Morgen stand ich früher auf als sonst und zog mich an, es hatte keinen Sinn, noch länger wach im Bett zu liegen. Kurz bevor ich aufbrechen wollte, klingelte es an der Haustür. Meine Mutter machte auf, es war Ana. Ich versuchte, meine Überraschung und Sorge zu überspielen, packte hastig meine Sachen und trat vor die Tür, als hätten wir ausgemacht, an diesem Tag zusammen zur Schule zu gehen. Auch Ana hatte ihre Schuluniform an.

»Habt ihr die Sache abgeblasen?«, fragte ich.

»Kannst du mitkommen?«, fragte sie zurück. Ihre Augen waren geschwollen, offensichtlich hatte sie die ganze Nacht geweint. Das Beten für Ana hatte also nichts genützt. Manchmal ist Beten nur gut, um sich selbst zu beruhigen – während man das Gebet spricht, braucht man an nichts anderes zu denken.

Meine Knie wurden weich – besonders mutig war ich noch nie –, aber ich sagte: »Ja, ich komme mit.« Und schloss hinter mir die Tür.

Langsam gingen wir, Hand in Hand, die Straße entlang. »Hast du Angst?«, fragte ich.

»Ja«, sagte Ana, und ich drückte ihre Hand fester. Sie hatte die Adresse, die er ihr genannt hatte, aus einem Straßenatlas herausgesucht, der ihrem Vater gehörte. Die entsprechende Seite hatte sie einfach herausgerissen. Sie gab sie mir, damit ich die Führung übernahm, und sagte, es tue ihr leid, den Stadtplan ihres Vaters beschädigt zu haben, aber sie sei so nervös, dass sie fürchte, sich ohne Plan zu verlaufen.

Wie ich feststellte, war unser Ziel etwa vier Kilometer entfernt. Wir würden ungefähr eine Stunde, vielleicht auch eineinhalb, für den Weg brauchen, einen Bus gab es nicht. In der Gegend dort waren wir nie gewesen. Manche Straßen waren noch nicht einmal asphaltiert. Außerdem trieben sich mehr herrenlose Hunde herum als in unserem Viertel, und die Autos sahen ziemlich alt und heruntergekommen aus.

Ich fragte nicht, warum *er* nicht erschienen war, ich fürchtete, ich hätte die Frage nicht formulieren können, ohne ihn gleichzeitig zu verfluchen. Auf halbem Weg verspürte Ana offensichtlich das Bedürfnis, es selbst zu erklären: »Wir haben beschlossen, dass er lieber doch nicht mitkommt.«

»Warum?«

»Falls jemand ihn sieht und erkennt. Es wäre nicht gut, wenn jemand mitbekommt, dass er diese Klinik betritt.«

»Und du?«

»In meinem Fall ist es nicht so schlimm, mich kennt ja niemand.«

»Und wenn uns jemand sieht und es deiner oder meiner Mutter erzählt? Für mich ist es auch nicht gerade angenehm.« Das sagte ich nicht, um mich zu beklagen, ich wollte ihr vielmehr bewusst machen, dass sie ihm alles durchgehen ließ und von ihm nicht das Gleiche verlangte wie von uns anderen.

»Wenn du nicht willst, brauchst du nicht mitzukommen«, erwiderte Ana wütend.

»Doch, ich will mitkommen, aber dass er nicht mitgekommen ist, ärgert mich.«

»Er würde ja gern, aber er kann nicht«, sagte sie einmal mehr. Ich erwiderte nichts darauf, ich hatte diesen Spruch schon viel zu oft von ihr gehört, und ich wollte sie jetzt nicht noch zusätzlich mit meiner Meinung über diesen Mann belasten.

Ana sagte, sie hätten das erst spät in der Nacht beschlossen. Er habe sich bei ihr gemeldet – wie, fragte ich nicht –, und sie hätten sich »an einem sicheren Ort« verabredet. Wo dieser »sichere Ort« sich befand, fragte ich auch nicht. Sie habe sich heimlich dorthin begeben. Er habe erklärt, er wisse einfach nicht, was sie tun sollten, falls jemand ihn erkennen würde, den größten Schaden würde dabei aber sie davontragen. Sie allein wiederum würde niemandes Aufmerksamkeit auf sich ziehen, schließlich käme kein Mensch auf den Gedanken, dass jemand in ihrem Alter so etwas vorhaben könne. Bei den Worten »so etwas« wuchs meine Wut auf ihn noch – wenn sich jemand vor »so etwas« schützen wollte, dann er.

Schweigend gingen wir weiter, im Wissen, dass wir unserem Ziel schon sehr nahe waren, viel zu nahe. Die letzten Körnchen rieselten durch die Öffnung der Sanduhr nach unten. Ana hatte einen Umschlag mit dem Geld, ein paar Anweisungen und der Adresse in ihrem Rucksack. Er hatte ihn ihr in der Nacht gegeben. »Eigentlich wollte er das Geld erst heute früh mitbringen. Aber zum Glück hatte er es gestern schon dabei. Als wir beschlossen haben, dass er besser nicht mitkommt, konnte er es mir gleich geben.« Im Stillen betete ich, dass sie nicht weiter davon sprechen möge. Mein Hass wurde immer größer. Für mich war klar, dass dieser Mann fest entschlossen, Ana nicht zu begleiten, zu dem nächtlichen Treffen erschienen war. Trotzdem war es ihm gelungen, es für sie so aussehen zu lassen, als hätten sie das gemeinsam entschieden. Dass so jemand die erste große Liebe meiner Freundin sein sollte, tat mir unendlich leid. Ich wusste nicht, dass es ihre letzte Liebe sein sollte.

Als wir bei der Adresse eintrafen, stellten wir fest, dass die angebliche Klinik in Wirklichkeit ein ziemlich heruntergekommenes Haus mit ungepflegtem Garten war, von dessen Wänden die Farbe abblätterte. Ich steckte den Plan ein. Ana bat mich, bevor wir klingelten, einmal rings um das Anwesen zu gehen, um uns einen Überblick zu verschaffen. Auch für den Fall, dass uns jemand gefolgt war. Ich wäre lieber gleich hineingegangen, damit wir die Sache so schnell wie möglich hinter uns brachten, aber Ana war anscheinend noch nicht so weit. Also folgte ich ihr wortlos. Als wir erneut vor dem Eingang standen, fürchtete ich, sie brächte immer noch nicht genügend Mut auf. Doch hatte sie inzwischen offenbar eingesehen, dass ihr keine andere Wahl blieb, denn auf einmal trat sie entschlossen unter das Vordach und drückte auf die Klingel.

Jemand öffnete einen Spaltbreit die Tür – sehen konnte ich ihn oder sie nicht – und sagte: »Gehen Sie zur Garage.« Dann ging die Tür wieder zu. Verunsichert standen wir da, bis auf einmal das Garagentor aufschwang. Dort traten wir ein. Irgendwelche Autos waren im Inneren nicht zu sehen. Dafür eine langer, schmaler, mit einem Wachstuch bedeckter Tisch, an dessen Kopfende eine zusammengefaltete rosa Decke und ein kleines Kissen lagen. Neben dieser improvisierten Liege stand ein kleiner Tisch mit allen möglichen medizinischen Geräten, die ich nicht hätte benennen können. Und jede Menge Verbandszeug. Auf dem Boden eine Metallschüssel. An einer Wand standen mehrere Regale voller Werkzeug und anderen Gegenständen, als würde der Raum auch als Lager genutzt. An einer anderen Wand hing ein Kruzifix, aber ohne den Gekreuzigten – bloß ein Kreuz aus Holz.

Die Ärztin, die uns dort erwartete – falls es sich tatsächlich um eine Ärztin handelte –, sagte zu Ana, sie solle sich ausziehen, den Kittel überstreifen, den sie ihr hinhielt – er war ziemlich fadenscheinig und früher wohl ebenfalls rosa gewesen –, und sich auf den Tisch legen. »Aber davor gibst du mir bitte das Geld, Süße. Nachher bist du vielleicht ein bisschen durcheinander, von der Betäubung. Nicht, dass du es dann nicht findest, das wollen wir doch nicht, stimmts? Oder hat deine Freundin das Geld?« Sie sah mich an. Ihren Gesichtsausdruck werde ich nie vergessen, er entsprach vollkommen dem Tonfall ihrer Worte. Außerdem war klar, dass *sie* sich nicht zum ersten Mal in dieser Situation befand, ganz im Gegenteil.

Ana nahm das Geld aus dem Rucksack und gab es ihr. Die Frau zählte nach und steckte es in die Tasche ihres Arztkittels. Dann zog Ana sich aus und legte sich auf das Wachstuch. Die Frau sagte, sie solle sich mit der Decke zudecken, sie werde jetzt »alles Nötige« vorbereiten.

»Möchtest du draußen warten?«, fragte sie mich.

»Es hieß doch, es soll jemand dabei sein«, erwiderte ich.

»Für danach«, erklärte die Frau, während sie ihr Werkzeug mit einem zuvor in Alkohol getauchten Wattebausch abwischte. »Falls deiner Freundin anschließend schwindlig ist. Damit sie dann nicht allein nach Haus gehen muss.« Ich sah Ana an, die mich ihrerseits mit flehendem Blick ansah.

»Ich bleibe hier«, sagte ich.

Die Frau deutete auf eine kleine Bank und erklärte, dort könne ich mich hinsetzen. »Aber mit dem Rücken zu mir, ich möchte nicht, dass du ohnmächtig wirst, hier ist niemand, der sich um dich kümmern könnte.«

Stumm trat ich an die Liege, nahm Anas Hand und blieb so stehen, dass ich der Ärztin und dem, was sie tat, den Rücken zukehrte. Bis Ana eingeschlafen war, sah ich ihr in die Augen. Dann hob ich den Blick und starrte das Kreuz an der Wand an. Solange die Prozedur dauerte, rührte ich mich nicht vom Fleck. Auf ein Gebet verzichtete ich und versuchte stattdessen, den Gott, der auf dem Kruzifix nicht vorhanden war, durch meine Gedanken dazu zu bringen, mich nicht im Stich zu lassen. Mich nicht, und Ana auch nicht. Mit der anderen Hand zerknüllte ich unterdessen den Stadtplan in meiner Tasche. Auch wenn ich das, was die Frau in meinem Rücken tat, nicht sehen konnte, hörte ich doch genug. Bevor sie anfing, betrat jemand den Raum, wahrscheinlich eine Helferin. Die Ärztin sagte zu ihr: »Gib mir mal die Sonde, Patricia.« Dann: »Ganz schön eng, die Kleine.« Und dann: »Ich muss richtig fest drücken.« Und dann: »Verdammt.« Und dann: »Na also, da ist ja die Kontraktion, warum nicht gleich?« Und dann: »Und jetzt die Blutung, bravo! Uff, das hört ja gar nicht mehr auf. Egal, gleich ist alles draußen.« Anschließend Stille.

Wie ich es so lange neben der Liege aushielt, weiß ich nicht, und auch nicht, warum ich nicht ohnmächtig wurde oder warum ich bei dem Wort »Sonde« nicht Ana packte und davonschleppte. Jedenfalls geschah nichts davon. Weshalb ich, als meine Freundin schließlich die Augen aufschlug, immer noch reglos an ihrer Seite stand und ihre Hand umklammerte. Die Ärztin sagte, sie solle vorsichtig aufstehen und sich wieder anziehen. Dann drückte sie ihr einen Stapel Binden in die Hand und gab ihr ein paar Anweisungen. Als wir aufbrachen, fügte sie hinzu, dass die Blutung noch ein paar Tage anhalten werde. »Keine Sorge, irgendwann ist auch der letzte Rest draußen, dann ist alles wieder okay.«

Wir machten uns auf den Heimweg. Dass wir dieselbe Strecke noch einmal würden zurücklegen müssen, hatte ich nicht bedacht. Für Ana, in ihrem Zustand, war es die reinste Tortur. Immer wieder mussten wir Pausen einlegen. So brauchten wir doppelt so lange wie auf dem Hinweg. An Anas Kleidung zeigten sich rote Flecken. Ich schlug vor, zu uns zu gehen, meine Eltern waren um die Uhrzeit bei der Arbeit. Aber Ana lehnte ab, sie sagte, sie wolle sich mit ihm treffen, sie müsse ihn jetzt unbedingt sehen. Das machte mich wütend. Der Kerl hatte sich nicht blicken lassen, ich hatte an seiner Stelle einen schrecklichen Vormittag verbracht, aber alles, was Ana wollte, war, so schnell wie möglich zu ihm zu gehen. »Das also soll die Liebe sein?«, fragte ich mich. Ich selbst wusste keine Antwort darauf, ich kannte die Liebe ja bloß von meinen harmlosen »Liebeleien« mit anderen Teenagern. Oder aus Filmen und dem einen oder anderen Roman. Aber wenn das tatsächlich Liebe sein sollte, hatte man uns gründlich betrogen.

Den Rest des Tages hatte ich Magenschmerzen, auch aus Sorge, meine Eltern könnten erfahren, dass ich nicht in der Schule gewesen war. Zu Hause legte ich mich ins Bett. Als meine Mutter von der Arbeit kam, sagte ich, ich hätte mich nach der Schule hingelegt, es gehe mir nicht gut. Fieber hatte ich natürlich nicht, wie sie beim Messen feststellte. »Aber du siehst wirklich nicht gut aus, wahrscheinlich brütest du wieder mal was aus«, sagte sie und kochte mir eine Reissuppe, wie immer, wenn ich krank wurde, ganz egal, wie die Symptome waren. So oder so war ich völlig erschöpft und schlief früh ein.

Am nächsten Tag kam Ana nicht in die Schule. Allzu große Sorgen machte ich mir deswegen nicht – dass sie vierundzwanzig Stunden nach einer Abtreibung nicht einfach so zum Unterricht erschien, fand ich nur normal. Trotzdem sah ich auf dem Heimweg bei ihr vorbei. Ihre Mutter sagte, sie liege im Bett und schlafe, sie fühle sich nicht gut. »So geht das schon den ganzen Tag, sie hat starke Bauchschmerzen und ist ganz blass. Frauensachen … Vielleicht hat sie sich auch einen Virus eingefangen, wer weiß. Besser, wir wecken sie nicht und lassen sie so lange wie möglich schlafen.« Bevor ich etwas Falsches sagte, erwiderte ich lieber nichts. Dass sie sich schlecht fühlte, wunderte mich auf jeden Fall nicht. In meinem Abtreibungs-Schnellkurs hatte ich gelernt, dass einem bei der prekären Variante eine Sonde eingeführt wird, die eine Kontraktion auslöst, woraufhin eine Blutung einsetzt, durch die alles, was drinnen ist, rausgespült wird. Und dass man anschließend immer noch blutet – und wie! – und Bauchschmerzen hat und kaum gehen kann und glaubt, gleich ohnmächtig zu werden oder zu sterben. Darum stimmte ich Anas Mutter zu. Am besten war es, sie schlafen zu lassen. Und wenn sie bis zum nächsten Morgen durchschlief, umso besser.

Wieder zu Hause, hätte ich meiner Mutter am liebsten alles erzählt. Ich sah sie mehrmals mit tränenfeuchten Augen an und hielt mich ganz in ihrer Nähe. Auch wenn ich nicht imstande war, die Sache von mir aus anzusprechen, hoffte ich, dass sie von selbst etwas merkte. Meine Mutter merkte eigentlich immer, wenn etwas mit mir nicht stimmte, und Anas Abtreibung war für mich, als hätte ich sie selbst durchgemacht. Aber an diesem Tag hatte sie sich mit dem Direktor der Schule gestritten, wo sie Geografie unterrichtete, und dazu musste sie einen Riesenstapel Prüfungen korrigieren. Sie war viel zu sauer auf Gott und die Welt, um wahrzunehmen, was mit mir los war.

Am späten Nachmittag klingelte es an unserer Haustür. Meine Mutter rief aus ihrem Zimmer: »Marcela, kannst du hingehen?« Das tat ich. Und vor der Tür stand Ana. Sie war nicht wiederzuerkennen. Ihr Gesicht hatte eine äußerst seltsame, irgendwie schmutzige Farbe angenommen und war stellenweise ganz gelb. Sie schwitzte. Und glühte, wie ich feststellte, als ich sie berührte.

»Kannst du mitkommen? Ich fürchte, allein schaffe ich es nicht.«

»Wohin denn?«, fragte ich.

»Ich treffe mich mit ihm.«

»Ana, du siehst richtig krank aus, du musst ins Krankenhaus.«

»Er bringt mich hin. Er hat gesagt, wenn es mir so schlecht geht, muss ich zum Arzt.« Das beruhigte mich ein wenig. Dass Ana dringend ärztliche Hilfe benötigte, war offensichtlich, und dass der Mann, der sich die ganze Zeit um nichts gekümmert hatte, sie jetzt ins Krankenhaus bringen würde, schien mir unter diesen Umständen das Beste für sie.

»Wir sind in einer halben Stunde verabredet, aber allein schaffe ich es nicht, mir geht es viel zu schlecht.«

»Ich komme mit«, sagte ich. Ich ging rein, um meine Jacke zu holen, und erzählte meiner Mutter irgendetwas von einer Gruppenarbeit in der Bibliothek, die womöglich lange dauern werde. Sie hörte kaum zu, sie war viel zu beschäftigt mit ihrem Prüfungsstapel. Als ich rauskam, saß Ana auf dem Boden. Ob sie sich von sich aus hingesetzt hatte oder einfach in sich zusammengesackt war, konnte ich nicht erkennen. Ich half ihr beim Aufstehen, was ihr nur mit großer Anstrengung gelang. Langsam machten wir untergehakt ein paar Schritte, bis mir auf einmal klar wurde, dass ich gar nicht wusste, wohin wir unterwegs waren. Auf meine Frage antwortete Ana: »In die Kirche, wir sind dort verabredet.« Zuerst stutzte ich – in der Kirche? Aber für einen praktizierenden Katholiken mit einer heimlichen Affäre war das Haus Gottes vielleicht tatsächlich nicht der schlechteste Treffpunkt.

Bei den ersten Stufen, die zum Eingang von Sankt Gabriel führten, musste ich ihr helfen. Und die beiden letzten musste ich sie fast hinauftragen. Sie war außerstande, von allein auch nur einen Schritt zu tun. Ich nicht, aber ich war zutiefst verängstigt.

»Soll ich nicht lieber meiner Mutter Bescheid sagen? Du musst sofort zum Arzt«, sagte ich, als wir in der Kirche standen.

»Nein, du hast mir versprochen, dass du niemandem was erzählst.«

»Ana …«, setzte ich an.

»Schwöre es mir«, erwiderte sie, »bitte, schwöre es mir, hier, an dieser Stelle.« Und das tat ich, den Blick auf das einsame Kreuz gerichtet, das über dem Altar hängt und das mir an diesem Abend größer als sonst vorkam. Während der Abtreibung hatte ich auch ein Kreuz angestarrt … Aber was ich schwor, schwor ich nicht Gott, sondern ihr, meiner Freundin.

»Ich werde niemals verraten, was du getan hast, Ana, das schwöre ich dir.«

Sie streichelte mein Bein und fügte hinzu: »Was auch immer passiert, sag niemandem ein Wort. Niemals. Selbst wenn ich sterbe.«

Ich fuhr zusammen. Ich spürte, dass Ana das nicht einfach so gesagt hatte, und sah sie entsetzt an.

»Meine Eltern sollen nie etwas davon erfahren. Carmen würde es mir nie verzeihen«, ergänzte sie nach einer Weile. Dass sie ihre Schwester erwähnte, schrieb ich ihrer Verzweiflung zu. Es wunderte mich: Von Carmen sprach Ana so gut wie nie. Und wenn, dann voll unterwürfiger Verehrung, die aber schnell in Empörung, ja Wut umschlagen konnte. Dass sie mehr Angst vor ihrer eigenen Schwester als vor ihren Eltern oder Fremden hatte, kam mir seltsam vor, denn zu mir war Carmen immer sehr nett. Auch zu den anderen Mädchen aus unserer Schule; alle rissen sich darum, bei der von ihr geleiteten Gruppe von Acción Católica mitmachen zu dürfen. Ana nicht. Einmal wäre sie fast nicht mit ins Sommerzeltlager gefahren, weil in dem Jahr Carmen die Leitung übernommen hatte. Alle Übrigen dagegen fühlten sich bei ihr geborgen und beschützt. Erst recht seit dem Tag, als eine meiner Mitschülerinnen bei einem Sturz in eine Glastür zahllose Schnittverletzungen davontrug. Alle, selbst die Klassenlehrerin, standen hilflos um sie herum. Bis auf einmal Carmen angelaufen kam. Als sie die Verletzungen sah, rief sie, wir sollten Handtücher und Taschentücher holen. Dann machte sie sich daran, behutsam sämtliche Glassplitter herauszuziehen. Anschließend verband sie die am stärksten blutenden Stellen mit den Tüchern, die wir ihr reichten. Anders als die Lehrerin blieb sie bis zum Eintreffen der Sanitäter ruhig und gelassen. Seitdem genoss sie an unserer Schule Heldenstatus. Sie erhielt eine Auszeichnung, und in der Lokalzeitung erschien ein Artikel über sie.

»Schülerin aus Adrogué hilft verletzter Klassenkameradin. Ihr großer Traum: Ärztin werden«, lautete die Überschrift. Soweit ich weiß, hat sie dann aber doch etwas anderes studiert. Theologie oder Geschichte oder Philosophie. Was genau, weiß ich nicht, jedenfalls nicht Medizin.

Ana behauptete immer, Carmen habe zwei Gesichter. In der Öffentlichkeit spiele sie die Gute, aber nur, um die anderen zu manipulieren. Zu Hause dagegen, ihrer Familie gegenüber, sei sie der reinste Tyrann. So oder so gehe es ihr einzig und allein um Macht, und um die zu erreichen, sei ihr jedes Mittel recht. Glaubte man Ana, kannten nur ihre Familienangehörigen die wahre Carmen. Mich amüsierte diese bitterböse Beschreibung. Zugleich war ich ein wenig neidisch – ich hatte keine Geschwister. Gern wäre ich eine der Sardá-Schwestern gewesen.

In der Kirche ließen wir uns in der hintersten Bankreihe nieder. Sobald er käme, würden die beiden sich sofort auf den Weg ins Krankenhaus machen, da war es das Klügste, so nahe wie möglich am Eingang zu warten. Kaum saßen wir, erschien Pater Manuel, grüßte aus der Ferne, legte einen Stapel Hostien ins Tabernakel und verschwand wieder.

»Brauchst du noch was? Sollen wir beten?«, fragte ich Ana.

»Nein, danke, Marcela, ich warte allein auf ihn, geh ruhig.«

»Ich bleib noch einen Moment«, sagte ich, »ich habs nicht eilig.«

Zu meiner Verwunderung widersetzte sie sich nicht, anders als ich es von ihr gewohnt war, es musste ihr also wirklich schlecht gehen. Sie versuchte nicht noch einmal, mich wegzuschicken, sondern sagte bloß: »Ich hab dich lieb.« Mir traten Tränen in die Augen. Offensichtlich spürte Ana, dass ihr Tod nahe bevorstand, und wollte auf keinen Fall allein sein. Dass ich ihren geheimen Liebhaber deshalb womöglich zu sehen bekäme, spielte da keine Rolle mehr.

Inzwischen hatte ich einen dicken Kloß im Hals und war kurz davor, laut loszuheulen. »Und wenn ich Lía anrufe?« Lía war Anas andere Schwester, Ana liebte sie und sprach häufig von ihr.

»Nein, ich möchte nicht, dass sich noch mehr Menschen Sorgen um mich machen. Er kommt bestimmt gleich, er hat versprochen, dass er mich hier abholt«, sagte sie, nach Luft ringend, und sank zur Seite, auf meinen Schoß. Ich streichelte sie. Sie glühte und atmete keuchend. Ihr Gesicht war blau angelaufen, ich erschrak bei dem Anblick. Und dann konnte ich nicht mehr und fing an zu schluchzen. Ich wusste nicht, wie ich ihr helfen sollte, alles, was mir einfiel, war, sie zu streicheln.

»Gleich kommt er, bestimmt«, sagte Ana nach einer Weile, als wollte sie mich trösten. »Glaubst du, Gott wird mir vergeben?«, flüsterte sie dann.

»Falls es irgendetwas zu vergeben gibt, hat er das bestimmt längst getan, Ana«, erwiderte ich mit fester Stimme, ich weiß aber nicht, ob sie mich hörte. Jedenfalls sagte sie nichts mehr. Dafür fing sie an zu zittern. Ich hielt sie mit aller Kraft fest, ich hatte Angst, sie könne von der Bank rutschen. Das Zittern hörte gar nicht mehr auf. Ich beugte mich über sie und schlang die Arme um ihren Körper, während mir weiter die Tränen übers Gesicht liefen. Jetzt zitterten wir beide. Bis Ana plötzlich stillhielt. Und mir schlagartig doppelt so schwer vorkam. Als wäre jegliche Willenskraft aus ihr gewichen.

Und so war es auch – Ana war fortgegangen, es gab meine Freundin nicht mehr, sie war tot.

3

(   )

Und eines Tages, dreißig Jahre danach, war ich wieder bei Ana zu Hause.

Seit ihrem Tod war ich nicht mehr dort gewesen. Das sagte meine Mutter – es sei das erste Mal seit dreißig Jahren. Ob ich gelegentlich mit dem Fahrrad an ihrem Haus vorbeigekommen bin, kann ich nicht sagen, falls ja, erinnere ich mich nicht daran. Ich war unsicher, eigentlich wollte ich nicht in das Haus meiner toten Freundin, aber in meinem Notizbuch stand: »Treffen mit Alfredo.« Ich musste also hingehen.

(   )

Ich zog das Beste an, was ich in meinem Kleiderschrank fand, und bat meine Mutter, mir beim Zurechtmachen und Schminken zu helfen. Wie so oft, fotografierte sie mich anschließend mit der Polaroid-Kamera, die mein Vater mir geschenkt hat. Ich heftete das Foto in mein Notizbuch ein und schrieb darunter: »Treffen mit Alfredo Sardá.« Schließlich nahm ich noch das Silberarmband, das Ana mir zum fünfzehnten Geburtstag geschenkt hatte – der Verschluss war kaputt –, und schob das eine Ende durch ein Knopfloch meiner Bluse, als wäre es ein Anhänger oder Schmuckstück. Dann knöpfte ich den Knopf zu, so konnte es nicht verloren gehen. Danach ließ ich mich noch einmal von meiner Mutter fotografieren. Auch diese Aufnahme heftete ich in mein Notizbuch ein. Ich wollte mich daran erinnern können, wie ich ausgesehen hatte, als ich zum ersten Treffen mit Alfredo ging.

(   )

Jetzt sehe ich dieses Foto vor mir. Und blättere um und lese.

Ich wartete an der Haustür auf Alfredo. Er war sehr pünktlich, er kam genau zu der Uhrzeit, die ich mir notiert hatte. Wir hatten ausgemacht, dass er mich abholen würde. Auch er wirkte nervös, kein Wunder. So wie Ana früher gab jetzt er mir die Hand, und wir gingen zusammen bis zu ihnen. Er öffnete das Gartentor. Der Garten war noch genau, wie ich ihn aus der Zeit vor dem Unfall erinnerte, grüner als alle Gärten, die ich sonst kannte, mit uralten Bäumen und bunten, gepflegten Beeten. Auch die Eiche war noch da, an die wir uns beim Versteckspielen immer gestellt hatten, um zu zählen. Und die Linde – wenn sie blühte, steckten wir uns ihre duftenden Zweige ins Haar. Und die pinkfarbenen Bougainvilleen, vor deren Dornen wir uns beim Fangen in Acht nehmen mussten. Alles war noch da, nur Ana nicht.

(   )

Ich war aber nicht traurig, im Gegenteil, ich fühlte mich beschützt, geborgen. Das schrieb ich auch in mein Notizbuch: »Bei Alfredo fühle ich mich wie zu Hause.« Ich war wieder in meiner Kindheit, der glücklichsten Zeit meines Lebens. Dieses Glück sollte auch durch Anas Tod nicht ausgelöscht werden, das durfte ich nicht zulassen. Glücklicher werde ich in meinem Leben wohl kaum mehr werden, und falls doch, werde ich mich nicht daran erinnern können, beziehungsweise nur an das, was ich in meinem Notizbuch festhalte.

( )

Seitdem holte Alfredo mich zweimal in der Woche ab, um bei
ihm über seine jüngste Tochter zu sprechen, die meine beste
Freundin gewesen war. Meine Mutter freute sich darüber, wie
ich in meinem Notizbuch lese. Für sie musste es eine Erleichterung gewesen sein, dass ich diese neue Beschäftigung gefunden hatte, bei der ich nicht auf ihre Unterstützung angewiesen
war. Mein Vater lebte inzwischen nicht mehr bei uns, er war
ausgezogen. Jedes Mal war ich aufs Neue überrascht, wenn
meine Mutter auf die Frage nach ihm sagte: »Wir haben uns
vor einiger Zeit getrennt, aber am Sonntag kommt er und geht
mit dir spazieren.« Wie war es dazu gekommen? Wann? Und
warum? Sie erzählten es mir immer wieder, und ich vergaß es
ebenso regelmäßig. Ich habe es mehrfach in mein Notizbuch
geschrieben. Und unterstrichen. Und in meinen Favoriten-
Ordner übertragen. Trotzdem war ich bei den Worten »Wir
haben uns vor einiger Zeit getrennt« jedes Mal genauso überrascht, wie wenn jemand mir sagte, dass Ana nach ihrem Tod
verbrannt und verstümmelt worden sei.

( )

Bei unseren ersten Treffen sprachen wir über die Ana aus
der Zeit vor den schrecklichen Ereignissen, die unser bei-
der Leben für immer veränderten. Wir sprachen nicht über
Anas Tod, sondern über Ana. Wir mussten sie sozusagen zunächst wieder für uns ins Leben rufen. Das tat uns beiden
sehr gut. Dafür war ich außerdem nicht auf die Hilfe meiner
Aufzeichnungen oder meiner Fantasie angewiesen. Alfredo
sprach von seiner Tochter, als wäre sie noch das Mädchen, das
im nächsten Moment die Treppe herunterkommen würde,

um sich zu uns zu setzen. Und ich stellte klar, dass sie, als mein Gedächtnis noch funktionierte, nicht nur meine beste Freundin gewesen war, sondern auch der erste und einzige Mensch, den ich geliebt hatte – aus freien Stücken, wie man so sagt. Meine Eltern liebte und liebe ich natürlich auch, aber in ihrem Fall hatte ich sozusagen keine andere Wahl. Ana dagegen »erwählte« ich mir selbst. Eine andere Art Liebe habe ich nicht kennenlernen können – mich in jemanden verlieben, eine feste Beziehung zu einem anderen Menschen aufbauen, all das ist mir seit dem Unfall nicht mehr vergönnt. Dafür muss man über ein funktionierendes Gedächtnis verfügen, sich erinnern können. Manchmal tue ich so, als wäre ich in meinen Physiotherapeuten verliebt, oder in den Psychologen, der zweimal pro Woche Verhaltenstraining mit mir macht. Aber auch diese beiden Menschen müssen sich mir jedes Mal neu vorstellen und erklären, wer sie sind. Mit wie vielen Trainern, Psychologen und Physiotherapeuten habe ich in meinem Leben wohl schon zu tun gehabt, ohne von mir aus irgendeinen Unterschied an ihnen bemerken zu können? Trotzdem waren meine Beziehungen zu ihnen immer noch um vieles stabiler als die zu allen anderen Menschen, die mir seit dem Unfall begegnet sind.

( )

Erst in der dritten Woche sprachen wir dann auch über die Umstände von Anas Tod. So steht es in meinem Notizbuch. Zunächst merkte ich an, dass ich das Wort »Mord« in diesem Zusammenhang nicht verwenden würde, weil es hier keinen Mord gegeben habe. »Es war kein Mord.« Ich weiß nicht, ob Alfredo mir von Anfang an glaubte, aber dass Ana in der

Kirche so gestorben war, wie ich erzählte, stellte er niemals infrage. Ich machte mir Aufzeichnungen in meinem Notizbuch, und er sich in seinem – offensichtlich traute auch er seinem Gedächtnis nicht. Und er hörte mir aufmerksam zu, ohne mich jemals zu verbessern, auch wenn ich zweifelte, mich täuschte oder mir sogar widersprach.

Nach vielen Jahren erzählte ich wieder, was an dem Abend geschehen war. Zumindest das, was ich erzählen durfte – nicht das, worüber ich Ana zu schweigen versprochen hatte. Ich erzählte also, dass sie zu mir gekommen war, damit ich sie in die Kirche begleitete, zu einer Verabredung mit ihrem Geliebten. Dass Ana verliebt gewesen war, überraschte Alfredo. Er stand auf und sagte, er mache uns jetzt mal Kaffee. Er brauchte wohl einen Moment, um diese Information zu verarbeiten. Als er mit dem Kaffee zurückgekehrt war, erzählte ich weiter, dass der Betreffende nicht erschienen war, wenigstens nicht vor Anas Tod. Dass Ana lange gezittert hatte und dann plötzlich ganz still war und zu weinen und zu atmen aufgehört hatte. Dass sie in meinen Armen gestorben war. Dass ich sie entsetzt auf der Bank abgelegt hatte. Dass ich zur Sakristei gelaufen war. Dass mein Jackenärmel sich unterwegs an einer Ecke des Bronzesockels der Figur des Erzengels Gabriel verfing. Dass ich daran zog, dass die Figur ins Wanken geriet, dass sie auf mich kippte. Von dem Filmriss muss ich auch erzählt haben, davon, wie alles schwarz wurde. Und ich muss wiederholt haben, was ich mir einmal bei einem Arzt notiert hatte: »Ich vergesse nicht alles. Manchmal gelangt ein Ereignis auf einem unvorhergesehenen Weg an seinen Speicherort im Gehirn und wird dort korrekt verarbeitet. Das kommt allerdings nur selten vor. Wovon genau das abhängt, lässt sich nicht sagen.« Das las ich Alfredo damals vor. Und jetzt lese ich es wieder.

Ob die Stelle von mir stammt oder mir von jemandem diktiert wurde, weiß ich nicht. Auch Erinnerungen werden mir manchmal von anderen in die Feder diktiert.

(   )

Ich lese. Ergänze. Erfinde. Alfredo sagte dazu: »Das tut mir leid.« »Das braucht Ihnen nicht leidzutun, Alfredo. Wenn etwas Emotionales mit im Spiel ist, kann ich mir Dinge besser merken. Vielleicht werde ich mich an dieses Gespräch später erinnern können. Zumindest daran, dass ich mich hier bei Ihnen wohlgefühlt habe. Auch wenn ich nicht mehr weiß, worüber wir gesprochen haben. Aber dafür habe ich ja mein Notizbuch.«

(   )

Ich lese: »Wenn ich mich mit Alfredo unterhalte, geht es mir gut.« Alfredo lächelte, ein schönes Lächeln, und dann hätte er mich, glaube ich, fast umarmt. Im letzten Augenblick hielt er sich aber zurück.

(   )

Meine Ärzte sind der Ansicht, dass ich manchmal mithilfe von Emotionen den Ausfall meines Gedächtnisses »kompensiere«. Wie genau das funktioniert, haben sie aber nicht herausfinden können, und ich habe ihnen dabei auch nicht geholfen. Sie wollten mich als Studienobjekt benutzen. Ein paar Mal war ich in einer Fachklinik, wo ich mich in einer Art Hörsaal vor einer Gruppe von Spezialisten niederlassen musste, die mich befragten und dabei genau beobachteten. In diesem Fall waren sie diejenigen, die sich Notizen machten, ich kam schon nach wenigen Minuten nicht hinterher. Anschließend händigten sie mir mehrere Seiten mit ihren Schlussfolgerungen aus, die ich in mein Notizbuch einheftete. Mehr als einmal las ich sie jedoch nicht. Und ich markierte auch nichts mit Leuchtstift.

(   )

Ich war in einer Fachklinik, um mich untersuchen zu lassen?

(   )

Ich zog mich aus dem Projekt zurück, ich hatte nicht das geringste Interesse, anderen als Versuchskaninchen zu dienen. »Versuchskaninchen« steht auch in meinem Notizbuch. Und: »Der Arzt fragt: ›Waren Sie schon einmal verliebt?‹«

(   )

»In wen war Ana verliebt?«, fragte Alfredo. »Das weiß ich nicht, sie wollte es mir nicht sagen. Ich nehme an, der Mann war verheiratet, oder wenigstens verlobt. Er hat immer wieder gesagt, er könne nicht oder dürfe nicht.« »Was durfte er nicht?« »Er durfte überhaupt nichts, weder zulassen, dass andere erfuhren, wer er war oder wie er hieß, noch Ana begleiten, als sie ihn gebraucht hätte, noch …« Ich verstummte. Ich muss verstummt sein. Von der Abtreibung durfte ich nichts sagen. Dafür erzählte ich von meiner Liste. Und dass ich jedem Namen darauf eine Zahl zwischen eins und fünf zuordnete. Ich versprach, die Liste beim nächsten Mal mitzubringen.

»Was meinst du, woran könnte ein siebzehn Jahre altes, gesundes Mädchen wie Ana gestorben sein?«, fragte Alfredo. Vielleicht fragte er das auch bei mehreren Treffen, in der Hinsicht sind meine Aufzeichnungen nicht ganz klar. Ich lese: »Sie hatte keine besonderen Krankheiten, ein Unfall war es auch nicht, und dass jemand sie zum Beispiel hätte vergiften wollen, kann ich mir erst recht nicht vorstellen. Woran könnte sie dann gestorben sein, Marcela, was glaubst du?«

Die Wahrheit konnte ich ihm nicht sagen, das hatte ich Ana im Angesicht des Kreuzes geschworen, also beschränkte ich mich auf die Schilderung ihrer Symptome, ohne deren Auslöser zu erwähnen. Ich sagte, Ana habe sich an dem Abend sehr schlecht gefühlt, sie habe Fieber gehabt. Ja, sie habe sich, als sie bei uns ankam, kaum noch aufrecht halten können. Woraufhin Alfredo bestätigte, dass er das wenigstens zum Teil wusste: Seine Frau hatte ihm offenbar, ebenfalls am Abend, gesagt, dass Ana Menstruationsbeschwerden habe, mit starken Schmerzen, weshalb sie sich hingelegt habe. Außerdem hatten sie am nächsten Morgen Blutflecken in ihrem Bett entdeckt. Ihre Mutter hatte das wohl für eine Folge der Menstruation gehalten.

»Von Fieber hatte sie nichts gesagt, aber deswegen kann sie natürlich trotzdem Fieber gehabt haben. Dolores hat sie wahrscheinlich nicht berührt, das hat sie nie gemacht«, räumte Alfredo ein. Weil sie heimlich weggegangen war, hatte er auch nicht mitbekommen, dass sie sich kaum auf den Beinen halten konnte. Und als es dann hieß, sie sei verstümmelt und verbrannt worden, fragte keiner mehr danach, ob sie am Abend davor vielleicht Fieber oder Schmerzen gehabt habe. Auf den

Gedanken, dass es da einen Zusammenhang geben könne, kam niemand.

Alfredo bat mich, noch einmal zu erzählen, was passiert war, nachdem Ana bei mir erschienen war. Dabei interessierte er sich besonders für Details, die er sorgfältig in sein Notizbuch eintrug: Was Ana angehabt hatte, ob sie einen Rucksack oder eine Tasche dabeigehabt hatte, ob sie etwas von einem Medikament oder einer bestimmten Substanz, womöglich einer Droge gesagt hatte, die sie zu sich genommen hatte, ob sie davor Sport getrieben oder etwas gegessen hatte, was ihr vielleicht schlecht bekommen war. »Ana nahm keine Drogen und auch sonst keine komischen Sachen«, sagte ich beziehungsweise muss ich gesagt haben, und das stimmte. Alles, was ich hierzu sagte, stimmte. Die Lüge bestand in dem, was ich verschwieg. Von der Abtreibung sagte ich auch diesmal nichts. Bei mehreren Treffen wiederholten sich diese Fragen und meine Antworten darauf. Ich trug sie in mein Notizbuch ein und lese sie jetzt noch einmal.

(   )

Bei jedem Treffen fügte ich meinem Bericht etwas hinzu – Sätze, Blicke, bestimmte Bewegungen Anas, die Farbe ihrer Haut. Ich erzählte von Lías »Glücksring« mit dem Türkis, den Ana irgendwann von ihrem Finger gezogen und mir überreicht hatte, damit ich ihn ihrer Schwester zurückgäbe. Es ging ihr so schlecht, dass sie das Gefühl hatte, sie selbst würde womöglich nicht mehr dazu imstande sein.

(   )

Ich lese: »Türkisring / Treffen mit Alfredo.«

Einmal trug ich den Ring bei einem unserer Treffen, zeigte ihn Alfredo und wollte ihn ihm geben. Er sagte, ich solle ihn behalten, Lía lebe nicht mehr hier, sie sei schon vor vielen Jahren ins Ausland gezogen. In mein Notizbuch habe ich an dieser Stelle eine spanische Flagge gemalt. Daneben steht: »Lía/Compostela.« Alfredo sagte, er glaube nicht, dass sie jemals zurückkehren werde, es sei denn, wir würden herausfinden, was seinerzeit wirklich mit Ana passiert ist. Man hörte ihm seine Trauer darüber an, aber auch, dass er Lías Entscheidung verstand und sich damit abgefunden hatte. Ich lese: »Warum besucht Alfredo Lía nicht?« »Flugangst.« »Enkel.« Auf meine diesbezügliche Frage antwortete Alfredo, er habe oft darüber nachgedacht, die Sache aus Angst vor dem Fliegen aber immer wieder aufgeschoben. Vielleicht werde er sich aber eines Tages zusammen mit seinem Enkel auf den Weg machen.

Ich wusste nicht, dass er einen Enkel hatte. Ana wäre dessen Tante gewesen. Ich schrieb in mein Notizbuch: »Ana hat einen Neffen.« Alfredo erklärte, sein Enkel heiße Mateo und sei der Sohn von Carmen und Julián. Dass die beiden geheiratet hatten, wusste ich auch nicht. Das bedeutete, dass Julián nicht Priester geworden war. Julián gefiel mir damals, wie uns allen. Und jetzt, dreißig Jahre später, erfuhr ich also, dass er sich für Carmen entschieden hatte, die wir alle so bewundert hatten. »Schönes Paar«, schrieb ich dazu in mein Notizbuch. Und: »Gut für ihn.«

Ich erzählte Alfredo von Anas Angst vor ihrer großen Schwester und dass sie gesagt habe, Carmen versuche immer, sich bei allen beliebt zu machen, zu Hause dagegen sei sie ständig gemein zu allen. Habe ich Alfredo das erzählt?

Ich muss es ihm erzählt haben, denn in meinem Notizbuch steht an dieser Stelle: »Ich hatte auch ein bisschen Angst vor Carmen (Alfredo).« Und dann: »Alfredo lacht, es war nur ein Witz.« Wir müssen beide gelacht haben. Ich schrieb mir auch den Namen des Enkels auf: »Mateo.« Und die Stadt, in der Lía wohnt: »Santiago de Compostela.« Hatte ich das schon aufgeschrieben? »Ring«, schrieb ich auch dazu. Dass ich ihn habe, würde ich allerdings nicht vergessen, weil das zu meinen Erinnerungen von vor dem Unfall gehört. Aber ich wollte klarstellen, weshalb ich ihn nicht seiner Besitzerin zurückgeben konnte, obwohl Ana mich darum gebeten hatte. Also schrieb ich: »Lía lebt nicht mehr hier.« So wüsste ich später, warum Alfredo mich gebeten hatte, den Ring zu behalten – zumindest bis zu dem Tag, an dem er womöglich mit seinem Enkel zu ihr fahren würde.

( )

Bei einem unserer letzten Treffen zeigte Alfredo mir sein »Archiv« – alle möglichen Unterlagen und Papiere, die er im Schuppen in einem Koffer aufbewahrte. Jahrelang hatte er hier Material angesammelt, das mit Ana zu tun hatte. Bevor er mir die Sachen zeigte, sagte er warnend, vielleicht seien für mich schockierende Dinge darunter. »Alfredo fragt, ob er mir sein Archiv zeigen darf.« Ich sagte, er solle sich keine Sorgen machen, den Schock würde ich sowieso wieder vergessen. Da lachten wir beide, hoffe ich wenigstens; es ist gut, wenn man angesichts so schrecklicher Dinge trotzdem lachen kann.

Alfredos Gesellschaft war eine Bereicherung für mein sonst so leeres Leben. »Ich mag Alfredo sehr.« Dass ich ihn wieder vergessen würde, muss mir leidgetan haben – ich meine den jetzigen Alfredo, nicht nur »Anas Vater Alfredo«. Darum schrieb ich diesen Satz in mein Notizbuch. Und dazu: »Er hat ein schönes Lächeln.« Um seinen Namen herum habe ich Herzchen gemalt.

Wir gingen also in den Schuppen, und Alfredo öffnete den Koffer. Darin waren Zeitungsausschnitte, Fotokopien der Untersuchungsakten, Fotos von Ana und Aufzeichnungen, die Alfredo bei der Befragung aller möglichen Leute gemacht hatte. Außerdem eine Kopie meiner Aussage bei der Polizei. Mit der Polaroidkamera machte ich ein Foto von dem Koffer. Ich lese: »Alfredo macht sich Vorwürfe, weil er nicht früher mit mir gesprochen hat.« Er selbst beschrieb es ungefähr so: »Warum habe ich damals bloß nicht mit dir geredet? Die anderen haben gesagt, es gehe dir nicht gut, durch den Unfall seist du traumatisiert, und du würdest nicht über Anas Tod hinwegkommen, wie so viele von uns. Deshalb hättest du die Geschichte von ihrem Tod in deinen Armen erfunden. Ich habe ihnen geglaubt, und ich konnte dich gut verstehen. Ich hätte mir auch einen anderen Tod für Ana gewünscht.« Ich bat ihn, seine Worte noch einmal langsam zu wiederholen, damit ich sie mir notieren könne. Anschließend erzählte er, er habe sich meine Aussage erst genauer vorgenommen, als er einmal beim Durchsehen des Berichts der Gerichtsmedizin auf die Visitenkarte eines Ermittlers gestoßen sei. Das sei ein junger Mann gewesen, der gerade erst sein Studium abgeschlossen hatte und eine völlig andere Ansicht als der Rest des Teams vertreten habe. Elmer García Bellomo, so habe er geheißen.

Er suchte eine Weile in den Unterlagen und hielt mir dann eine Visitenkarte hin. Der Mann habe ihm damals erklärt, warum er mit der Art, wie bei den Ermittlungen vorgegangen werde, nicht einverstanden sei. Dann habe er ihm diese Karte in die Hand gedrückt.

(   )

Offenbar war der junge Mann in seinem Redefluss kaum zu stoppen gewesen. Alfredo konnte ihm, aufgewühlt wie er damals war, nur mit Mühe folgen. Letztlich hatte er sich lediglich gemerkt, dass für diesen Bellomo die Tatsachen gegen ein Sexualverbrechen sprachen. Und dass er sich auch auf meine Aussage bezogen hatte. »Es war kein Sexualverbrechen. (Bellomo.)« Damit widersprach er den übrigen Mitgliedern des Teams, selbst seinem Chef. Nach Ansicht Bellomos wies alles darauf hin, dass hier der Versuch vorlag, die Spuren einer anderen Straftat, nicht unbedingt eines Sexualverbrechens, zu vertuschen. »Aber was für eine Tat? (Alfredo)« Bellomos Meinung nach war die Tat außerdem nicht auf der Müllhalde begangen worden. »Die Körperteile wurden erst später dort abgelegt. (Bellomo)«, habe ich mir dazu in meinem Buch notiert. Alfredo versuchte angestrengt, sich zu erinnern, was Bellomo damals im Einzelnen gesagt hatte, und bedauerte, seinerzeit nicht weiter auf dessen Hinweise eingegangen zu sein. Er hätte sich damals Notizen machen sollen. So wie ich. Aber Bellomo kam ihm wahrscheinlich so jung und unerfahren und geschwätzig vor – und Bellomos Chef seiner Sache so sicher –, dass Alfredo seine Visitenkarte am Ende einfach zu den anderen Sachen in dem Koffer steckte und dreißig Jahre lang keinen Gedanken mehr daran verschwendete. Erst als die Karte ihm dann zufällig wieder in die Hände gefallen war und er sich daraufhin meine Aussage vorgenommen hatte, hatte das Ganze sich für ihn auf einmal in einem neuen Licht dargestellt.

( )

Bevor er Bellomo kontaktierte, wollte Alfredo erst noch mit mir sprechen. Er wollte eine Reihe von Dingen überprüfen, die ihm nach all den Jahren nicht mehr ganz klar waren. Unsere Gespräche halfen ihm, ein wenig Licht ins Dunkel zu bringen. »Licht ins Dunkel.«

( )

Wahrscheinlich habe ich gesagt: »Ein Glück, dass Sie die Visitenkarte aufbewahrt haben, Alfredo!« »Ja. Und dass wir beide uns wiederbegegnet sind!«, muss er geantwortet haben, freundlich, wie er ist.

( )

Warum ist Alfredo heute nicht gekommen?

( )

Alfredo hat einen freundlichen Blick, seine Augen ähneln denen Anas, nur dass sie braun sind und nicht blau. Er sieht einen genauso an wie Ana. »Alfredo/Augen.« Er hat gesagt, dass er sich jetzt doch noch Hoffnungen macht, den rätselhaften Tod seines »Kükens« aufklären zu können. Dass er sie so nannte, wusste ich nicht. »Ana/Küken«, steht in meinem Notizbuch.

»Viele fragen sich, warum ich immer noch die Wahrheit herausfinden will, obwohl ich Ana dadurch nicht zurückbekomme. Carmen fragt mich das, Julián, meine Freunde, mein Bruder, sogar mein Arzt. Sie haben recht, Ana bekomme ich dadurch nicht zurück. Aber dafür vielleicht Lía. Und vielleicht hilft es auch gegen meinen Schmerz. Denn wenn man uns die Wahrheit vorenthält, hört der Schmerz nie auf.« Den letzten Satz schrieb ich nicht nur in mein Notizbuch, sondern auch über ein Foto von Ana, das ich mir gerahmt an die Wand hängte: »Wenn man uns die Wahrheit vorenthält, hört der Schmerz nie auf.«

( )

Ich lese. Eines Tages sagte Alfredo schließlich, er habe beschlossen, Kontakt zu diesem Bellomo aufzunehmen. Sobald ihm das gelungen sei, werde er mir Bescheid geben. »Vielleicht Treffen mit Bellomo.« Seitdem haben wir uns aber nicht mehr gesehen.

( )

Warum habe ich so viele Herzchen neben Alfredos Namen gezeichnet?

( )

Alfredo hat angerufen, um unser nächstes Treffen abzusagen. Ich habe den Termin aus meinem Kalender gestrichen. Danach hat er nicht wieder angerufen. »Alfredo meldet sich nicht.« Ich mache mir Sorgen, vielleicht habe ich etwas Unpassendes gesagt. Oder er ist böse auf mich, weil er gemerkt hat, dass ich ihm nicht die ganze Wahrheit erzählt habe. Ich lese: »Werde ich irgendwann erzählen können, was Ana passiert ist? Aber wann? Wer wird mich von dieser Last befreien?«

( )

Mama sagt, wenn ich Dinge wiederhole, ist das für die anderen anstrengend. »Keine Dinge wiederholen. Die Leute haben nicht so viel Geduld. (Mama)« Sie hat versucht, mir beizubringen, wie ich Wiederholungen vermeiden kann. »Die letzten Zeilen im Heft durchlesen, bevor ich etwas sage.« »Nichts wiederholen.« »Nichts wiederholen.« »Nichts wiederholen.« Ja, aber wie?

( )

Ob Alfredo keine Lust mehr hat, sich mit mir zu treffen?

( )

Nein, Lust hat Alfredo schon, aber er ist krank. »Alfredo ist krank.« »Krebs.« »Chemotherapie.« Wie sich herausgestellt hat, ist eine frühere Krebserkrankung, die scheinbar unter Kontrolle war, wieder ausgebrochen. Er musste sich sofort in Behandlung begeben. Operieren war diesmal nicht möglich. Durch die Chemotherapie ist er so geschwächt, dass wir uns nicht mehr treffen können. Er wollte sich erst wieder melden, wenn es ihm besser geht.

Eines Tages rief er tatsächlich an. »Alfredo hat angerufen und mich gebeten, zu ihm zu kommen.« Er hat sich dafür entschuldigt, dass er mich nicht abholen könne wie sonst. Er sei zu schwach dafür. Und er wollte die Dinge nicht dramatisieren, aber er sagte trotzdem, falls ich ihm noch etwas sagen wolle, solle ich das bei diesem Treffen tun, denn viel Zeit bleibe ihm nicht mehr. Ich weinte, ich muss geweint haben. Jetzt weine ich wieder. Er hat gesagt, ich solle bitte nicht weinen. Ich habe in mein Buch geschrieben: »Alfredo wird sterben.« Aber dann habe ich den Satz durchgestrichen und danebengeschrieben: »Mit Alfredo sprechen, so viel wie möglich, viel Zeit bleibt nicht.«

Er hat mir für unsere Unterhaltungen gedankt. Und er hat mir ein Foto seines Enkels gegeben. »Ich hoffe, ich kann ihn dazu bringen, nach Santiago de Compostela zu fahren, zu Lía. Dann könnte er ihr vielleicht auch den Ring mitbringen.« »Lía/Ring/Compostela.« Und dann hat er mich um einen letzten Gefallen gebeten. Am nächsten Tag werde dieser Bellomo zu ihm kommen, sie würden noch einmal gemeinsam alle Unterlagen durchgehen. Er habe mit ihm telefoniert, bevor er mit der Chemotherapie begonnen habe, und Bellomo habe sich daraufhin sofort an die Arbeit gemacht, auf eigene Faust. In meinem Notizbuch habe ich mir dazu notiert: »Alfredo erzählt, dass Bellomo ihm einen ersten Bericht geschickt hat, und der wird sicher nicht der letzte sein.« Anschließend habe ich unsere Unterhaltung fast vollständig wiedergegeben, sogar mit Anführungszeichen:

»›Kannst du auch kommen, Marcela? Ich hole dich ab, morgen schaffe ich das, morgen wird es mir besser gehen. Ich bin mir sicher, dass wir zu dritt einiges herausfinden werden.‹ – ›Was möchten Sie denn vor allem wissen, Alfredo?‹ – ›Wer Anas Leiche zerstückelt und verbrannt hat, nachdem sie in deinen Armen gestorben war. Wer und warum.‹ – ›Ana ist zerstückelt und verbrannt worden?‹ – ›Ja, Ana ist zerstückelt und verbrannt worden.‹«

(   )

Anas Leiche ist zerstückelt und verbrannt worden. Sie starb in der Kirche, während ich sie streichelte. »Das weiß ich«, sagte Alfredo. »Alfredo weiß das«, schrieb ich in mein Notizbuch. Und dann: »Treffen mit Elmer Bellomo am Mittwoch um 16 Uhr.«

Am nächsten Tag holte Alfredo mich zur verabredeten Zeit ab und wir gingen untergehakt zu ihm nach Hause. Ich glaube, das muss eines unserer letzten Treffen gewesen sein. Ein Foto von diesem Tag ist nicht in meinem Notizbuch. Ich schämte mich, mich von meiner Mutter mit Alfredo fotografieren zu lassen. Ja, daran muss es gelegen haben – ich habe mich vor meiner Mutter geschämt. Deshalb ist da kein Foto. Dafür steht dort: »Alfredo und ich sind untergehakt zu Ana nach Hause gegangen, um uns mit diesem Bellomo zu treffen«

Und am Ende ist kein Punkt, sondern ein rotes Herz.

Elmer

Hinter den Ereignissen, die uns gemeldet werden, vermuten wir andere Geschehnisse, die uns nicht gemeldet werden. Es sind die *eigentlichen* Geschehnisse. Nur wenn wir sie wüssten, verstünden wir.

BERTOLT BRECHT, »Über die Popularität des Kriminalromans«

»…«

»Natürlich erinnere ich mich an die Sache mit Ihrer Tochter, Señor Sardá. Wie auch nicht, das war schließlich mein erster offizieller Fall. Ich hatte gerade mein Studium abgeschlossen. Als Jahrgangsbester, aber Erfahrung hatte ich natürlich noch keine. Ich habe mir eingebildet, jetzt kann mich nichts mehr aufhalten, der Rest ist bloß noch ein Kinderspiel. Von wegen!«

»…«

»Ja, natürlich, ohne gründliches Studium der Fachliteratur geht es nicht, da gebe ich Ihnen völlig recht. Aber wirklich was lernen tut man erst durch die Kasuistik. Und trotzdem, Sie können noch so viel Erfahrung im Umgang mit Spuren und Leichen haben, das heißt noch lange nicht, dass Sie auch gut mit Menschen zurechtkommen, in meinem Beruf ist das das Allerschwierigste, das können Sie mir glauben. Leichen sind einfach da, genau wie die Spuren, man muss bloß richtig hinsehen. Das ist übrigens gar nicht so leicht, manche Kollegen sind imstande und starren eine halbe Ewigkeit auf das, was sie vor sich haben, und erkennen trotzdem nichts! Lebendige Menschen dagegen sind was völlig anderes, da weiß man nie, woran man ist.«

»…«

»Ja, natürlich hätten die auf mich hören sollen. Dass ich frisch von der Uni kam, war doch völlig egal. Selbstverständlich. Danke, dass Sie das sagen.«

»...«

»Ganz genau. Manchmal kann man eben nichts machen, so sehr man im Recht ist. Entscheidend ist, dass Sie die anderen davon überzeugen, darauf kommts an! Mittlerweile verstehe ich ein bisschen was davon, glauben Sie mir.«

»...«

»Unter Forensikern kommt das oft vor. Am schlimmsten ist es, wenn einer Teamchef wird, nur weil er soundso viele Dienstjahre vorzuweisen hat, hierzulande ist das die Regel. Oder weil er mit allen am besten kann. Dann hat letztlich einer das Sagen, der weniger weiß als einer, der gerade frisch von der Uni kommt. Je ahnungsloser, desto mächtiger, sozusagen. Die Folgen sind natürlich fatal. Und wenn er dann noch korrupt ist, gute Nacht.«

»...«

»Einfach so, aus keinem besonderen Grund. Manchmal sorgt so ein Teamleiter jedenfalls für ein bestimmtes Ergebnis, weil jemand ihn dafür bezahlt. Oder unter Druck setzt. Oder weil die Zeit drängt. Das kommt vor. Bei Ihrer Tochter muss das nicht so gewesen sein, aber vorkommen tut es.«

»...«

»Nein, ich bin kein Kriminologe, ich bin Kriminalist. Das ist nicht dasselbe.«

»...«

»Ich bitte Sie, Señor Sardá, Sie brauchen sich doch nicht zu entschuldigen. Die meisten Leute können das nicht auseinanderhalten, nicht mal die, die so was studieren. Denken Sie sich da nichts.«

»...«

»Genau, ein Kriminologe untersucht, warum in einer Gesellschaft bestimmte Verbrechen begangen werden, ihn interessiert das Thema allgemein, es geht ihm nicht um Einzelfälle. Sein Hauptziel ist Prävention. Ein Kriminalist beschäftigt sich dagegen mit konkreten Fällen. Er muss den Tatort mit forensischen Methoden untersuchen, Spuren sichern und tun, was sonst noch so dazugehört, um herauszufinden, wer in diesem besonderen Fall den Mord begangen hat, und warum. Wer hat den Mord begangen und warum?, *that is the question,* um es mit Shakespeare zu sagen.«

»...«

»Na klar. Natürlich bestätigen wir auch, dass keine Straftat oder kein Verbrechen vorliegt, wenn dem so ist. Je nachdem. Aber wieso haben Sie gesagt, ›wenn gar kein Mord begangen wurde‹?«

»...«

»Ah, verstehe. Klingt seltsam, aber ich verstehe.«

»...«

»Ja, schade, dass niemand diese Spur verfolgt hat. Da hat das Team wirklich versagt, sehr bedauerlich. Mich nehme ich davon nicht aus, ich habe auch meinen Teil Verantwortung. Ich habe es nicht geschafft, meinen Vorgesetzten zu überzeugen. Andererseits habe ich mir wenigstens nicht einreden lassen, dass hier ein Sexualverbrechen vorliegt, nur weil nirgendwo ein Slip zu finden war.«

»...«

»Na ja, das hing nicht nur von irgendwelchen Spezialkenntnissen ab. Ich würde sagen, es hat damit zu tun, dass sich schon als Kind bei mir ein Charakterzug gezeigt hat, den manche negativ sehen, aber ich halte ihn für eine besondere Stärke. Ich kann sturer als stur sein. Ein Esel ist nichts dagegen. Wenn ich überzeugt bin, dass ich recht habe, bringt mich so leicht keiner davon ab. Weil ich so stur bin, habe ich

Ihnen damals meine Visitenkarte in die Hand gedrückt. Sie sahen dermaßen geschockt aus, als wir uns bei Gericht über den Weg gelaufen sind, komplett fassungslos. Sie waren nicht bloß ein Vater, der mit dem schrecklichen Tod seiner Tochter fertigwerden muss, man hat Ihnen auch angesehen, dass Sie verstehen wollten, was passiert war, aber nicht wussten, wie.«

»...«

»Sehen Sie, wenn ich Ihren Ausdruck von damals mit einem von diesen Emojis wiedergeben sollte, die heute so beliebt sind, würde ich das nehmen, wo sich einer ans Gesicht fasst. Augen und Mund weit aufgerissen. Vor Entsetzen. Sie waren entsetzt, das ist es.«

»...«

»Grund dafür hatten Sie genug, weiß Gott.«

»...«

»Mutig war ich allerdings schon – hätte mein Chef mitbekommen, dass ich Ihnen meine Karte gegeben habe, hätte er mich sofort gefeuert. Wissen Sie, dass unser oberster Vorgesetzter ein Verwaltungsbeamter war? Der hat die Entscheidungen getroffen. Mit Papierkram kannte er sich aus, aber von Tatortsicherung und Spurenauswertung hatte er keine Ahnung.«

»...«

»›Straftat: Mord. Täter: unbekannt. Opfer: Ana Sardá.‹ Natürlich weiß ich das noch, Teile der Gerichtsakten kann ich bis heute auswendig.«

»...«

»Ja, erzählen Sie.«

»...«

»Nein, nicht alles. Manche Einzelheiten erinnere ich nur

noch ungenau, aber andere haben sich mir regelrecht eingebrannt. Ja, eingebrannt.«

»...«

»Oh, entschuldigen Sie die Ausdrucksweise. Ich bin wirk-
lich ganz schön verroht. So gehts mit uns Kriminalisten, am
Ende haben wir überhaupt kein Empfinden mehr für den
Schmerz der anderen.«

»...«

»Also, insgesamt erinnere ich mich noch ziemlich genau
an den Fall. So oder so habe ich aber kistenweise Unterlagen
von den ganzen Ermittlungen, an denen ich beteiligt war.
Also von denen, die ich interessant fand. Für mich ist das
sozusagen Lehrmaterial, jedes Mal, wenn ich mir was davon
vornehme, lerne ich was Neues. Ich sag mir immer: Irgendwann schreibst du noch ein Buch.«

»...«

»Der Fall Ihrer Tochter ist bestimmt auch dabei. Ich habe
ein ganzes Zimmer voller Kisten, die stapeln sich bis an die
Decke.«

»...«

»Doch, es ist gut, dass Sie mich angerufen haben, natürlich.
Zum Glück habe ich immer noch die alte Telefonnummer.
Das hat heute sonst ja kaum noch wer. Beziehungsweise, heute
hat kaum noch jemand einen Festnetzanschluss.«

»...«

»Sehen Sie? Solche wie uns gibts fast nicht mehr. Heute
benutzen doch alle bloß noch Handys, WhatsApp, SMS und
so weiter. Und wer noch einen Festnetzanschluss hat, geht
nicht dran, wenn es klingelt. Das hätte ich gerade auch fast
gemacht. In der letzten Zeit waren das nämlich immer nur
irgendwelche Leute, die einem was verkaufen wollen. Oder

Meinungsumfragen. Oder, noch schlimmer, irgend so ein Penner, der mir einreden will, er hätte eins meiner Kinder entführt, und meint, er kann jetzt einen Haufen Kohle von mir verlangen. Ist Ihnen das noch nie passiert?«

»…«

»Ach ja? Also, soweit ich weiß, war hierzulande mittlerweile schon jeder Zweite davon betroffen. Bis auf die, die überhaupt kein Telefon haben. In was für einem Land leben wir eigentlich, Señor Sardá, also wirklich …«

»…«

»Doch, das kommt vor, und nicht zu selten. Da muss man wirklich aufpassen. Bei mir haben sie es schon mehrmals versucht. Ich wende dann immer denselben Trick an, ich frage als Erstes: ›Welches von meinen Kindern? Pedro?‹ Und die Idioten sind noch immer drauf reingefallen und haben gesagt: ›Ja, Pedro, genau.‹ Und das wars dann, ich hab nämlich keinen Sohn, der Pedro heißt. Ich hab einen Federico und eine Clara. Aber keinen Pedro.«

»…«

»Die wohnen beide noch zu Hause, Gott sei Dank. Ich schätz mal, die bleiben, bis sie mit der Uni fertig sind. Ihre Mutter und ich, wir freuen uns natürlich darüber. Was wollen wir mehr? Aber einen Pedro, nein, den gibts hier nicht, da können sich die Herren Entführer schwarzärgern.«

»…«

»Ja, genau, die Sache mit Ihrer Tochter, Don Alfredo. Alfredo haben Sie gesagt, oder?«

»…«

»Sehen Sie, ich habs gewusst. Freut mich wirklich sehr, dass Sie angerufen haben!«

»…«

»Dieselbe Telefonnummer, ja. Nach dreißig Jahren. In dem Haus hier haben schon meine Eltern gewohnt. Das ist in Corimayo, nicht weit von Ihnen. Sie wohnen doch noch in Adrogué?«

»…«

»Fein, schöne Gegend. Hier bei uns sind die Preise in den letzten Jahren ganz schön gefallen. Darum habe ich zu meiner Frau gesagt, als meine Eltern gestorben sind: ›Na gut, wir können das Haus ja mal inserieren, aber wenn wir nicht dafür bekommen, was es wert ist, ziehen wir selbst ein.‹ Ich muss dazusagen, es war was Schlimmes passiert: Meine Eltern sind in dem Haus gestorben, an einer Kohlenmonoxid-Vergiftung, einer von den Öfen hat nicht richtig funktioniert. Und wenn so was passiert ist, verliert ein Haus natürlich an Wert. Die Leute sind so empfindlich und abergläubisch, die wohnen nicht gern in einem Haus, wo jemand gestorben ist.«

»…«

»Sie sagen es, in jedem alten Haus ist schon mal wer gestorben.«

»…«

»Aber erklären Sie das mal einem abergläubischen Menschen.«

»…«

»Wir wohnten damals in einer kleinen Wohnung in Temperley, die haben wir gleich nach der Hochzeit gekauft. Die Hypothek war noch nicht abbezahlt. Und die Gebote für das Haus von meinen Eltern waren lächerlich. Die wollten unsere Lage ausnutzen. Da war ja sogar das Grundstück mehr wert. Dabei ist das ein großes Haus, mit drei Schlafzimmern. Also haben wir das mit dem Verkaufen sein lassen und ich habs selbst behalten. Die Gegend ist ein bisschen abgelegen, weil der Zug da nicht langfährt. Aber wenn man gut zu Fuß ist, ist man schnell am Bahnhof von Burzaco.«

»…«

»Wie ichs sage: *Walking distance.* Und vom Geld mal abgesehen hat es mich sehr gefreut, das Haus meiner Eltern zu behalten. Das war ein bisschen wie ein Vermächtnis. Sie hatten sich wirklich ins Zeug gelegt, um es zu bauen und instand zu halten, ich hätte es nur sehr ungern irgendwem anders überlassen. Die Visitenkarte, die Sie haben, war meine allererste. Meine Mutter hat sie für mich drucken lassen, als ich mit dem Studium fertig war.«

»…«

»Kriminalistik, genau, mit Diplom. Damals habe ich noch bei ihnen gewohnt, die Adresse und die Telefonnummer stimmen also noch, ich könnte die Karten von damals eigentlich weiterbenutzen, sie sind bloß ein bisschen vergilbt. Wie es so geht im Leben. Ich bin umgezogen, hab mir neue Karten machen lassen, dann bin ich wieder zurück in mein Elternhaus gezogen und hab mir noch mal neue Karten machen lassen. Jetzt bin ich sozusagen wieder am Ausgangspunkt.«

»…«

»Ja, natürlich, legen Sie los, worum gehts?«

»…«

»Richtig, ich arbeite inzwischen selbstständig. Auf Honorarbasis. Nicht mehr für den Staat. Wenn ich ehrlich sein soll – mir gehts viel besser so. Viel, viel besser. Denn wenn ich früher mit Fällen wie dem Ihrer Tochter zu tun hatte und dann gesehen habe, wie unfähig unsere Leute waren, war ich jedes Mal dermaßen frustriert, dass ich krank geworden bin.«

»…«

»Nichts ist so frustrierend, wie für den Staat zu arbeiten. Egal, wer gerade an der Regierung ist, in der Hinsicht sind alle gleich. Und jetzt stellen Sie sich mal vor, was es für einen absoluten Sturkopf wie mich bedeutet, mit dermaßen unfähigen Leuten zusammenarbeiten zu müssen. Sie verstehen, was ich meine, oder?«

»…«

»Und was machen Sie so, wenn ich fragen darf?«

»…«

»Ah, na so was, unterrichten tue ich auch. *Part time*. An der Polizeiakademie, das mache ich aber vor allem aus Begeisterung für die Sache, die Bezahlung können Sie vergessen. Wie auch immer, Forschung, das ist mein Thema. Sich am Tatort in den Kopf des Täters versetzen, um zu begreifen. Dafür habe ich meine Ausbildung gemacht, am Schauplatz des Verbrechens die Lage analysieren, auf Spurensuche gehen, Schlussfolgerungen ziehen. Da kann ich mich wirklich für begeistern. Aber Vorsicht, wir sind nicht bei *CSI*, so was wie da gibts nicht mal bei den Amis, das sind bloß Märchen. Schon allein für die Arbeitskleidung, die die Typen in der Serie anhaben, würde unser gesamter Etat draufgehen. Wissen Sie, was so ein Dupont-Tyvek-Schutzanzug kostet? Und wenn die den einmal benutzt haben, schmeißen sie ihn einfach weg, unglaublich! Na ja, hierzulande wird der eine oder andere die Dinger waschen und beim nächsten Einsatz noch mal anziehen.«

»…«

»Aber ja, Alfredo, natürlich möchte ich Ihnen helfen. Sie können auf mich zählen. Eine Frage hätte ich allerdings, wenn Sie erlauben. Warum interessieren Sie sich auf einmal wieder für diese Geschichte, nach dreißig Jahren? Sind Sie auf was Neues gestoßen?«

»...«

»Ein Zeuge.«

»...«

»Ach so, eine Zeugin. Eine Zeugende, wie man heute politisch korrekt wohl sagen müsste, hi hi ...«

»...«

»Also gut, eine Zeugin. Wie heißt sie denn?«

»...«

»Der Name kommt mir bekannt vor. Hatte die nicht schon mal ausgesagt?«

»...«

»Genau, eine Freundin Ihrer Tochter, die sich von sich aus bei der Polizei gemeldet hatte. Jetzt fällts mir wieder ein. Ihre Schilderung passte zu meiner Annahme, dass kein Sexualverbrechen vorlag.«

»...«

»Nein, daran habe ich keinen Zweifel, den hatte ich nie. Ein Sexualverbrechen lag hier nicht vor. Die Täter – ich bin mir nämlich sicher, dass nicht nur eine Person beteiligt war – wollten bloß, dass es so aussieht. Und dafür haben sie den Tatort manipuliert, ziemlich ungeschickt, wenn Sie mich fragen. Aber meine Vorgesetzten haben die Widersprüche einfach ignoriert, aus Unfähigkeit, oder weil jemand sie bestochen hat. Wenn ich mich recht erinnere, hat das Mädchen ausgesagt, dass Ihre Tochter schon davor gestorben war. Also ich weiß nicht, das Ganze war ein bisschen wirr, ich müsste es mir noch mal ansehen.«

»...«

»Na ja, bei dem Pfusch, den die veranstaltet haben! Die

hatten es supereilig, den Fall abzuschließen. Sie haben einfach behauptet: ›Vergewaltigung und anschließende Ermordung und Zerteilen der Leiche, um die Spuren zu verwischen.‹ Und das wars dann, da brauchte sich niemand mehr einen Kopf zu machen. Aber woher wussten die das mit der Vergewaltigung? Der Torso und die Geschlechtsteile Ihrer Tochter waren doch total verkohlt. Die Verletzungen hätten die Folge einer Vergewaltigung sein können, ja, aber genauso gut kam etwas anderes als Ursache infrage. Die Ermittlungen waren viel zu oberflächlich. Dass der Slip nicht gefunden wurde, heißt meiner Ansicht nach gar nichts. Und an der Autopsie hatte ich auch meine Zweifel, erst recht, nachdem ich eine zweite beantragt hatte, was aber abgelehnt wurde.«

»...«

»Klar, die haben den Fall mit aller Gewalt abgeschlossen. So eine Art Leiche passte einfach überhaupt nicht ins Schema. Leute zerstückeln und verbrennen, so was tut man nicht in Adrogué. Oder wenn, dann bekommt es keiner mit. Der Bürgermeister hat getobt, erinnern Sie sich noch? Inzwischen war ja wieder Demokratie, aber die Diktatur war noch nicht lange genug vorbei.«

»...«

»Dass der Befehl, die Untersuchung so schnell wie möglich abzuschließen, von ganz oben kam, braucht Sie nicht zu wundern. Es sollte unbedingt wieder Ruhe einkehren. In Burzaco, Turdera, Corimayo oder Ministro Rivadavia wärs was anderes gewesen, da sind die Leute härtere Sachen gewöhnt. Aber in Adrogué geht so was einfach nicht, so eine Art Verbrechen, und dann noch an jemandem von dort.«

»...«

»Haben Sie eine Vorstellung, welche Temperatur nötig ist,

damit ein Körper am Ende so aussieht? So heiß dürfte es nicht mal in der Hölle sein. Entschuldigen Sie, dass ich so von Ihrer Tochter spreche. In meinem Beruf ist man gezwungen, die Dinge nicht zu nah an sich rankommen zu lassen. Für Kriminalisten haben Leichen nichts mehr mit Menschen zu tun, für uns sind das Untersuchungsgegenstände, Beweismittel. Aber Sie sind der Vater, auch heute noch, darum bitte ich um Entschuldigung, in meinem Fall ist das einfach eine Berufskrankheit.«

»...«

»Also wenn ich mich recht erinnere, habe ich damals gefordert, dass das Mädchen noch mal aussagt. Aber dann hieß es, sie hätte irgendwelche psychischen Probleme und käme als Zeugin nicht infrage.«

»...«

»Ah, verstehe. Das heißt, an das, was vor dem Unfall passiert ist, kann sie sich erinnern, richtig? Das denkt sie sich nicht etwa aus?«

»...«

»Was heißt Memento?«

»...«

»Ach so, ein Film. Moment, ich schreibs mir auf. Nein, den kenne ich nicht.«

»...«

»Ja, ich sehe ihn mir an. An das, was vorher passiert ist, erinnern die sich besser als vor dem Unfall? Das ist natürlich gut.«

»...«

»Auf jeden Fall bin ich daran interessiert, die Sache noch mal aufzurollen. Und wie! Sie können auf mich zählen, Alfredo.«

»...«

»Wir treffen uns, natürlich treffen wir uns. Ich bräuchte allerdings ein paar Tage, um mir die Unterlagen noch mal in Ruhe durchzusehen, einverstanden?«

»...«

»Großartig! Haben Sie E-Mail, Alfredo?«

»...«

»Gut, dann sagen Sie mal.«

»...«

»Okay, okay, Klammeraffe *gmail* Punkt *com*. Ja, hab ich mir notiert. Oh, Moment, jetzt geht mir die Tinte aus.«

»...«

»So, fertig. Also, ich seh mir erst mal an, was ich hier in den Kisten habe. Falls nötig, lass ich mir dann noch die gesamte Akte zuschicken. Das dauert ein paar Tage. Je nachdem, was dabei rauskommt, schicke ich Ihnen einen Aktionsplan und einen Kostenvoranschlag. Dabei spielt natürlich auch eine Rolle, was für neue Informationen die Tochter Ihrer Freundin jetzt beisteuert.«

»...«

»Ja, Entschuldigung, das war ein bisschen schnell dahingesagt. Natürlich sind das keine neuen Informationen, wir haben sie bloß damals nicht angemessen berücksichtigt. Ganz Ihrer Meinung. Aber unter den jetzigen Umständen sind sie trotzdem neu.«

»...«

»Einverstanden, Alfredo? Ich schicke Ihnen alles per Mail, und Sie geben mir dann Ihr Okay, ja?«

»...«

»Ich danke für Ihr Vertrauen. Aber mir ist es trotz allem lieber, schriftlich festzuhalten, was ich für jemanden tun kann und was das letztlich kostet. Damit es am Ende keine Enttäuschungen gibt.«

»…«

»Dann schicke ich Ihnen also die Mail, und später sprechen wir wieder.«

»…«

»Freut mich, dass Sie angerufen haben.«

»…«

»Ganz meinerseits.«

»…«

»Auch Ihnen einen schönen Tag noch.«

2

Ich habe Alfredo Sardá angelogen. Nicht in Bezug auf den Tod seiner Tochter. Ich habe noch bei keinem einzigen Fall gelogen, bei dem ich mitgearbeitet habe. Vielleicht habe ich mich manchmal getäuscht, aber nie gelogen. Ich habe ihn in Bezug auf mein Privatleben angelogen. Dass ich im Haus meiner Eltern wohne, stimmt. Und dass ich es geerbt habe, nachdem sie an einer Kohlenmonoxidvergiftung gestorben sind, stimmt auch. Und dass meine Frau und ich und unsere damals noch kleinen Kinder daraufhin aus der winzigen Wohnung in Temperley hierhergezogen sind, stimmt ebenfalls. Wir leben aber nicht mehr zusammen. Meine Frau ist vor ein paar Jahren ausgezogen, und die Kinder, die inzwischen Teenager waren, wollten lieber bei ihrer Mutter bleiben, obwohl deren neue Wohnung in Lanús noch kleiner ist als die, in der unsere Familiengeschichte einst angefangen hat. Ganz erholt habe ich

mich davon bis heute nicht. Es fällt mir schwer, allein zu leben. Es war immer eine große Erleichterung, nach der Arbeit
in ein Haus zu kommen, wo mich meine Liebsten erwarte-
ten, das Leben, der Geruch nach Essen, ein Kuss, eine Umarmung. Ein Gegengewicht zu meinem täglichen Umgang
mit dem Tod. Seitdem habe ich keinen Zufluchtsort mehr,
die Schutzmauer zwischen meinem Leben und dem Tod der
anderen ist verschwunden, jetzt wechsle ich die Seiten, ohne
es zu merken. Manchmal habe ich Angst, auf der falschen
Seite hängen zu bleiben.

Das Haus ist zu groß für mich. Meine Schritte hallen von
dem abgenutzten Holzboden wider. Seit Betina und die Kinder ausgezogen sind, habe ich das Gefühl, der Welt des Todes
überhaupt nicht mehr entkommen zu können. Die Arbeit
geht zu Hause einfach weiter. Überall liegen Autopsieberichte
herum, an den Wänden hängen Fotos von Fällen, an denen
ich arbeite, die Regale sind voller Taschenlampen, Pinzetten,
Einmalhandschuhen, Luminol, Fingerabdruckpulver. Und in
allen Zimmern stapeln sich Kisten voller Dokumente, nicht
nur in einem, wie ich Alfredo erzählt habe, selbst im Bad.
Auch wegen der Unordnung hat meine Frau mich verlassen.
Als sie noch hier lebte, war es allerdings bei Weitem nicht
so schlimm. Da hatte ich mich halbwegs im Griff, und sie
hat regelmäßig aufgeräumt. Schlimmer für Betina war jedoch die Sache mit den Leichengasen, das war irgendwann
die reinste Obsession. Dass die Gase giftig sein können, be-
streite ich nicht, und natürlich ist man ihnen bei der Arbeit
ausgesetzt. Aber eine anschließende gründliche Reinigung
garantiert, dass man nichts davon mit nach Hause schleppt.
Auch jetzt, wo ich allein lebe, achte ich darauf, das bin ich
meinem Beruf einfach schuldig. Ich trample ja auch nicht

mit dreckigen Schuhen auf einem Teppich herum. In der Hinsicht habe ich es wirklich immer ganz genau genommen, irgendwelche Krankheitserreger oder sonstigen Keime habe ich niemals in die Familie getragen, da bin ich mir völlig sicher. Den Vorwurf habe ich auch nie akzeptiert, egal wie oft Betina es mir ins Gesicht sagte, wenn wir stritten: »Du riechst nach Tod, Elmer.« Ich habe ihr haarklein erklärt, wie ich beim Reinigen vorgehe, aber genützt hat es nichts. Ich glaube, der Geruch nach Desinfektionsmittel, das war für sie der Leichengeruch. Diskutieren hat bei uns sowieso zu nichts geführt, selbst wenns ums Wetter ging. Wenn draußen die Sonne schien, hat sie steif und fest behauptet, es würde regnen. Dabei bin eigentlich *ich* der Sturkopf von uns beiden.

Wir trennten uns nicht bloß deswegen oder wegen der Unordnung. Betina meinte, dass ich zu Hause bloß vom Tod und von Mördern und Verbrechen sprechen würde. Das sei für sie unerträglich. Da übertrieb sie aber. Natürlich sprach ich über meine Arbeit, so wie jeder. Und ich arbeite nun mal mit Leichen und an Orten, wo Verbrechen begangen worden sind. Davon abgesehen bin ich ein ganz normaler Mensch mit jeder Menge anderer Interessen, ich trinke auch gern mal ein Glas Wein oder höre Jazz, oder Tango, wenn Adriana Varela singt – ihre raue Stimme haut mich jedes Mal fast um. Trotzdem ist mein Beruf zugegebenermaßen meine große Leidenschaft. Aber das war schon so, als Betina und ich uns kennenlernten. Und zunächst fand sie auch alles total interessant, was damit zu tun hatte. Einmal ließ sie mich fasziniert die verschiedenen Phasen der Totenstarre aufsagen, fast wie ein Gedicht. War die Begeisterung bloß vorgetäuscht? Das glaube ich nicht. Ich glaube eher, dass genau das, was sie anfangs so anziehend fand, sie später abstieß. Wie es vielen Paaren so geht.

Beim Unterrichten an der Polizeiakademie empfehle ich es lieber nicht, aber unter uns gesagt glaube ich tatsächlich, dass man den Kunden in Bezug auf sein Privatleben etwas vormachen, sie vor einem schützen sollte. Das ein oder andere kann man gegebenenfalls durchblicken lassen, die Leute sind nun mal neugierig und wollen wissen, mit wem sie es zu tun haben. Trotzdem sollte man grundsätzlich entscheiden, ob man die Wahrheit sagt oder eben nicht. Ich habe mich schon vor Längerem für Letzteres entschieden. Und so habe ich es auch mit Alfredo Sardá gehalten. Wer die Dienste eines Kriminalisten in Anspruch nimmt, soll den Eindruck gewinnen, dass er einen Menschen vor sich hat, der mehr oder weniger so ist wie er selbst, also jemand mit Familie, Fußballfan, Liebhaber der italienischen Küche – alles ganz normal. Denn das, was er früher oder später von unserer Arbeit zu hören bekommen wird, ist schrecklich genug. Wenn wir uns dazu auch noch selbst als Nerds, als seltsame Typen, als leicht durchgedrehte Freaks präsentieren, ist das ausgesprochen kontraproduktiv. Die Menschen neigen nun mal dazu, schreckliche Dinge zunächst durch Unglauben abzuwehren. Umso glaubwürdiger und seriöser müssen wir selbst auftreten. Wir verbringen den Tag damit, Leichen zu sezieren, Jagd auf Blutspuren zu machen, einzelne Härchen aufzusammeln, als handelte es sich um kostbare Edelsteine, verschiedenste Arten von Verletzungen zu analysieren und so weiter. Aber wer hat schon Lust, mit jemandem etwas trinken zu gehen, der eben noch einen blutigen Arm oder ein totenstarres Bein untersucht hat? Dieses Misstrauen ist nachvollziehbar, und trotzdem unberechtigt. Denn kaum jemand ist so ausgeglichen wie ein Kriminalist. Anders geht es gar nicht, wenn man solch eine Arbeit über längere Zeit unbeschadet ausführen möchte. Wir Kriminalisten sind aber nicht nur ausgeglichen, sondern auch präzise, zielsicher, gewissenhaft, detailverliebt. Ohne objektive Beweise würde unsereins niemals etwas behaupten. Wir gehen nicht von Annahmen, sondern von Nachweisen aus. Beim Anblick eines roten Stofffflecks sprechen wir von »Gewebe mit blutartigen Anhaftungen« – ob es sich tatsächlich um Blut handelt, wird sich im Labor erweisen. Und wenn wir das Profil eines Mörders erstellen, versuchen wir nicht, mit ihm mitzufühlen. Für uns spielt es keine Rolle, wie seine Eltern ihn behandelt haben, ob er in der Schule gemobbt wurde oder wie auch immer er zu dem wurde, der er ist. Für uns ist er weder ein guter noch ein schlechter Mensch, für uns ist nur die Tat wichtig, die er begangen hat. Kaum jemand ist so vertrauenswürdig und vorurteilsfrei wie ein Kriminalist, auch wenn seine Frau das nicht zu schätzen weiß und ihn verlassen hat.

Gleich nach Alfredos Sardás Anruf machte ich mich an die Arbeit. Was das Honorar anging, wusste ich, dass es keine Probleme geben würde. Ich hatte einen sehr niedrigen Betrag angesetzt, denn mir ging es um den Fall selbst – letztlich hätte ich sogar gratis gearbeitet. Aber es ist nicht gut, wenn der Auftraggeber merkt, dass man auch ohne angemessene Gegenleistung tätig werden würde, damit bringt man nur die gewohnte Ordnung der Arbeitswelt durcheinander. Und diese Ordnung sowie die Familie sind die Grundlage der Gesellschaft. Wer die außer Kraft setzt, bringt das gesamte System zum Einsturz. Ich muss bereits ohne den Faktor Familie auskommen, deshalb verteidige ich den Rest mit Zähnen und Klauen – ob ich noch einmal eine feste Partnerin finden werde, weiß ich nicht. Ich traue mir nicht mehr zu, eine Frau verführen zu können. Als junger Mann bereitete mir das keine Schwierigkeiten. Heutzutage sind die Frauen aber ganz anders. Und ich weiß nicht mehr, wie ich es anstellen soll, ich bin total aus der Übung. Dabei gefällt es mir, dass sie jetzt selbstbewusst von sich aus die Initiative ergreifen. Ich muss sagen, diese neue Art Frauen finde ich verführerischer als die, mit denen ich es in meiner Jugend zu tun hatte. Aber sie anzusprechen ist etwas anderes. Ich fühle mich angezogen, sobald ich allerdings den ersten Schritt tun will, schrecke ich zurück. Und wenn es schiefgeht? Was, wenn ich sage: Na, Süße, wollen wir was trinken gehen? Und sie sagt: Selber süß, du Idiot! Die Frauen von heute sind seltsam. Selbstbewusst, aber seltsam, und unberechenbar. Trotzdem, ganz aufgegeben habe ich noch nicht, irgendwann mache ich noch mal einen Versuch. Ich gönne mir gerade sozusagen ein Sabbatjahr, um herauszufinden, was ich eigentlich will. Jedenfalls kann ich mir nicht vorstellen, den Rest des Lebens ohne eine Frau an der Seite zu verbringen. Vorläufig habe ich meine Arbeit, richtig schwierig wird es erst, wenn ich in Pension gehe. Aber ein paar Jahre sind es noch, mal sehen, wie es bis dahin mit mir weitergeht.

Ich suchte mir die entsprechende Kiste raus. Sie enthielt eine Menge Material, darunter mehrere Faxe, die noch auf Thermopapier gedruckt worden waren. Wie ich feststellen musste, waren die inzwischen nahezu unleserlich. Erstaunlich, wie schnell ein einst als revolutionär gepriesenes Kommunikationsmittel veralten und in Vergessenheit geraten kann. Außerdem fand ich eine Kopie der Untersuchungsakte, des Autopsieberichts und meines letztlich abgelehnten Antrags, eine zweite Autopsie durchzuführen, sowie

Zeitungsausschnitte und sogar vollgekritzelte Papierservietten – mit Dingen, die mir wahrscheinlich beim Kaffeetrinken eingefallen waren, woraufhin ich gemeint hatte, sie mir sogleich notieren zu müssen. Am vertrauenswürdigsten wirkten jedoch meine Aufzeichnungen in einem Notizheft. Gleich auf der ersten Seite stand ganz oben in Großbuchstaben: ES WAR KEIN SEXUALVERBRECHEN. Das war eine Vermutung, die sich zu diesem Zeitpunkt weder belegen noch widerlegen ließ. Sicher war ich mir dagegen, dass die Spuren am Fundort inszeniert worden waren. Was mich wiederum dazu brachte, nicht der von ihnen vorgegebenen Interpretation zu folgen.

Nach dieser programmatischen Überschrift kamen zunächst einige Anmerkungen zum ersten Abschnitt der Ermittlung, der Tatortsicherung. Die *notitia criminis* war durch einen anonymen Anruf erfolgt. Am frühen Morgen hatte sich jemand mit verstellter Stimme bei der Polizeiwache Adrogué gemeldet. Wie alt der Anrufer war, konnte der Beamte, der den Anruf entgegengenommen hatte, nicht sagen, ebenso wenig, ob es sich um einen Mann oder eine Frau gehandelt hatte. Das heißt, wahrscheinlich hatten der Mörder selbst oder ein Komplize oder auch ein Zeuge angerufen, jedenfalls jemand, der wollte, dass wir die Leiche fanden. Im Fall von Ana Sardá stimmten Fundort und Tatort nicht zwangsläufig überein. Der Fundort wurde zwar abgeriegelt, aber nicht weiträumig genug. Weshalb eine adäquate Untersuchung von vornherein unmöglich war. Es stimmte zwar, dass man die eigentlich vorgeschriebenen fünfzig Meter Abstand nicht überall hätte einhalten können, ohne angrenzende Privatgrundstücke miteinzubeziehen. Deshalb hätte man die letztlich untersuchte Fläche aber trotzdem nicht dermaßen klein anzusetzen brauchen. Der Teamleiter setzte noch einen drauf, indem er uns anwies, den Bereich um die Fundstelle spiralförmig abzusuchen, wodurch er nur seine völlige Ahnungslosigkeit offenbarte. Vielleicht hatte er dergleichen in irgendeinem Film gesehen, und es war ihm besonders schlau vorgekommen. Im vorliegenden Fall war es vollkommener Quatsch. Logisch und angemessen wäre es gewesen, das Gebiet abschnittsweise zu untersuchen, und das aufgrund des Wetters so schnell wie möglich. Aber wenig später trampelten schon überall irgendwelche Leute herum. Auch der Priester der nahe gelegenen Pfarrgemeinde war vor Ort und erteilte, mit welchem Recht auch immer, unseren Leuten alle möglichen Anweisungen. Später betete er neben der Leiche einen Rosenkranz und bat Gott, sich des Mädchens – das er auf den ersten Blick erkannt hatte – und seiner Familie anzunehmen.

Ana Sardá war eindeutig auf diesem Gelände zerstückelt worden. Das zeigte sich auch an dem vielen hier vergossenen Blut, wenngleich ein beträchtlicher Teil davon durch den starken Regen vor allem am frühen Morgen fortgespült worden war. Als die Kriminaltechnik ihre Arbeit aufnahm, nieselte es immer noch, sodass die verbliebenen rötlichen Pfützen im Schlamm weiter ausgewaschen wurden. Die Verbrennungen dagegen waren der Toten ebenso eindeutig nicht hier zugefügt worden. Zumindest der größte Teil davon nicht. Der Untergrund rund um die Leiche wies zwar hier und da verbrannte Stellen auf, die dabei aufgetretene Hitze musste aber weit geringer gewesen sein als die, der Ana Sardás Torso ausgesetzt worden war. Eine nur wenige Meter von der Leiche entfernt liegende Plastikflasche und deren Deckel etwa waren unversehrt. Und der Boden unter den verbrannten Grasstellen war keineswegs verkohlt. Davon abgesehen schien das Feuer durchaus wählerisch vorgegangen zu sein – die Füße, die in dicken Lederstiefeln steckten, wiesen keine Verbrennungen auf. Dafür zeigte sich jedoch am Spann eine seltsam kupfrig gelbe Verfärbung. Was sonstige Spuren anging, hatte der stundenlange Regen ganze Arbeit geleistet: Weder Spritzer noch Finger- oder Fußabdrücke, Anhaftungen, Rückstände, Krümel oder Fasern konnten sichergestellt werden.

Die verschiedenen Teile von Ana Sardás Körper – Kopf, Rumpf und Beine – lagen mehr oder weniger der anatomischen Anordnung folgend im Gras. Der Rumpf allerdings leicht nach links von der imaginären Körperachse abweichend. Das, und nicht nur das, sah bereits nach der »persönlichen Handschrift« des Täters aus. Zu der gehört alles, was für die Ausführung der Tat selbst nicht unbedingt notwendig ist. Sie hat also mit dem Täter und nicht mit der Tat zu tun. Typisch für Zerstückelungen ist, dass die einzelnen Körperteile anschließend an möglichst weit voneinander entfernten Stellen abgelegt werden, um die Identifizierung des Opfers unmöglich zu machen. Das war hier offensichtlich nicht beabsichtigt. Derjenige, der Ana Sardá zerstückelt hatte, wollte im Gegenteil, dass ihr Körper vollständig gefunden und identifiziert wurde.

Neben der erwähnten leichten »Schieflage« des Torsos fiel auf, dass die Arme nicht abgetrennt worden waren. Auch wenn ich damals noch wenig Erfahrung hatte, war mir klar, dass das ungewöhnlich war. Während meines Studiums war ein solcher Fall nie erwähnt worden, und später ist er mir auch nie wieder untergekommen. Wiederum in Großbuchstaben hatte ich hierzu seinerzeit abschließend in mein Heft geschrieben: »WARUM TRENNT JEMAND KOPF

UND BEINE VON EINER LEICHE, ABER NICHT DIE ARME?« Auch dreißig Jahre später wusste ich keine Antwort darauf.

Weitere Überlegungen zu diesem Thema: Nach argentinischem Recht ist die Zerstückelung eines menschlichen Körpers als eigenständiges Delikt strafbar, wenn dieser, und sei es auch nur zu Beginn, am Leben ist, deshalb ist es wichtig, den genauen Zeitpunkt dieser Handlung zu bestimmen; betrifft sie dagegen eine Leiche, gilt sie nicht als Straftat, es sei denn, dadurch soll eine andere Straftat vertuscht werden. Mein Chef versteifte sich zunächst, warum auch immer, auf die Untersuchung der Frage, ob Ersteres der Fall gewesen sein könnte. Und das, obwohl die Spuren eindeutig waren: Blut, das sich aus einem lebendigen Körper ergießt, hätte sich anders am Fundort verteilt. So gingen unnötig Zeit und Energie verloren, auch für die Leute aus dem Labor. Aufgrund der Unfähigkeit und Ahnungslosigkeit meines Chefs trat die Untersuchung also zunächst hilflos auf der Stelle. Und so wäre es womöglich für immer geblieben – wie in vielen vergleichbaren Fällen –, hätte sich nicht irgendwann jemand von weiter oben eingeschaltet und gefordert, die Sache schleunigst zu Ende zu bringen. Woraufhin mein Chef urplötzlich eine völlig neue Anfängerhypothese präsentierte: »Sexualdelikt und anschließende fahrlässige Tötung durch Strangulation.« Dabei berief er sich auf vage Überlegungen, die bei der ersten Autopsie angestellt worden waren, insbesondere eine Reihe schwer einzuordnender Verletzungen an Vagina und Uterus, beide halb verkohlt. Vor allem aber lautete seine geniale Schlussfolgerung: »Wenn kein Slip zu finden ist, hat der Vergewaltiger ihn mitgenommen, wie es Fetischisten eben so machen.« Völliger Unfug. Dieser Trottel muss zu viele Fernsehserien geguckt haben. Sein Fachwissen scheint er jedenfalls ausschließlich von dort bezogen zu haben. Dazu passte sein Verweis auf das gebrochene Zungenbein. Der war zwar richtig, für diesen Zusammenhang jedoch nahezu bedeutungslos – es wäre unmöglich gewesen, Ana Sardá den Hals durchzuschneiden, ohne das Zungenbein dabei zu zertrennen. Ich war und bin auch jetzt noch mit den Erklärungen meines Chefs in keiner Weise einverstanden. Dass die Zerstückelung *post mortem* erfolgte und es keinen greifbaren Beweis für eine Vergewaltigung gab, scheint mir heute, mit über fünfzig, noch genauso eindeutig wie mit Anfang zwanzig.

Warum war die Leiche dann aber verbrannt und zerstückelt worden? Warum beides? Zerstückelt wird eine Leiche meistens in der Absicht, sie verschwinden zu lassen. Im Fall von Ana Sardá war dieses Motiv aber auszuschließen. Manchmal will der Täter auf diese Weise jedoch auch eine Botschaft übermitteln. Dazu würde der Anruf mit verstellter Stimme passen. Der Beamte, der damals den Anruf entgegennahm, sagte allerdings, dass die Person am anderen Ende der Leitung zeitweilig nicht weitersprechen konnte, so als wäre er oder sie den Tränen nahe gewesen. Bedenkenswert war dafür noch etwas anderes: Manche Verbrennungen waren leicht, andere sehr viel schwerer. Als wären jeweils nur Teile des Körpers dem Feuer beziehungsweise der Hitze ausgesetzt worden, und bei unterschiedlichen Temperaturen. Seltsam. Gehörte dies zur »persönlichen Handschrift« des Täters oder war es einfach nur Teil seiner Vorgehensweise? Und dann der Rumpf: Wieso wurde der verkohlt? Nicht nur das Zerstückeln, auch das Verbrennen kann dem Zweck dienen, Beweismaterial aus der Welt zu schaffen. Wie der große argentinische Gerichtsmediziner Osvaldo Raffo in seinem Buch *La muerte violenta* schreibt:

»Verbrannt wird eine Leiche meistens, um sie verschwinden zu lassen, ihre Identifizierung unmöglich zu machen oder die wahre Todesursache zu verschleiern.« Genau das war für mich der Punkt. Im Fall von Ana Sardá lag in meinen Augen eindeutig Letzteres vor: Die Ursache ihres Todes sollte verschleiert werden. Warum sonst hätte man sich gleich zweier Methoden bedienen sollen, um einen Leichnam zu beseitigen, nur um ihn dann an einem so leicht zugänglichen Ort abzulegen, wo er früher oder später unweigerlich gefunden werden musste?

Der Täter hatte sich nicht einmal bemüht, die Identifizierung der Leiche unmöglich zu machen – Anas Gesicht war, trotz der schweren Verbrennungen, durchaus zu erkennen. Das Ganze hatte also tatsächlich einzig und allein der Verschleierung der Todesursache gedient. Und diese Ursache musste sich irgendwo zwischen dem Hals- und dem Beinansatz befinden, im Bereich des Rumpfes. Die naheliegendste, sich geradezu aufdrängende Erklärung lautete, dass Ana schwanger gewesen war. Von einer Schwangerschaft war im Autopsiebericht jedoch nirgends die Rede. Wobei ein Fötus, trotz der Schwere der Verbrennungen, auf jeden Fall entdeckt worden wäre.

Schließlich wurde die Leiche freigegeben und ins Leichenschauhaus gebracht, vor allem, damit sie von der Familie identifiziert werden konnte. Auch wenn eigentlich kein Zweifel mehr bestand, dass es sich bei dieser verstümmelten Toten um Ana Sardá handelte. Der Priester hatte bei ihrem Anblick keinen Moment gezögert. Normalerweise bleibe ich bei der Arbeit ruhig und distanziert; sich vom Unglück der anderen nicht beeindrucken zu lassen ist Teil unserer Ausbildung, anders lässt sich diese Aufgabe nicht professionell erledigen. Ich weiß aber noch, dass ich damals, jung wie ich war, bei dem Gedanken an den Familienangehörigen, der es, womöglich gezwungenermaßen, auf sich nahm, den verstümmelten und verbrannten Leichnam anzusehen und zu bezeugen, dass dies tatsächlich die Überreste von Ana Sardá waren, heftiges Mitleid empfand. Wahrscheinlich aus reiner Gewohnheit ging ich davon aus, dass der Vater oder die Mutter dies übernehmen würde. Wie ich später erfuhr, hatte jedoch eine Schwester die Tote identifiziert, worauf ich nicht einmal im Traum gekommen wäre. Umso größer war mein Mitleid, handelte es sich in diesem Fall doch nicht nur um eine enge Angehörige, sondern um eine junge Frau, der durchaus genau dasselbe hätte passieren können. Eine kaum auszuhaltende Vorstellung. Eine Zeit lang blätterte ich in dem Heft, um herauszufinden, welche der beiden Schwestern die Leiche identifiziert hatte, die Suche blieb aber erfolglos. Vielleicht hatte ich das nie erfahren.

Ich machte die Kiste mit den Unterlagen wieder zu, ich hatte ihren gesamten Inhalt gründlich durchgesehen. Nur den Abschlussbericht der Gerichtsmedizin ließ ich draußen und las ihn noch einmal aufmerksam durch, für den Fall, dass ich doch etwas übersehen hatte. Bei der neuerlichen Lektüre fielen mir mehrere Kommentare über Ana Sardás Hautfarbe auf. Ich muss zugeben, dass ich dieser Besonderheit seinerzeit nicht genügend Aufmerksamkeit geschenkt hatte. Die Rede war unter anderem von einer »kupfrig gelben Verfärbung« an den Füßen. Ich holte mein eigenes Notizheft wieder hervor, in der Hoffnung, dort ebenfalls etwas hierüber zu entdecken. Und tatsächlich hatte ich dort einmal am Rand angemerkt: »Was für ein Farbton genau ist ›kupfrig gelb‹?« Aufgrund des Sauerstoffmangels laufen alle Leichen blau an, weshalb die bläuliche Farbe der Haut an anderen Stellen keinerlei

Aufmerksamkeit hervorrief. Warum aber wunderte sich niemand über die kupfrig gelben Verfärbungen? In meinem Fall lag es an der fehlenden Erfahrung, den anderen mangelte es dagegen offenbar an Sachverstand. Oder es war Korruption im Spiel, das sollte man, auch und gerade bei der Justiz, nie ausschließen.

Nachdenklich und zugleich verärgert über meine damalige Unachtsamkeit legte ich den Bericht weg. Ich schenkte mir ein Glas Wein ein und ließ auf dem Handy *Naranjo en flor* erklingen, gesungen von Adriana Varela. Siehst du, Betina? Manchmal bin ich durchaus imstande, mir einen guten Wein zu gönnen und Musik dazu zu hören. Und wenn es dann auch noch Adriana Varela ist … Kaum war das Stück zu Ende, nahm ich den Bericht wieder zur Hand. Jetzt war ich auf der Suche nach etwas anderem. Beine und Kopf wiesen Verbrennungen ersten und zweiten Grades auf. Torso und Arme dagegen waren nahezu verkohlt. Die Arme außerdem in Boxerhaltung angewinkelt, eine typische Folge starker Hitzeeinwirkung. Da der Boden am Fundort, rings um die Leiche, keineswegs verkohlt war, schien mir endgültig klar, dass die schweren Verbrennungen an einem anderen Ort entstanden sein mussten. Aber warum so viel Aufwand? Noch ein Glas Wein, und dazu diesmal *Garganta con arena,* wiederum in der Version Adriana Varelas. Vor dreißig Jahren hatte ich wohl tatsächlich intuitiv völlig richtiggelegen: Ein Sexualverbrechen lag hier nicht vor, da war ich mir jetzt nahezu sicher. Und das Verbrennen wie auch das Zerstückeln der Leiche hatten einzig dem Zweck gedient, die wahre Todesursache zu verschleiern. Aber wer hatte ein Interesse daran gehabt? Und warum? Was hatte er getan? Wozu hatte er Ana gezwungen? In jedem Fall lautete die entscheidende Frage: Woran war dieses siebzehn Jahre alte Mädchen gestorben? Und nicht: Wer hatte sie umgebracht?

Alfredo Sardá hatte mich und die Zeugin, die damals behauptet hatte, Ana sei schon vorher, in ihren Armen, gestorben, für Freitagnachmittag zu sich nach Hause einbestellt. Einerseits fürchtete ich, die inzwischen natürlich erwachsene Frau werde womöglich bloß wirres Zeug von sich geben oder sich, Amnesie hin oder her, als krankhafte Lügnerin erweisen. In meinem Berufsleben bin ich schon des Öfteren solchen Menschen begegnet. Das Geschlecht spielt dabei keine Rolle. Auch nicht, wenn es ums Verrücktsein geht. Frauen haben diesbezüglich zwar einen schlechteren Ruf als wir Männer; glaubt man der Wissenschaft, ist das Verhältnis jedoch ausgeglichen. Andererseits wollte ich ihr möglichst offen und vorurteilsfrei gegenübertreten, schließlich war durchaus möglich, dass die Frau die Wahrheit sagte. Dass Ana Sardá also tatsächlich in ihren Armen gestorben war. Auch wenn sie sich seitdem an nichts Neues mehr erinnern konnte: Vielleicht würde sich mit ihrer Hilfe endlich herausstellen, welches Verbrechen sich hinter diesem Verbrechen verbarg.

3

Als Alfredo Sardá mich um Hilfe bat, sagte er, es gehe ihm darum, »die Wahrheit« herauszufinden. Eigentlich jedoch wollte er sich, wie so viele meiner Auftraggeber, die sich genauso ausdrücken, seine eigene Theorie bestätigen lassen. Ihm war nicht bewusst, dass sich hinter der einen Wahrheit stillschweigend, kaum wahrnehmbar, eine geheime, zweite Wahrheit verbarg. Und falls doch, hatte er nicht den Mut, diese andere Wahrheit an die Oberfläche zu holen, ins Auge zu fassen; und erst recht nicht, sie offen auszusprechen. Sosehr wir uns einreden wollen, es gehe uns um »die Wahrheit«, haben wir in Wirklichkeit stets »unsere Wahrheit« im Blick. Ich nehme mich hiervon nicht aus, keineswegs, mein Beruf hat mich aber gelehrt, immer auch wachsam und offen für unerwünschte Wahrheiten zu sein.

Er bat mich, zu ihm zu kommen, damit er mich Marcela Funes vorstellen könne. Anschließend sollten wir zu dritt eine Namensliste durchsehen, die Marcela vor dreißig Jahren, mit siebzehn, angefertigt hatte. Seiner Ansicht nach war es durchaus möglich, dass sich darunter der Name des Mannes befand, mit dem Ana Sardá bis zu ihrem Tod eine Liebesbeziehung gehabt hatte. Wie er sagte, besaß er schon seit Längerem eine Kopie dieser Liste. Er hätte sie mir also ohne Weiteres zumailen können, sodass ich mich sofort auf eigene Faust ans Nachforschen hätte machen können. Treffen können hätten wir uns dann später, wenn ich die nicht infrage kommenden Kandidaten ausgeschieden hätte. Aber in Wirklichkeit ging es Alfredo ja um etwas anderes – um eine Wahrheit, von der er offensichtlich ahnte, dass sie nicht besonders angenehm war.

Wie verabredet stand ich pünktlich um drei vor seiner Haustür. Als er öffnete, sah ich statt des kräftigen Mannes, den ich in Erinnerung hatte, eine extrem abgemagerte Gestalt vor mir. Die Tür war mit einem schweren Riegel gesichert. Zu Lebzeiten Anas war das wahrscheinlich nicht so gewesen; heutzutage kommt man im Großraum von Buenos Aires aber nicht mehr ohne alle möglichen Gitter und Riegel aus. Er bat mich herein und fragte, ob ich einen Kaffee trinken wolle. Während er ihn zubereitete, kündigte er an, dass er mich um kurz vor vier ein paar Minuten allein lassen werde, um Marcela Funes bei ihr zu Hause abzuholen. Sie machten das immer so, auch wegen ihrer Gedächtnisstörung, und er wolle an dieser Gewohnheit ungern etwas ändern.

Während der ersten Stunde waren wir also nur zu zweit. Alfredo gab mir eine Kopie von Marcelas Namensliste, wir warfen aber bloß einen flüchtigen Blick darauf. Ich schlug vor, die Liste, wenn Marcela da wäre, Name für Name durchzugehen und jedes Mal genau auf Marcelas Reaktionen zu achten. Vielleicht ließen sich daraus Rückschlüsse ziehen. Alfredo war einverstanden. Seiner Theorie nach musste es so gewesen sein: Der Mann, der mit Ana eine Liebesbeziehung gehabt, sie aber nicht getötet hatte, hatte sich dennoch verantwortlich gefühlt und versucht, sämtliche Spuren zu beseitigen, die zu ihm und zur Ursache von Anas Tod hätten führen können.

Möglich war das. Trotzdem verstand ich nicht, warum Marcela Funes uns die wahre Todesursache nicht nennen konnte, woraufhin wir den umgekehrten Weg hätten nehmen können – von der Ursache zu der Person, die Anas Leiche verbrannt und zerstückelt hatte. Alfredos Erwiderung auf meine diesbezügliche Frage war eindeutig: »Marcela hat Ana, bevor sie in ihren Armen starb, versprochen, dass sie niemandem verraten würde, was all dem vorausgegangen war, und darauf möchte ich unbedingt Rücksicht nehmen. Marcela ist eine sehr labile Person, alles, woran sie sich in ihrer nebulösen Gegenwart festhalten kann, ist eine Reihe von Erinnerungen aus der Zeit vor ihrem Unfall. Diese Erinnerungen sind lebenswichtig für sie. Und eine, vielleicht die wichtigste dieser

Erinnerungen ist die an ihre Freundschaft mit Ana. Für Marcela ist diese Freundschaft noch lebendig. Und wie ein Schutz vor all dem Elend, das sie seitdem durchmachen muss. Sie zu zwingen, ihr Geheimnis zu verraten, hätte katastrophale Folgen für sie.« Anschließend sagte er, er müsse etwas holen, er sei gleich wieder da. Mir schien, er habe Tränen in den Augen. Ob wegen Ana oder Marcela, hätte ich nicht sagen können. Er kehrte mit einem Taschentuch in der Hand zurück und erklärte: »Entschuldigen Sie, ich bekomme diese Erkältung einfach nicht los.« Er schnäuzte sich, seufzte, schüttelte den Kopf und sprach weiter: »Verstehen Sie? Marcela erinnert sich jetzt schon nicht mehr daran, was sie heute zu Mittag gegessen hat. Und wenn ich Sie ihr nachher vorstelle, wird sie kurz darauf nicht mehr wissen, wer Sie sind. Sie kann nicht mal Romane lesen, weil sie automatisch vergisst, was im Kapitel davor passiert ist.« Er wedelte in der Luft, als suchte er nach dem passenden Wort, und fuhr schließlich fort: »Es ist wirklich traurig, diese Frau ist außerstande, sich zu verlieben, die Liebe wird sie nie kennenlernen können. Schrecklich, das hat sie einfach nicht verdient! Wie soll ich da von ihr verlangen, Ana zu verraten und ihr Versprechen nicht einzuhalten? Das ist doch das Einzige, was sie hat!«

Ich nickte schweigend und pries innerlich einmal mehr, was ich regelmäßig meinen Schülern an der Polizeiakademie weiterzugeben versuche: Ein Kriminalist darf sich nicht von seinen Gefühlen beeinflussen lassen. So hielt ich es auch jetzt und ließ weder Alfredos Tränen noch seine Argumente an mich heran. Wenn es nach mir gegangen wäre, hätte ich Marcela Funes trotz allem, was Alfredo gesagt hatte, ausgequetscht, bis sie, und zwar noch an diesem Nachmittag, preisgegeben hätte, woran Ana Sardá gestorben war. Aber ich durfte meinen Auftraggeber nicht verärgern und musste mir etwas anderes einfallen lassen.

Zwei denkbare Todesursachen, von denen auch Alfredo schon gesprochen hatte, waren eine Überdosis Drogen oder schlicht Gewalt. Über Drogenprobleme oder Schwierigkeiten mit ihrem möglicherweise gewalttätigen Liebhaber hätte Ana, so wie ich es einschätzte, wohl kaum mit ihren Eltern gesprochen. Umso mehr dürfte sie darauf bestanden haben, dass ihre beste Freundin niemandem sonst davon erzählte. Während ich noch darüber nachdachte, verkündete Alfredo, er werde jetzt aufbrechen, um Marcela abzuholen.

Ich verließ zusammen mit ihm das Haus. Es schien mir unpassend, allein dort zurückzubleiben. Außerdem wollte ich die Gelegenheit nutzen und eine Zigarette rauchen. Ich stellte mich auf der gegenüberliegenden, sonnenbeschienenen Straßenseite neben einen etwas schief aus dem Pflaster gewachsenen Orangenbaum, zündete mir eine Zigarette an und hielt mit geschlossenen Augen das Gesicht in die angenehm warme Aprilsonne. Als ich eine ziemliche Weile später die Augen wieder öffnete, sah ich die beiden in der Ferne die Straße herunterkommen – ein Anblick wie aus einem alten Fotoalbum. Alfredo, wie ich mir erst jetzt bewusst machte, trug ein sportliches Sakko und Anzughose, weißes Hemd – der oberste Knopf war offen – und Slipper. Obwohl sämtliche Kleidungsstücke ihm sichtlich zu weit waren, hatte er sich die Eleganz, die er früher ausgestrahlt haben musste, bewahrt. Marcela wiederum trug ein Kleid mit ausgestelltem Glockenrock wie nach einem Burda-Schnittmuster aus den Achtzigerjahren, Schuhe mit Blockabsatz und über der Schulter eine Handtasche mit, wie ich später erfuhr, mehreren ihrer Notizbücher. Lächelnd gingen sie untergehakt nebeneinanderher.

Für einen Augenblick vergaß ich, dass wir uns verabredet hatten, um über Ana Sardás schrecklichen Tod zu sprechen. Hätte ich nicht gewusst, wer sie waren, hätte ich sie für ein altmodisches Liebespaar aus längst vergangener Zeit gehalten, erst recht vor dem Hintergrund dieser Vorstadtstraße im Buenos Aires des 21. Jahrhunderts. Immer noch glücklich, schienen sie ihre eigene Vergangenheit überdauert zu haben. Sie sahen mich nicht, und ich verbarg mich hinter dem Orangenbaum, ich wollte sie in diesem Augenblick nicht aus ihrer Zweisamkeit reißen. Bevor sie das Haus betraten, blickte Alfredo sich suchend nach mir um. Wahrscheinlich sagte er sich, ich sei Zigaretten holen gegangen und werde gleich zurückkommen. Die Tür ließ er einen Spaltbreit offen. Erst als beide im Inneren des Hauses verschwunden waren, warf ich meine Zigarette auf den Boden, trat sie aus, überquerte die Straße und klingelte – als würde jetzt alles noch einmal von vorn beginnen.

Alfredo stellte uns einander vor. Marcela holte ein Notizbuch aus ihrer Tasche und fing an, sich Notizen zu machen. Mein Vorname schien ihr ungewöhnlich, ich musste ihn für sie buchstabieren. Gleich danach stellte sie beim Zurückblättern fest, dass er bereits in ihrem Heft stand. Alfredo brachte Kaffee. »Also, Elmer, wir haben überlegt, dass Marcela erzählt, woran auch immer sie sich erinnert, vorausgesetzt, sie bricht damit nicht das Versprechen, das sie Ana gegeben hat.« Marcela sah Alfredo voll Bewunderung an. Dass ich ihr freundlich zulächelte, nahm sie dagegen nicht wahr. »Sie sagt, Ana hat in der Kirche auf jemanden gewartet. Der ist aber nicht gekommen, zumindest nicht, bevor die Statue auf sie, also auf Marcela, gekippt ist.«

Marcela nickte und schien etwas sagen zu wollen. Alfredo und ich sahen sie erwartungsvoll an. Offenbar musste sie ihre

Gedanken sammeln, bevor sie zu sprechen anfing. Sie holte ein weiteres Notizbuch hervor und schlug es auf. Dann erst erklärte sie: »Ana hatte einen Liebhaber. Ich habe damals eine Liste der Personen gemacht, die dafür infrage kamen. Hier ist sie.« Sie hielt Alfredo die Liste hin, die wir beide bereits hatten.

Alfredo erwiderte geduldig: »Die hast du mir schon vor ein paar Tagen gezeigt, Marcela, und ich habe zwei Kopien gemacht, eine für mich, und die andere habe ich gerade Elmer gegeben.«

Ich hatte längst nicht so viel Geduld wie Alfredo und fragte unvermittelt: »Warum hat Ana Ihnen nicht gesagt, mit wem sie zusammen war, obwohl Sie so gut befreundet waren?«

»Das durfte sie nicht. Deshalb hat sie mir das auch niemals gesagt. Ich habe mir daraufhin die Mühe gemacht, eine Liste mit den Namen aller uns bekannten Männer anzufertigen, die verlobt oder verheiratet waren.«

»Und glauben Sie, Anas Liebhaber könnte auch derjenige gewesen sein, der sie verstümmelt und verbrannt hat?«

Marcela sah Alfredo ratlos an. Er nahm ihre Hand und sah ihr in die Augen, um ihr geduldig zu erklären, was er ihr schon so oft erklärt haben musste. Wie so viele Menschen im Lauf der letzten dreißig Jahre. »Nachdem Ana in deinen Armen gestorben war, hat jemand ihre Leiche verstümmelt und verbrannt.« Als hätte sie das gerade zum ersten Mal gehört, legte Marcela erschrocken die Hand an den Mund und schüttelte den Kopf. Alfredo fügte hinzu: »Da war sie aber schon tot, Marcela, keine Sorge. Es hört sich schrecklich an, und das ist es ja auch. Aber Ana hat nichts davon gespürt, all das haben sie ihrer Leiche angetan.«

»Ja, da war sie schon tot«, sagte Marcela, offenbar ein wenig beruhigt, und schrieb etwas in ihr Notizbuch.

»Wenn wir diese Liste durchsehen, kommen wir vielleicht darauf, wer es gewesen sein könnte, und ...«, erklärte Alfredo, aber da fiel ich ihm ins Wort und fragte, an Marcela gewandt: »Wie ging es Ana an dem Abend damals?«

»Sie konnte kaum laufen, ich musste sie stützen.«

»Warum?«

»Weil sie so schwach war und sich so schlecht fühlte.«

»Sie fühlte sich schlecht? Warum? Hatte jemand sie geschlagen?«

»Nein! Warum das denn?«, erwiderte Marcela verwundert.

Ohne auf die Frage einzugehen, fuhr ich fort: »Hat sie unzusammenhängende Sachen gesagt?«

»Nein!«

»Oder hat sie vielleicht einen betrunkenen Eindruck gemacht? Wirkte sie verwirrt?«

»Nein, auch nicht. Warum fragen Sie das?«

»Niemand stirbt einfach so, ohne Grund«, sagte ich. »Niemandem geht es von einem Moment zum anderen so schlecht, dass er stirbt. Jedenfalls nicht, wenn er jung und gesund ist.«

Marcela sah mich irritiert an.

»Nehmen wir uns jetzt erst mal die Liste vor, Elmer«, bat Alfredo.

»Ist Ihnen sonst irgendwas an Ana aufgefallen?«, fragte ich stur weiter.

»Sie hatte Fieber, war glühend heiß und hatte Schüttelfrost.«

»Was noch?«

»Sie war komplett weiß.«

»Weiß«, wiederholte ich.

»Ja, weiß wie eine Wand.«

Da durchzuckte es mich und mir fielen die Farbtöne, die im Autopsiebericht aufgeführt waren, wieder ein: kupfriges Gelb und Blau. Und davor Weiß, glaubte man ihrer Freundin. »Ist sie so weiß geblieben, bis sie tot war?«, fragte ich.

»Nein, in der Kirche war sie dann auf einmal vollkommen gelb. Ich habe gedacht, das liegt vielleicht am Kerzenlicht.«

»Erst weiß, und später gelb«, wiederholte ich zur Sicherheit.

»Das Gelb hat sich immer weiter auf ihr ausgebreitet. Das habe ich gesehen, als ich sie gestreichelt habe.«

»Und kurz bevor sie gestorben ist?«, fragte ich.

»Da wurde sie langsam blau«, erklärte Marcela.

Obwohl ich keinen Zweifel mehr hatte, fragte ich nach: »Sind Sie sicher?«

»Ganz sicher«, sagte Marcela, »blau, graublau. So etwas hatte ich noch nie gesehen.«

»Gasbrand«, sagte ich schließlich.

»Wie bitte?«, fragte Alfredo.

»Gasbrand. Eine bakterielle Infektion, die nach einem septischen Abort auftreten kann. Ana hatte abgetrieben, Alfredo, und sie ist an einer Infektion gestorben.«

Marcelas Seufzer war Bestätigung genug, um die Befragung zu beenden. Was für mich bloß die Schlussfolgerung aus einer Reihe eindeutiger Indizien war, erwies sich für Alfredo als Offenbarung und für Marcela als Erlösung. Alfredo war fassungslos, wie jemand, der gerade etwas Unvorstellbares zu hören bekommen hat. Genauso geschockt hatte er mich angesehen, als wir uns vor dreißig Jahren bei Gericht begegnet waren. Marcela dagegen schluchzte, aber offenkundig nicht, weil sie traurig, sondern weil sie erleichtert war – endlich konnte sie ihr Geheimnis teilen, ohne ihr Versprechen zu brechen. Sie nahm Alfredos Hand, diesmal half sie ihm, die Fassung zurückzugewinnen.

Ich stand auf und trat ans Fenster. Als ich den Eindruck hatte, die beiden hätten sich wieder einigermaßen gefangen, setzte ich meine Erklärung fort: »Gasbrand hat eine Inkubationszeit von ein bis zwei Tagen. Diese Infektion ist extrem gefährlich und führt in vielen Fällen zum Tod. Bei Abtreibungen spricht man auch vom Mondor-Syndrom. Meistens kommt es dazu, wenn der Eingriff von jemandem durchgeführt wurde, der nicht genügend dafür ausgebildet ist, oder wenn nicht ausreichend auf Hygiene geachtet wird. Ein oder auch mehrere Erreger gleichzeitig können die Ursache sein. Zunächst tritt eine Anämie auf, deshalb die Blässe. Dann folgt eine Gelbsucht. Und zuletzt die Zyanose.«

Alfredo schien gar nicht zuzuhören. Verwirrt starrte er vor sich hin und stammelte schließlich: »Warum hat sie mir nichts davon gesagt? Ich hätte doch …« Er verstummte, wiederholte dann: »Warum hat sie nichts gesagt?«, und brach in Tränen aus.

Marcela umarmte ihn, und er wiederholte immer wieder schluchzend: »Warum hat sie nichts gesagt?« Bis es ihm irgendwann gelang, sich zu beruhigen. Da richtete er sich auf, sah Marcela an und fragte: »War sie dabei ganz allein?«

»Ich habe sie begleitet, Alfredo«, erwiderte Marcela. »Sie hat damals auf diesen Mann gewartet. Er hatte einen Ort ausfindig gemacht, wo man so was machen lassen konnte. Und er hatte ihr Geld gegeben. Aber obwohl er gesagt hatte, er würde sie begleiten, ist er nicht erschienen. Da bin ich mit ihr gegangen.«

Alfredo strich ihr eine Haarsträhne, die ihr ins Gesicht gefallen war, hinters Ohr und flüsterte: »Arme Ana, arme Marcela.«

Jetzt fing auch Marcela wieder an zu weinen. Als sie sich nach einer Weile mit einem Taschentuch das Gesicht abtrocknete, fragte ich: »Meinen Sie, Sie könnten uns dorthin bringen?« Betina hätte mir in diesem Augenblick bestimmt Vorwürfe wegen meiner Taktlosigkeit gemacht, aber sie war ja nicht da, und ich hatte Wichtigeres zu tun, als auf ihre ewigen Kritteleien einzugehen – meine Arbeit. Weshalb ich nachhakte: »Vielleicht wollten die Leute, die die Abtreibung durchgeführt hatten, verhindern, dass man die Spuren davon an der Leiche entdeckt.«

»Kannst du uns dorthin bringen?«, sagte jetzt auch Alfredo.

»Ja, das kann ich«, antwortete Marcela und entnahm einem anderen Notizbuch ein Stück Papier, das sich als Teil eines Stadtplans erwies. »Hier, das war von dir«, sagte sie und gab es Alfredo. Der betrachtete das zerknitterte Papier und nickte, als fügten die Dinge sich endlich zusammen.

Wir bestellten ein Taxi und ließen uns zu dem Ort fahren, wo Ana sich dreißig Jahre zuvor einer Abtreibung unterzogen hatte. Marcela war nicht davon abzubringen, mitzukommen. Unterwegs fiel es ihr schwer, die Straßen wiederzuerkennen, sie jammerte, das könne nicht der richtige Weg sein. Ihrer Erinnerung nach hatte es hier viel mehr Bäume gegeben, und zwischen den einfachen Häusern mit Vorgärten war mehr Platz gewesen. Außerdem waren damals noch keine Gitter vor den Fenstern. Geduldig erklärte Alfredo, dass sich in dreißig Jahren vieles verändert habe, zumeist nicht zum Guten. Als Marcela schließlich das Haus von damals vor sich sah, fing sie an zu zittern. Alfredo versuchte sie zu beruhigen, während ich ausstieg – nur ich war in diesem Augenblick in der Lage dazu – und klingelte. Daraufhin erschien eine Frau mit einem Baby im Arm und zwei kleinen Kindern, die sich an ihre Beine klammerten. Freundlich ging sie auf meine Fragen ein. Weder erschrak sie, als ich ihr erklärte, was uns hergeführt hatte, noch versuchte sie, mich abzuwimmeln; im Gegenteil, sie zeigte sich sehr zuvorkommend. Sie erzählte, das Haus habe ihren Großeltern gehört, die es ihren Eltern vererbt hätten. Die jedoch seien gleich nach ihrer Hochzeit nach Córdoba gezogen und hätten das Haus jahrelang billig vermietet. Als sie, die einzige Tochter, ihrerseits geheiratet und beschlossen habe, mit ihrem Mann nach Buenos Aires zu ziehen, hätten die Eltern ihr das Haus überlassen. Vor dreißig Jahren war es aber noch vermietet gewesen. Wie seinerzeit üblich, leider ohne Vertrag, weshalb keinerlei Unterlagen dazu vorhanden waren. Die Frau versprach jedoch, ihre Eltern in Córdoba danach zu fragen. Falls diese sich noch an etwas erinnerten, das helfen könnte, die damaligen Mieter aufzuspüren, werde sie uns das umgehend wissen lassen.

Wir fuhren zurück. Dass sich aus dieser Spur noch etwas ergeben würde, schien mir wenig wahrscheinlich. Alfredo dagegen war geradezu aufgekratzt. Ich wollte ihm die Hoffnung nicht nehmen. Als wir wieder bei ihm waren, nahmen wir uns noch einmal die Liste der möglichen Liebhaber Anas vor. Wir gingen sie Name für Name durch, samt der Zahl, die Marcela jedem von ihnen einst zugeordnet hatte. Acht Verdächtige blieben schließlich übrig, doch bei der Vorstellung, einer von ihnen könnte tatsächlich hinter dem stecken, was Anas Leiche angetan worden war, kamen Alfredo und Marcela gleichermaßen ins Zweifeln. »Irgendwer muss es aber gewesen sein«, sagte ich hartnäckig. »Jemand, der imstande war, sich einzureden, dass er bloß tue, was nun einmal getan werden muss. Was hat Ana ganz genau über ihren Liebhaber gesagt, Marcela? Erinnern Sie sich noch daran?«

»Er darf nicht, hat sie immer wieder gesagt«, erwiderte Marcela, »er würde ja gern, aber er darf nicht.«

»Hat er gesagt, er sei verheiratet oder verlobt oder seine andere Freundin sei mit Ana oder ihrer Familie befreundet?«, fragte Alfredo.

»Nein«, sagte Marcela, »sie hat immer nur von ihm gesprochen und gesagt, dass er nicht darf.« Alfredo und ich sahen uns an. Ich hatte den Eindruck, unsere Gedanken bewegten sich inzwischen in dieselbe Richtung.

»Vielleicht ging es wirklich nur um ihn allein. Manchen Menschen sind Liebesbeziehungen verboten, obwohl sie weder verheiratet noch verlobt sind«, versetzte ich. »Womöglich war die gesuchte Person gar keinem bestimmten, real existierenden Menschen verpflichtet«, wagte ich mich noch ein Stückchen weiter vor.

»Das verstehe ich nicht«, sagte Marcela.

Alfredo nickte, er verstand mich sehr wohl, wagte aber noch nicht, sich die Wahrheit einzugestehen – seine unerwünschte Wahrheit. Weshalb ich fortfuhr: »Ein Priester, zum Beispiel. Könnte es sein, dass Pater Manuel eine Beziehung mit Ana hatte, Marcela? Er erschien sofort am Fundort und erkannte die Leiche.«

Marcela sah mich angewidert an. Dann wandte sie sich Alfredo zu, als wäre ich nach dieser Frage ihrer Antwort nicht würdig. »Nein, mit diesem alten Knacker doch nicht! Wir haben uns immer über ihn lustig gemacht, er hatte Mundgeruch. Der war doch total eklig«, verkündete sie empört.

»Gab es denn keine anderen Priester in der Gemeinde?

Vielleicht einen, der jünger war?«, bohrte ich nach. Ich sah verschwörerisch zu Alfredo hinüber und stellte fest, dass er in sich versunken an die Wand starrte. Ihm war die Sache inzwischen offensichtlich klar, für ihn brauchte ich nicht weiterzufragen. Trotzdem ließ ich, stur wie ich bin, nicht locker: »Gab es keinen jungen Priester?«

Erst nach einer ziemlichen Weile wandte Alfredo sich mir zu und stammelte: »Einen Priester nicht. Aber ich weiß jetzt, nach wem wir suchen. Warum bin ich bloß nicht früher darauf gekommen?«

Julián

Und er sprach: Ich hörte dich im Garten und fürchtete mich; denn ich bin nackt, darum versteckte ich mich. Und Gott der HERR sprach: Wer hat dir gesagt, dass du nackt bist? Hast du gegessen von dem Baum, von dem ich dir gebot, du solltest nicht davon essen? Da sprach Adam: Die Frau, die du mir zugesellt hast, gab mir von dem Baum und ich aß.

MOSE 3,10–12

I

Ich stamme aus einer katholischen Familie. Unter meinen Vorfahren väterlicherseits gibt es mehrere Priester, Nonnen und sogar einen Bischof. Ein glühender Katholik war mein Vater aber nicht, das kann man nicht behaupten. Er war »praktizierender Gläubiger«, wie man so sagt, ging also sonntags zur Messe – auch um sich dort mit seinesgleichen zu treffen – und betete am Abend. Religion war für ihn mehr eine Frage der Tradition als des Glaubens. Einer uralten Tradition, auf die er stolz war und die er nicht aufgeben wollte. Für meine Mutter galt nicht einmal das, wenn man so will: Anders als in den Familien meiner Freunde oder Klassenkameraden lag die Erziehung der Kinder bei uns nicht in ihren Händen, sondern in denen meines Vaters. Er entschied, in welche Richtung es gehen sollte, meine Mutter hatte dem zu folgen. Meine Geschwister und ich empfingen alle vorgeschriebenen Sakramente – Taufe, Erstkommunion und Firmung –, weil mein Vater das so bestimmte.

Die wirkliche, tiefgreifende katholische Erziehung verdanken wir jedoch der Schule, die er für uns auswählte, dem Colegio San Juan Apóstol, zu dessen Lehrern viele junge Priester gehörten, die kaum älter als wir waren, Fußball spielten und sich mit einer Gitarre zu uns ans Lagerfeuer setzten, Priester, mit denen wir uns identifizieren konnten, ja, die wir uns zu Vorbildern nahmen. An dieser Schule war ich glücklich, schloss enge Freundschaften – hier war mein Platz auf der Welt. Hier glaubte ich an Gott, an den ich immer noch glaube. Aber ich glaubte und glaube auch an meine Nächsten, daran, dass man auf der Erde etwas für seine Mitmenschen tun soll. Wer sich, so wie ich, seinem Nächsten verpflichtet fühlt, für den ist der Priesterberuf eine großartige Wahl. Ohne den Zölibat wäre er sogar die perfekte Wahl. Wäre es Priestern nicht verboten zu heiraten, wäre ich bestimmt ein guter Seelsorger geworden.

Manchmal empfinde ich Groll auf die katholische Kirche, weil ich ihrem Beharren auf dem Zölibat die Schuld daran gebe, dass es zu einer Reihe unglücklicher Ereignisse gekommen ist, die in dem schrecklichen Tod Anas gipfelten. Diese Ereignisse machten es mir unmöglich, meiner Berufung zum Priester zu folgen. Die Kirche, das sind jedoch wir Menschen, weshalb ich eigentlich nicht der Kirche, sondern uns, ihren Mitgliedern, grollen sollte. Der priesterliche Zölibat, aufgrund dessen so viele von uns ausgeschlossen wurden, ist aber durchaus diskutabel, sosehr sich die Kirche gegen seine Abschaffung wehrt. Auf Jesus kann sie sich dabei nicht berufen. Die Verpflichtung zur Enthaltsamkeit ist kein Dogma, keine absolute Wahrheit wie Christi Auferstehung oder die Heilige Dreifaltigkeit. Sie ist eine kirchliche Vorschrift, eine von einigen ihrer Vertreter für die Gesamtheit ihrer Vertreter bestimmte Lebensweise. Sie wurde auf den ersten beiden Laterankonzilen 1123 und 1139 festgelegt. Davor konnten Priester heiraten, aber die Päpste Leo IX. und Gregor VII. fingen – schon im elften Jahrhundert – an, wegen der angeblichen »moralischen Verkommenheit« der Priesterschaft auf die Bischöfe einzuwirken. Manche Historiker sagen, im Grunde sei es dabei um Erbschaftsfragen gegangen. Die Kirche habe ihren Reichtum nicht mit den Kindern von Priestern teilen wollen. Mag sein, trotzdem bin ich überzeugt, dass es, ganz im

Sinne Leos IX. und Gregors VII., vor allem eben doch um die Angst vor der freien Sexualität ging, was zunächst zur Unterdrückung der Begierden und letztlich genau zu dem führte, was eigentlich bekämpft werden sollte – zur moralischen Verkommenheit. Statt ihr entgegenzuwirken, hat der Zölibat sie begünstigt. Und es vielen von uns in späteren Jahrhunderten unmöglich gemacht, unser Leben Christus zu widmen. Aber nicht nur das; schlimmerweise wurde uns auch das Gefühl vermittelt, schuldig, schmutzig, zügellos zu sein. In manchen Fällen, wie bei mir, ging es sogar so weit, dass wir uns seinetwegen die Hände blutig gemacht haben.

Ich kann nicht behaupten, dass ich beim Eintritt ins Seminar nicht wusste, was ich tat. Mir war von Anfang an klar, was die Kirche von mir verlangte, wenn ich Priester werden wollte. Und vor allem deshalb hatte ich Zweifel. Während meiner Schulzeit hatte ich mir immer wieder gesagt, auch ich könne eines Tages so wie die Priester sein, mit denen wir auf Treffen, Exerzitien und Zeltlager fuhren und die uns sogar regelmäßig zu Missionierungseinsätzen mitnahmen, als wären wir gleichwertige Partner. Diese Aussicht begeisterte mich, bis auf die Vorstellung, dass sie abends, nach getaner Arbeit, zu Hause keine Frau vorfanden, mit der sie eine Liebesbeziehung verband. Dass den Priestern die Möglichkeit versagt war, ihre Gefühle und Zuneigungen auch außerhalb der Kirche auszuleben, konnte ich nicht verstehen. Wie schafften sie es, uns gegenüber so fröhlich, geduldig und verständnisvoll zu sein, ohne zugleich eine wirkliche, greifbare Beziehung zu einem anderen Menschen zu unterhalten? Wie konnten sie glücklich sein, ohne dass jemand zärtlich zu ihnen war? Wie lebten sie ihre Energie und Tatkraft aus? Hatte Jesus kein Sexualleben? War er nie verliebt? Hatten die Seminaristen heimliche

Liebesbeziehungen? Und die Priester? Ängstlich stellte ich mir solche und ähnliche Fragen, immer mit dem Gefühl, schon die bloße Formulierung sei Sünde.

Aus diesem Grund verwarf ich die Idee, Priester zu werden. Wenn sie manchmal trotz allem wieder in mir aufstieg, versuchte ich augenblicklich, mich auf etwas anderes zu konzentrieren, als handelte es sich um einen bösen Gedanken. Ich war jung, ich wusste noch nicht, was ich später einmal machen wollte, aber mir war klar, dass ich auf die Liebe einer Frau nicht würde verzichten können. Und da täuschte ich mich nicht, denn als ich schließlich vor die Wahl gestellt wurde, konnte ich der Liebe nicht widerstehen, sosehr mich der Verlust schmerzte, den ich dafür in Kauf nehmen musste. Ich zahlte tatsächlich einen sehr hohen Preis – meine Strafe war Anas Tod. Wir alle empfingen danach unsere Strafe, manche zu Unrecht. Kein Argument zugunsten des priesterlichen Zölibats hält jedenfalls einer rationalen Analyse stand. Sich zu verlieben ist am Ende doch auch nur eine Frage des Glaubens.

Dennoch war der Boden bereitet, all meinen Zweifeln zum Trotz. In der Schule hörte ich schon früh von der »Berufung«. Im Religionsunterricht erzählte man uns, dass man darüber nicht selbst entscheidet, sondern dass Christus seinen Ruf an einen ergehen lässt. Und wenn *er* einen bittet, ihm zu folgen, wie sollte man da Nein sagen? Anfangs war die Vorstellung mir unangenehm – ich Priester? Wirklich? Wie kam ich denn auf so einen Unsinn? Andererseits fühlte ich mich wichtig: Christi Ruf zu hören bedeutete schließlich, dass man »erwählt« war. Nachdem mir das, als Jugendlicher, tatsächlich einmal passiert zu sein schien, ließ ich viel Zeit verstreichen, bis ich seinen Ruf, Jahre später, erneut vernahm. Aber weil ich dieses Erlebnis jedes Mal mit dem Verstand zu durchdringen versuchte, entzog es sich mir unweigerlich – die Berufung folgt einer himmlischen Logik, die das menschliche Verständnis übersteigt.

Mein innerer Widerstand blieb so stark, dass ich erst zu Beginn des dritten Jahres meines Jurastudiums imstande war, mich Gott ganz hinzugeben. Es musste zu einem großen Unglück in unserer Familie kommen, damit ich seinem hartnäckigen Ruf folgen konnte. Ohne diesen Schmerz hätte ich womöglich nie reagiert. Meine Mutter verließ uns. Wie aus heiterem Himmel. Ob mein Vater ebenso überrascht war wie meine Brüder und ich, weiß ich nicht. Eines Abends gestand sie uns, dass sie sich in einen anderen Mann verliebt habe, und am nächsten Tag ging sie fort. Anschließend versuchte sie, die Beziehung zu uns aus der Ferne aufrechtzuerhalten, unsere Mutter zu bleiben, obwohl sie mit jemand anderem zusammenlebte – als ob zum Muttersein nicht auch körperliche Anwesenheit und Opfer gehörten. Wir ließen uns nicht darauf ein, weder mein Vater noch meine Brüder noch ich. Wir brachen jeden Kontakt ab, reagierten nicht auf ihre Anrufe, lasen ihre Briefe nicht. Wir verurteilten sie in Abwesenheit. Empfanden nichts als Groll. Wenn unserer Mutter dieser Mann wichtiger war als wir, wenn sie angeblich ohne ihn nicht leben konnte, sollte sie dafür bezahlen. Die Folgen ihres Tuns konnte sie nicht einfach ignorieren; dass sie sich über unseren Schmerz und unsere Schande hinwegsetzte, war ungerecht. Mein Vater blieb standhaft, aufrecht, ließ sich nicht unterkriegen. Ob ihn das Verschwinden meiner Mutter demütigte, war ihm nicht anzumerken.

Dafür fühlte ich mich auf jeden Fall gedemütigt, sozusagen stellvertretend für ihn, als hätte meine Mutter mich nicht als ihren Sohn, sondern als ihren Mann im Stich gelassen. Mein Vater brauchte uns nicht zu bitten, so zu tun, als existierte sie nicht mehr – das machten wir von uns aus. Weder ich noch meine Brüder wollten fortan wissen, was aus der Frau wurde, die einmal unsere Mutter gewesen war. Glaubten wir zumindest. Wenn wir anfangs auf sie zu sprechen kamen, dann nur, um zu schimpfen. War mein Vater dabei, schwieg er und tat, als hörte er nicht zu. Fielen unsere Beleidigungen aber allzu derb aus, warf er uns missbilligende Blicke zu. Schließlich sprachen wir überhaupt nicht mehr über sie. Als wäre sie tot. Ich war inzwischen fünfundzwanzig und kam allein zurecht. Aber da waren noch meine anderen vier Brüder, der jüngste, Iván, war erst zehn. Er war das eigentliche Opfer und litt am stärksten. Keiner von uns konnte ihm die Mutter ersetzen, keiner von uns merkte anfangs, wie sehr er sie brauchte.

Eines Tages, als ich ihn beim Nachhausekommen weinend an der Tür vorfand – offensichtlich hatte er nicht den Mut, hineinzugehen –, spürte ich, dass Christi Ruf an mich erging. Schluchzend sagte Iván: »Ich vermisse Mama, ich vermisse sie so sehr, ihr müsst ihr verzeihen.« Verzweifelt umarmte er mich, aber ich war außerstande, etwas zu sagen. Ich schüttelte bloß den Kopf, im Wissen, dass keiner meiner anderen Brüder ihr jemals verzeihen würde, so viel Iván auch weinte. Und dass auch ich nicht dazu fähig wäre. Und genau in diesem Augenblick vernahm ich innerlich die Worte: »Wenn du an mich glaubst und ich dich darum bitte, kannst du ihr wirklich auch dann nicht vergeben?« Gleich darauf hatte ich eine seltsame, strahlend helle Vision und im Anschluss daran die Empfindung, die einen starken Wunsch, aber auch das Gefühl von Verpflichtung enthielt: »Ich möchte Priester werden, um meiner Mutter die Beichte abnehmen und ihr vergeben zu können, was ich als ihr Sohn nicht kann. Ich möchte sie von ihrer Schuld freisprechen, sie und alle Frauen, die getan haben, was sie getan hat.« Zum ersten Mal war ich mir sicher, dass ich Priester werden wollte. Aber nicht nur sicher – ich empfand es als Notwendigkeit. Ich tröstete Iván, ging mit ihm ins Haus, half ihm bei den Schulaufgaben, schlief in dieser Nacht bei ihm im Zimmer, auf einem Ausziehbett, das für mich zu kurz war, die Füße ragten über das Ende hinaus, aber darauf kam es nicht an, wichtig war nur, dass er in dieser Nacht nicht allein war, dass ich ihn behütete. Mitten in der Nacht wachte er auf und fragte: »Niemand wird ihr jemals verzeihen können, stimmts?« Ich antwortete: »Doch, wenn sie eines Tages um Vergebung bittet, werde ich ihr vergeben.« Da beruhigte er sich und schlief wieder ein. Dass ich beschlossen hatte, Priester zu werden, erwähnte ich nicht.

Am nächsten Morgen ging ich zu Pater Manuel, den ich schon seit meiner Schulzeit und von der Gruppenarbeit mit Acción Católica in der Gemeinde San Gabriel gut kannte. Ich sagte, ich wolle mit ihm sprechen. Er forderte mich auf, dafür zum Beichtstuhl zu gehen. Eigentlich hatte ich nicht vor, irgendwelche Sünden zu gestehen, aber ich wagte nicht, zu widersprechen, und kniete dort vor ihm nieder. Außerdem erkannte ich darin ein Zeichen – ich wollte ja Priester werden, um andere von Schuld freisprechen zu können, und das macht ein Priester für gewöhnlich im Beichtstuhl.

Kaum hatte ich meine Berufung »gebeichtet«, sagte Pater Manuel: »Ich habe schon auf dich gewartet, ich wusste, dass du eines Tages den Ruf verspüren würdest.« Dann legte er mir die Hand auf den Kopf, doch statt mich das Reuegebet sprechen zu lassen, segnete er mich. Anschließend führte er mich in die Sakristei, wo wir uns bei einer Tasse Tee in aller Ruhe unterhielten. Er sprach darüber, was es bedeute, das Seminar zu besuchen, aber ohne übermäßig ins Detail zu gehen. Er beschränkte sich darauf, mir einen Rat und ein paar praktische Hinweise zu geben. »Solche Entscheidungen brauchen ihre Zeit. Du hast bereits einen großen Schritt getan, du hast zugelassen, dass der Ruf dich erreicht hat. Jetzt musst du lernen, zu unterscheiden, du musst erkennen, ob du dich wirklich berufen fühlst oder nicht«, sagte er. Mit dem »Unterscheiden« und »Erkennen« habe ich seitdem ständig zu tun, das ist bis heute so. Zum Abschied lieh Pater Manuel mir ein Buch, *Einführung in das Christentum* von Joseph Ratzinger. »Lies das, hier findest du Antwort auf alle deine Fragen. Und bete, bete, so viel du kannst.«

Ich las die ganze Nacht in dem Buch und unterstrich alle möglichen Sätze eines Joseph Ratzinger, der damals noch weit davon entfernt war, Papst zu werden. »Der Glaube kommt vom ›Hören‹, nicht – wie die Philosophie – vom ›Nachdenken‹.« – »Es gibt im Glauben einen Vorrang des Wortes vor dem Gedanken.« – »Glaube tritt von außen an den Menschen heran.« – »Er ist nicht das selbst Erdachte, sondern das mir Gesagte, das mich als das nicht Ausgedachte und nicht Ausdenkbare trifft, ruft, in Verpflichtung nimmt.« – »Ihm ist die Doppelstruktur des ›Glaubst du? – Ich glaube!‹, die Gestalt des Angerufenseins von außen und des Antwortens darauf, wesentlich.« Am Ende hatte ich fast das ganze Buch unterstrichen. Immer wieder wurde darin klargestellt, dass es ums »Hören« ging, nicht ums »Denken«. Mein weinend an der Tür stehender Bruder hatte es mir ermöglicht, zu hören. Woraufhin ich Gott endlich geantwortet hatte.

Wenige Monate später trat ich ins Seminar ein. Die drei Voraussetzungen dafür erfüllte ich: Ich war ein Mann, besaß eine gefestigte Persönlichkeit und war getauft. Vor dem Ausfüllen des Aufnahmeantrags fragte ich Pater Manuel, was genau mit »gefestigter Persönlichkeit« gemeint sei. Er erklärte, dass ein Priester physisch und psychisch gesund sein müsse. Körperlich müsse er in der Lage sein, die Messe abzuhalten, die Sakramente zu erteilen und sich um die Gläubigen zu kümmern. »Und seit einiger Zeit werden auch Integrität und seelische Reife vorausgesetzt. Verspürt ein junger Mann beispielsweise homosexuelle Neigungen, wird er aufgefordert, sich einer Konversionstherapie zu unterziehen. Erst drei Jahre danach kann er sich erneut um Aufnahme ins Seminar bemühen. Bei dir liegt derlei aber nicht vor, scheint mir«, sagte er und sah mich, auf Bestätigung wartend, an. Nein, ich verspürte nichts dergleichen. Sein Kommentar bot mir aber die Gelegenheit, auf den Zölibat zu sprechen zu kommen, und auf meine Angst davor, für immer auf eine Frau verzichten zu sollen. »Lass dir Zeit, du brauchst nicht alles jetzt gleich zu entscheiden. Im Seminar hast du lange genug Gelegenheit, an deinen Zweifeln zu arbeiten. Ich war mir sicher, dass eines Tages der Ruf an dich ergehen würde, und genauso sicher bin ich mir, dass du, wenn es so weit ist, die richtige Entscheidung treffen wirst. Das Gebet wird dir dabei helfen. Bete, so viel du kannst, sprich mit Gott. Aber bedenke stets, dass die entscheidende Frage nicht ist, ob du tatsächlich ohne die Liebe einer Frau leben kannst. Viel wichtiger ist die Frage: Hat Gott mich wirklich erwählt?« Genau darin bestand der Trick: Wer hätte sich Gottes Wahl widersetzen können? Da war sie wieder, die Eitelkeit, das Gefühl, etwas Besonderes zu sein. Und der so unsinnige Kampf zwischen dem katholischen Glauben und dem Glauben an die Liebe.

Die Jahre im Seminar waren längst nicht so hart, wie ich erwartet hatte. In gewisser Hinsicht war es wie davor auf der Schule, die gleiche unbeschwerte Kameradschaft. Mein

Zuhause voller Männer vermisste ich nicht. Dafür war auch gar keine Zeit, ich war den ganzen Tag über beschäftigt. Um Viertel vor sechs wurden wir durch ein Klingelzeichen geweckt. Wir waren reihum dafür verantwortlich, es pünktlich auszulösen, jeweils eine Woche lang. Danach trat wieder Stille ein, denn unsere ersten Worte des Tages galten Gott. Jeder sollte sich innerlich auf seine Weise an ihn wenden. Beim zweiten Klingeln, um halb sieben, hatten alle bereits fertig gewaschen und angezogen zu sein, damit wir gemeinsam zur Morgenandacht in die Kapelle aufbrechen konnten. Dort feierten wir die Messe, beteten und sangen. Nie wieder habe ich zu so früher Tagesstunde eine solche Fröhlichkeit um mich herum erlebt. Mein Leben im Seminar kann ich eigentlich nur als erfüllend und glücklich bezeichnen, vielleicht sogar glücklicher, als es mir irgendwo sonst möglich gewesen wäre, waren die meisten Probleme des Alltags hier doch bereits gelöst.

Nach dem Frühstück hatten wir bis zum Mittagessen Unterricht in Theologie, Christologie, kanonischem Recht, Musik, Spanisch, Einführung in die Liturgie und Einführung in die Spiritualität. Die Nachmittage verbrachten wir mit Lernen, Putzen, Fußballspielen oder Schwimmen. Am Abend schließlich heilige Kommunion, Essen und gemeinsames Gebet vor dem Schlafen. So verging ein Tag wie der andere. Wem das seltsam vorkam, der täuschte sich – wir führten ein ganz normales Leben, versuchten, glücklich zu sein und andere glücklich zu machen, gemäß dem Leitspruch unserer Kongregation: »Keine Heiligkeit ohne Glückseligkeit.«

Nur die seelsorgerische Arbeit erledigten wir außerhalb des Seminars. Dafür musste jeder sich eine Gemeinde suchen. Ich entschied mich für die weiterhin von Pater Manuel geführte Gemeinde San Gabriel. Über ihn hatte ich den Weg ins Seminar gefunden, und er war auch jetzt mein spiritueller Ratgeber und Beichtvater. Die meisten Gemeindemitglieder kannte ich, San Gabriel lag ja in der Nähe unseres Hauses – in dem mein Vater immer noch mit einigen meiner Brüder lebte –, in dem Ort, wo ich geboren und aufgewachsen war. Zu vielen meiner dortigen Kindheitsfreunde hatte ich zwar den Kontakt verloren, aber alle entstammten wir Familien, die miteinander bekannt waren und deren Angehörige mein Vater stets gern am Sonntag bei der Messe traf. Ich muss gestehen, dass mich die Aussicht, am Wochenende hier als Seelsorger tätig zu sein, stärker begeisterte als das Bibelstudium. Die Entscheidung für die Gemeinde San Gabriel war für mich also eine klare Sache – wo, wenn nicht dort, hätte ich mich einbringen sollen?

Trotzdem kam es anders. Weil Gott es so entschied? Oder etwa jemand anders? Die gewichtigere Frage jedoch lautet: Warum? Die Liebe drängte sich in etwas, was doch bloße seelsorgerische Tätigkeit hätte sein sollen, und so ging beides zuschanden.

Meine Berufung hielt dem Begehren nicht stand.

Seitdem fürchte ich, dass ich am Tag des Jüngsten Gerichts in der Hölle landen werde. Obwohl ich meine Sünden gebeichtet, die mir von meinem Beichtvater auferlegte Buße geleistet und Vergebung erhalten habe. Gerecht wäre diese Bestrafung in meinen Augen nicht. Wie dem auch sei, umso größere Angst habe ich vor der Hölle, die mich noch zu Lebzeiten erwarten könnte. Und dass von dieser Hölle, so es sie denn gibt, auch Mateo betroffen sein könnte. Dass er verschwunden ist, könnte die erste einer unendlich langen Reihe von Strafen darstellen. Obwohl ich so viel Leid vielleicht nicht verdient habe.

Ich habe mich in Carmen verliebt.

Ich habe mit Ana geschlafen.

Ich habe beide belogen.

2

Carmen lernte ich beim Firmunterricht in der Gemeinde kennen. Es war im Frühling, das weiß ich noch, weil die Tage schon sehr warm waren, weshalb die Tatsache, dass ich eine große Jungengruppe in einem ziemlich kleinen Raum unterrichten musste, sich bald bemerkbar machte, vor allem für die Nase. Ich war gerade dabei, meinen Schülern einen der anspruchsvollsten theologischen Begriffe zu erklären, die Trinität, also die Einheit von Vater, Sohn und Heiligem Geist. Ich verzichtete von vornherein darauf, Ausdrücke wie Hypostase oder Ousia zu verwenden, es war schon schwierig genug, ihnen die Einheit von Gottes Wort und menschlicher Natur zu vermitteln, die sich in dem Begriff Person ausdrückt. Person brauchten sie wenigstens nicht im Wörterbuch nachzuschlagen. In dem Moment, in dem ich auf die besonderen Merkmale des Heiligen Geistes zu sprechen kam, ging die Tür auf, und herein kam Carmen. Wie ein Wirbelwind. Sie hatte zwar angeklopft, war danach aber sofort eingetreten, ohne meine Reaktion abzuwarten. »Ich brauche einen Stuhl«, sagte sie, schnappte sich einen und verschwand. Ich stand einigermaßen verdattert da, was den Jungen nicht entging. Auch wenn sie den wahren Grund dafür vielleicht nicht erkannten, begriffen sie doch, dass ich eine Erklärung für das Vorgefallene brauchte, um wieder zu mir zu kommen. Weshalb einer von ihnen unaufgefordert sagte: »Das ist Carmen Sardá, sie ist im Hof, mit den Mädchen.« Der Nachname Sardá war mir bekannt, sie musste folglich eine der Töchter des Geschichtslehrers an meiner früheren Schule sein. Diese Töchter wiederum konnten meiner Berechnung nach aber nur Mädchen oder höchstens Jugendliche sein. Die, die gerade hereingekommen war, war dagegen eine Frau. Eine Frau, deren Auftritt mich sprachlos gemacht und vermutlich auch den einen oder anderen meiner Schüler einigermaßen aufgewühlt zurückgelassen hatte. Sie trug eine enge Jeans, die ihre Formen betonte, und ein weißes T-Shirt, dessen Ausschnitt den Blick auf die Ränder ihres offenbar roten Büstenhalters freigab. Rot? Gab es tatsächlich rote Büstenhalter?, fragte ich mich verwirrt. Eine der Sardá-Töchter konnte das jedenfalls nicht gewesen sein, sagte ich mir und sprach weiter über den Heiligen Geist, bis der Unterricht wenige Minuten später zu Ende war.

Als ich auf den Hof trat, war Carmen gerade damit beschäftigt, ein Mädchen zu verarzten. Das Mädchen saß auf dem Stuhl, den Carmen sich kurz davor aus unserem Zimmer geholt hatte. Sie presste dem Mädchen ein Taschentuch auf die Nase und drückte ihren Kopf nach hinten. Ich ging zu ihnen. »Was ist los?«, fragte ich.

Ohne mich anzusehen, erwiderte Carmen: »Sie hat beim Völkerball einen Abpraller ins Gesicht bekommen, und davon hat sie Nasenbluten.« Dann fügte sie hinzu: »Halt mal, ich hol Eiswürfel.« Und wiederum ohne meine Reaktion abzuwarten, drückte sie mir das Taschentuch in die Hand und lief davon. Den Anblick von Blut hatte ich noch nie gut ertragen können, einmal war ich sogar beim Blutabnehmen ohnmächtig geworden. Eigentlich war es also undenkbar für mich, dieses Taschentuch anzufassen. Carmen setzte ihren

Willen jedoch durch, wie auch immer, und so stand ich auf einmal da, drückte dem Mädchen das Tuch auf die Nase und versuchte mir einzureden, dass die roten Flecken, die ich nicht nur sah, sondern auch berührte, kein Blut seien.

Seitdem waren wir unzertrennlich. Als Kollegen, oder vielmehr als Religionslehrer der Gemeinde. Und ein wenig fühlten wir uns auch wie Freunde. Aber selbstverständlich nichts, was darüber hinausging. Wenigstens nicht bewusst, nicht, solange die Vernunft unsere Entscheidungen bestimmte. Dafür wachte ich mehrmals nachts mit einer Erektion auf und sah Carmen vor mir. Oder aber die Anspannung hatte sich bereits im Schlaf durch eine Ejakulation gelöst. Wie dem auch sei – ich ging aufs Seminar und würde eines Tages Priester werden. Und Carmen war eine Frau und dazu bestimmt, eine Familie zu gründen und ihr Leben mit einem Mann zu teilen. Wir sprachen darüber, aber ohne uns einzugestehen, was in Wirklichkeit in uns vorging. Die Rede war also immer nur von ihr oder von mir, doch nie von uns beiden. Umso ausführlicher sprachen wir über unsere jeweilige Berufung. Carmen wollte unbedingt Kinder haben, anders als ich, der ich, bis zur Geburt Mateos, nie den ausdrücklichen Wunsch verspürt hatte, Vater zu werden. Als ich auf dem Seminar anfing, war mir klar, dass ich damit für immer auf ein Leben an der Seite einer Frau verzichtete; dass ich deshalb auch nicht Vater werden würde, störte mich nicht. Ehrlich gesagt fühlte ich mich sogar erst dann wirklich als Vater, als Mateo alt genug war, um unabhängig von seiner Mutter eine eigene Beziehung zu mir aufzubauen.

Einmal fragte ich Carmen bei unseren Unterhaltungen, ob sie nie so etwas wie eine Berufung verspürt habe. Nein, sagte sie, zu einem Leben im Konvent sei sie offensichtlich nicht erwählt worden. Zu meiner Überraschung grämte sie sich deswegen aber nicht, empfand es nicht als Zeichen von Unfähigkeit oder als Zurückweisung. Im Gegenteil, sie wolle schließlich unbedingt Mutter werden, fuhr sie fort, vor allem aber habe sie so die Möglichkeit, einen Platz unter den Frauen einzunehmen, »an die man sich in der katholischen Kirche erinnert«. Ich verstand nicht, was sie damit sagen wollte, und sie erklärte es mir ausführlich. Und wieder staunte ich über sie und über die Leidenschaft, mit der sie die Bibel las und über Gottes Wort und die Besonderheiten unseres Glaubens und unserer Liturgie nachdachte. All das diente auch der Vorbereitung auf die Doktorarbeit, mit der sie ihr Theologiestudium eines Tages abschließen wollte. Sie hatte dafür bereits Messelektionare aus verschiedenen Ländern verglichen und festgestellt, dass die Frauen, die in den zur Messelektüre ausgewählten Bibelstellen vorkamen, zumeist wegen ihrer mütterlichen oder allgemein weiblichen Vorzüge beschrieben und bewundert wurden, auch wenn sie darüber hinaus andere Qualitäten vorzuweisen hatten. Schon damals war Carmen eine großartige Leserin mit genauem Blick und scharfem Verstand. Und so bestimmte sie schließlich auf der Grundlage ihrer vielfältigen Lektüren, wie eine katholische Frau zu sein habe.

Einmal verbrachten wir eine ganze Nacht damit, das damals gebräuchliche Lektionar und die Bibel zu vergleichen. »Sieh mal, im zweiten Buch Mose geht es nach Vers 14 einfach direkt weiter mit Vers 22. Dass die beiden Hebammen Schifra und Pua sich dem Befehl des Pharao widersetzen, alle männlichen hebräischen Neugeborenen zu töten, wird einfach übersprungen. Obwohl die Bibel davon erzählt, schaffen sie es nicht ins Lektionar. Und so hört auch niemand während der Messe davon. Esther und Judith ergeht es nicht viel besser, sie werden für ihre weiblichen Vorzüge gerühmt, Judith sogar explizit für ihre Schönheit, aber nicht für ihren heldenhaften Beitrag zur Rettung des Volkes Israel. Was zählt, sind nicht die Heldinnen, sondern die Mütter, Ehefrauen, Fürsorgerinnen. Manche Theologinnen empören sich über diese selektive Lektüre. Aber sie stehen für die katholische Variante eines falsch verstandenen Feminismus. Bedauerlich. Ich orientiere mich lieber an den Frauen, die die Autoren der Lektionare als bewunderungswürdig empfinden. Warum etwas verändern, was jahrhundertelang gut funktioniert hat? Warum sollte eine Frau ein anderes Ziel verfolgen, als Mutter zu werden, eine Familie zu gründen und ihre Kinder im katholischen Glauben und damit zu guten Christen zu erziehen? Ich bin überzeugt, dass die Welt nach und nach immer besser werden wird, wenn wir viele Kinder bekommen und sie im Glauben erziehen.« Carmen war sich ihrer Ansichten sehr sicher, Zweifel kannte sie nicht. Und so sagte sie abschließend: »Kann man sich als Frau ein edleres Ziel vorstellen, als die Welt besser zu machen?«

So dachte sie, und das wollte sie für sich selbst, ihre Familie, ihre Studienkolleginnen, Freundinnen und überhaupt alle. Und ich bewunderte sie dafür. Aber nicht nur das, insgeheim begehrte ich sie auch und hatte dabei das Gefühl, eine Sünde zu begehen. Dass wir unser wechselseitiges Begehren im Griff behielten, lag daran, dass wir beide nichts von den wirklichen Gefühlen des anderen wussten. Das hielt uns zurück, das schob das Unausweichliche hinaus.

Bis der Sommer kam und die Wahrheit sich nicht länger leugnen ließ. Wir fuhren mit den Jugendlichen der Gemeinde in ein Zeltlager in Cordoba. Wie immer drei Wochen fröhliches Beisammensein, verbunden mit Missionsarbeit in der Umgebung. Es war unglaublich heiß, weshalb wir die meiste Zeit in und an dem nahe gelegenen Bach verbrachten. Unsere

Körper waren ständig feucht, vom schlammigen Wasser oder vom Schweiß. Und der Anblick von Carmens nasser, nackter Haut war für mich unwiderstehlich. Beschämt betrachtete ich sie heimlich. Während der täglichen Aktivitäten waren die Jungen- und die Mädchengruppe getrennt, aber zu Mittag und zu Abend aßen alle zusammen, und nachts versammelten wir uns zum gemeinsamen Singen am Lagerfeuer. Während immer irgendjemand Gitarre spielte und die anderen die altbekannten Lieder anstimmten, starrte ich jede Nacht durch die Flammen hindurch auf Carmens Brüste und stellte mir den roten Büstenhalter dazu vor, den sie an dem Tag angehabt hatte, als wir uns kennenlernten. Wenn die Jungen und Mädchen schließlich schlafen gingen, blieben wir beiden am Feuer zurück, um abzuwarten, bis es endgültig erloschen war. Diese Aufgabe zogen wir, unbewusst oder bewusst, in die Länge, um so oft wie möglich allein sein zu können.

Als eines Abends auch die allerletzte Glut verglommen schien, sagte Carmen, sie wolle noch ein Stück am Bach entlanggehen. Ich bot an, sie zu begleiten. Es war eine ruhige Gegend, aber trotzdem nicht unbedingt die Uhrzeit für einsame Spaziergänge. Sie ließ sich auf meinen Einwand ein, und so machten wir uns gemeinsam auf den Weg. Wir gingen schweigend nebeneinanderher, was ungewöhnlich für uns war – sonst redeten wir beide pausenlos. Mein Herz klopfte, ich atmete heftig. Dass wir beide nichts sagten, machte umso deutlicher, was in uns vor sich ging. Irgendwann blieb Carmen stehen und sah zum Mond auf. Sein Schein erleuchtete ihr Gesicht. Während sie den Himmel betrachtete, betrachtete ich sie. Als sie den Blick senkte, trat ich auf sie zu und küsste sie. Ohne zu überlegen, ohne mir meines Tuns bewusst zu sein, angetrieben nur von meinem Begehren, dem Bedürfnis, ihren Mund zu spüren, ihren Körper. Wir küssten uns unendlich lange, ich glaube, wir wussten beide, dass wir uns nach diesem Kuss trennen würden, dass danach unweigerlich die Vernunft wieder unser Tun bestimmen musste, dass wir mit allen Mitteln versuchen würden, zu verhindern, dass sich so etwas wiederholte. Umso länger dehnten wir den Kuss aus, der, wie wir ahnten, unser erster und letzter sein würde. Auf einmal muss Carmen jedoch meine Erektion gespürt haben, denn sie trat einen Schritt zurück und sagte: »Das kann ich dir nicht antun, nein, das darf ich nicht.« Dann lief sie zurück zum Lager.

Der Kuss weckte in mir ein in dieser Intensität unbekanntes Begehren. Den ganzen Tag war ich in Gedanken bei Carmen. Sosehr ich versuchte, mich aufs Beten zu konzentrieren, mich durch die körperliche Arbeit mit der Jungengruppe zu ermüden und ein stummes Gebet zu sprechen, sobald Carmens Bild in meinem Inneren aufstieg, alles war vergebens. Immer wieder stellte ich mir vor, ich würde Carmen küssen, streicheln, ja, mit ihr schlafen. Am Abend kam sie nicht zum Lagerfeuer und ließ mir durch eins der Mädchen ausrichten, sie habe starke Kopfschmerzen, ob ich mich diesmal wohl allein um beide Gruppen kümmern könne? Ich nahm an, die Kopfschmerzen seien nur eine Ausrede, in Wirklichkeit gehe es ihr wie mir und sie versuche deshalb, mir auszuweichen. Was mich nur umso heftiger erregte. Von Carmens stets aufmerksamem Blick befreit, verhielten sich die Mädchen so ungezwungen wie noch nie. Ich wiederum nahm sie eigentlich zum ersten Mal wirklich wahr und stellte fest, dass ich nicht einmal ihre Namen kannte. Wenn es deshalb durch meine Schuld zu Verwechslungen kam, lachten sie mich aus, aber nett. Sie ahmten das leise Zucken meiner Augen nach und tuschelten miteinander, zweifellos über mich. Ich tat, als wäre ich beleidigt, ließ aber zugleich erkennen, dass ich das Ganze als harmloses Spiel betrachtete. Als irgendwann alle schlafen gegangen waren, blieb ich allein am Feuer und dachte an Carmen, spürte ihre Abwesenheit noch stärker als zuvor.

Da erschien auf einmal eins der Mädchen. Ich sprach sie lieber nicht beim Namen an, da ich schon voraussah, dass ich mich wieder täuschen würde. »Alles in Ordnung?«, fragte ich und stellte fest, dass sie Carmen überraschend ähnlich war. Sie sah genau so aus, wie Carmen in ihrem Alter ausgesehen haben musste. Gleich darauf sagte ich mir, das sei doch bloße Einbildung und liege bestimmt daran, dass ich so versessen auf Carmen war. Das Mädchen erklärte, sie wolle mir Gesellschaft leisten, bis das Feuer aus sei, sie sei nicht müde und wolle sich gern mit mir unterhalten. Sie setzte sich neben mich. Im Vergleich zu Carmen waren ihr Lachen und ihre Stimme viel sanfter. Und sie stellte unbequeme Fragen. Was mich nicht überraschte, schließlich versuchte nicht zum ersten Mal ein Mädchen aus der Gemeinde, mich auf diese Weise auszufragen oder auf die Probe zu stellen, indem sie unanständige Wörter gebrauchte. Mehrmals waren ganze Mädchengruppen bei mir im Unterricht erschienen, um mich, vor den Jungen, mit Fragen zu bombardieren. Ich war daran gewöhnt, dass sie es als etwas Besonderes empfanden, dass ein junger Mann, der bis vor Kurzem mit den anderen Jugendlichen aus ihrem Viertel unterwegs gewesen war, sich auf einmal anschickte, Priester zu werden. Diesmal blieb es jedoch nicht beim unschuldigen Spiel.

Irgendwann fragte das Mädchen: »Was ist, wenn ein Priester sich verliebt?« Ich antwortete, so gut ich konnte, und glaubte ein Zeichen Gottes darin zu erkennen, dass dieses Mädchen, das Carmen so ähnlich war, mir in diesem Augenblick solche

Fragen stellte. Als hätte sie gewusst, woran ich gerade dachte. Ich versuchte, dem Ganzen einen spaßigen Anstrich zu geben, wie bei einem lustigen Quiz.

»Was spürt ein Priester beim Küssen?«, fragte das Mädchen schließlich.

»Ich weiß nicht, noch bin ich kein Priester«, sagte ich und lachte verlegen.

»Und du, Herr Noch-nicht-Priester, was spürst du?«, sagte sie. Zum Antworten blieb mir keine Zeit, denn schon im nächsten Augenblick drückte mir das Mädchen umstandslos einen Kuss auf die Lippen. Ich erwiderte den Kuss, zunächst überrascht, ja wie aus einem Reflex. Dann aber stellte ich mir Carmen an ihrem Platz vor. Der Kuss dauerte jedoch deutlich kürzer als der am Bach, denn nur wenig später rückte das Mädchen ein Stück von mir ab und ergriff meine Hand. Widerstandslos ließ ich mich von ihr ein Stück abseits ins Gebüsch führen. Dort küsste sie mich erneut. Wir pressten unsere Körper aneinander. Und als ich eine Erektion bekam, entfernte sich das Mädchen, anders als Carmen, nicht von mir, sondern rieb ihren Unterleib an meinem harten Glied und keuchte und stöhnte lustvoll. Ich führte ihre Hand an meinen Penis, und sie drückte ihn. Da hielt ich ihre Hand fest, damit sie sie dort ließ.

Sie küsste mich weiter, während sie sich ungeschickt von mir leiten ließ, gleichzeitig naiv und gierig, als erkundete sie zum ersten Mal den Körper eines Mannes. Ich schob die Hand unter ihr T-Shirt, tastete nach Carmens rotem Büstenhalter, hakte ihn auf, strich über ihre Brüste. Die Haut war warm und zart. Bis ich das Gefühl hatte, gleich werde es mich zerreißen. Ich glaube, sie spürte, was in mir vorging, oder es ging ihr genauso. Wir legten uns auf die Erde, ich gab ihr zu verstehen, dass sie sich auf mich setzen solle, sie löste meinen Gürtel, öffnete meine Hose und fing an, mich zu streicheln. Ich schob die Hand in ihre Shorts und streichelte sie ebenfalls, sie war feucht. Nach einer Weile schob ich sie zur Seite, legte mich auf sie, presste meinen Körper an ihren, rieb mich an ihr. Schließlich zog ich ihr Slip und Hose hinunter und drang in sie ein. So verharrten wir eine Weile, fast reglos, bis ich es nicht mehr aushielt, immer wieder heftig zustieß und zuletzt mit einem unendlichen Gefühl der Erleichterung kam. Sie küsste mich unaufhörlich, lachte dabei, keuchte, rieb ihr Geschlecht an meinem Schenkel – mein Penis war nach der Ejakulation erschlafft –, bis zuletzt auch sie kam. Ich weiß nicht, ob ihr tatsächlich klar war, was sich da mit ihr vollzog, aber sie wirkte erfüllt und glücklich.

Eine Weile lagen wir einfach nebeneinander auf dem trockenen Gras. Ich wusste nicht, was ich sagen sollte, was jetzt zu tun war. Während ich allmählich wieder zu mir kam, stiegen Schuldgefühle, Selbstvorwürfe, Reue in mir auf. Fast hätte ich sie um Verzeihung gebeten. Doch sie kam mir zuvor, küsste mich rasch ein letztes Mal, stand auf und ging fort. Ich rührte mich auch jetzt nicht von der Stelle und fing an zu beten. Immer wieder das Vaterunser, dann zehn Mal das Ave-Maria, dazwischen mehrmals das Reuegebet.

Am nächsten Morgen erfuhr ich, dass das Mädchen Ana Sardá war, Carmens Schwester. Während ich die Jungengruppe in Teams für das nachmittägliche Fußballspiel aufteilte, sah ich in der Ferne, dass die beiden sich unterhielten. Ich fürchtete, Ana könnte erzählt haben, was in der Nacht passiert war, denn die Unterhaltung schien nicht gerade herzlich abzulaufen, im Gegenteil, Carmen machte einen erbosten Eindruck. Als Ana fortgehen wollte, hielt Carmen sie zurück. Ich fragte einen der Jungen, was da los sei. »Keine Ahnung, aber bestimmt nichts Besonderes. Die beiden sind zwar Schwestern, aber sie können sich nicht ausstehen. Ana wäre fast nicht mitgefahren, als sie gehört hat, dass Carmen die Mädchengruppe leitet.« Stammelnd verkündete ich, dass ich selbst nachher nicht würde mitspielen können, mir gehe es heute nicht so gut, ich würde von der Bank aus zusehen.

In der Halbzeitpause erschien Carmen und setzte sich neben mich. Mir blieb fast das Herz stehen. Ich befürchtete das Schlimmste. Doch über Ana sagte Carmen kein Wort, sondern sprach stattdessen darüber, wie wir das Abendessen organisieren würden, und über ein neues Spiel, das sie anschließend beim Lagerfeuer ausprobieren wollte. Dann entschuldigte sie sich, dass sie am Abend davor nicht gekommen war, sie habe Kopfschmerzen gehabt. »Ich hoffe, die Mädchen haben dich nicht verrückt gemacht, manchmal rauben die mir echt den letzten Nerv.« Ich spürte einen dicken Kloß im Hals, räusperte mich und murmelte: »Keine Sorge, alles war okay.« Während ich sie anlog, merkte ich, wie sehr ich in sie verliebt war, und statt mir Vorwürfe wegen meiner Lüge zu machen, schwor ich mir, sie so lange und oft zu belügen wie nötig, damit sie nie erfahren müsste, was ich ein paar Stunden davor hatte geschehen lassen.

Nur sehr ungern erinnere ich mich daran, wie es anschließend bei dem Zeltlager weiterging. Konnte ich mich, was die erste Begegnung mit Ana betraf, noch darauf berufen, dass alles so plötzlich und überraschend geschehen war, gilt das für mein späteres Verhalten nicht mehr. Ich beschloss, die verbleibenden Nächte im Schlafsack zu schlafen, in einem der Zelte, die wir eigentlich nur zum Spaß aufgebaut hatten. Denn für die Übernachtungen hatten wir einen Raum für die Jungen und einen für die Mädchen vorbereitet, und zwar in einer Dorfschule, die uns während der Sommerferien zur Verfügung stand. Die Zelte waren bei früheren Gelegenheiten gleich mehrmals durch heftige Regengüsse vollgelaufen, weshalb die Organisatoren der Jugendfreizeit beschlossen hatten, sie nur für alle Fälle aufzubauen, die Teilnehmer ansonsten aber lieber unter einem festen Dach schlafen zu lassen. Ohne weitere Erklärungen – was hätte ich auch sagen sollen? – zog ich mich also am Abend in mein Zelt zurück, in der Hoffnung, so gegen weitere Verführungen gefeit zu sein. Was sich jedoch als schwerer Irrtum erweisen sollte.

In der Nacht erschien Ana bei mir im Zelt. Sie legte sich neben mich, umarmte mich und flüsterte: »Ich liebe dich.« Und ich, aus dem Schlaf gerissen, schickte sie nicht fort, sondern gab mich ihr hin, ihren sanften Küssen, ihrer zarten Haut, ihrer Ähnlichkeit mit Carmen. In der nächsten Nacht wieder. Und in der darauffolgenden auch. Vor dem Einschlafen betete ich jedes Mal, dass sie nicht kommen möge, aber vergeblich. Kaum war sie wieder da, konnte ich nicht widerstehen und gab meinem Begehren nach, das eigentlich ihrer Schwester galt. Bis heute verfluche ich mich deswegen. Ich habe diese Sache mehr als einmal gebeichtet und mit Pater Manuel darüber gesprochen. Er half mir sehr, vor und nach Anas Tod. Und ich erhielt Vergebung. Mir ist bewusst, dass Anas Tod die Folge einer Verkettung unglückseliger Ereignisse war, die mit unseren nächtlichen Treffen während des Zeltlagers begann. Dass ich mein Keuschheitsgelübde brach, war eines davon. Nicht das einzige; sonst hätte Anas Geschichte anders verlaufen können. Eine notwendige Voraussetzung, das ja, aber nicht der Auslöser dafür, dass sie starb. Für diese Tat muss ich die Verantwortung übernehmen, und das tue ich auch – dafür, dass ich mein Begehren und das Anas nicht zügeln konnte. Dafür übernehme ich die Verantwortung.

Bis zum Ende des Zeltlagers versuchte ich, nicht weiter über die Sache nachzudenken, mich durch die Arbeit mit den Jungen abzulenken und mir vor allem Carmen gegenüber nichts anmerken zu lassen. Abend für Abend schwor ich mir beim Einschlafen, stark zu sein und Ana abzuweisen, falls sie wieder auftauchte. Und jedes Mal hielt ich meinen Schwur nicht ein. Umso heftiger bedrängte ich Ana, ihren Schwur keinesfalls zu brechen und niemandem von unseren Zusammenkünften zu erzählen, wer es auch sei. »Ich liebe dich, ich würde niemals etwas tun, was dir schadet«, sagte die Ärmste. Während ich zwar auch verliebt war, aber nicht in sie, sondern in ihre Schwester Carmen.

Nach der Rückkehr ließ ich mich vorerst nicht in der Gemeinde blicken. So gern ich Carmen wiedergesehen hätte, wollte ich doch keinesfalls Ana über den Weg laufen. Dass ich die Beziehung mit ihr nicht fortsetzen wollte, war mir klar. Ich bat Gott, mir die Kraft zu verleihen, nicht erneut schwach zu werden. Aber ich musste nicht nur in Bezug auf Ana zu einer Entscheidung kommen. Konnte ich unter diesen Umständen überhaupt noch anstreben, Priester zu werden? Wäre ich in der Lage, Gottes Ruf mit der nötigen Hingabe zu folgen? Dafür spielte nicht nur die Tatsache eine Rolle, dass ich mit Ana geschlafen hatte. Dass ich in Carmen verliebt war, galt weiterhin. Würde ich meine Gefühle zu ihr beiseiteschieben können? Wäre ich fähig, der Liebe für immer abzuschwören, nachdem ich sie nun kennengelernt hatte? Nach langem Überlegen und intensiver Selbstbefragung kam ich zu dem Ergebnis, dass ich auf Carmen trotz aller Anstrengungen nicht würde verzichten können. Ich war tatsächlich in sie verliebt, ganz und gar. Als ich mir diesbezüglich endgültig sicher war, rief ich sie an und fragte, ob wir uns treffen könnten, möglichst an einem Ort, wo wir ungestört und vor unerwünschten Blicken sicher wären. Ana erwähnte ich auch jetzt nicht. Für mich stellte sie nur einen Ausrutscher dar, der es mir erlaubt hatte, endlich Klarheit zu erlangen.

Als ich Carmen schließlich wieder vor mir sah, bekannte ich umstandslos, dass ich in sie verliebt sei. Sie sei auch in mich verliebt, erwiderte sie zu meiner Überraschung. Ohne mein Geständnis wäre sie jedoch bereit gewesen, ihre Liebe zu verschweigen, ja, falls nötig, zu leugnen – mir zuliebe. »Liebe heißt auch, dass man sich für den anderen opfert«, sagte sie, und ich wäre ihr am liebsten um den Hals gefallen und hätte sie geküsst. Doch an diesem Tag küssten wir uns nicht, wir nahmen uns nicht einmal an der Hand, andernfalls, das war uns beiden klar, hätte es kein Halten gegeben. Ich erzählte, dass ich beschlossen habe, das Seminar zu verlassen, und dass ich mit ihr eine Familie gründen wolle.

Mit Tränen in den Augen erwiderte Carmen: »Ich habe ein schlechtes Gewissen, du wärst ein großartiger Priester geworden.«

»Nein«, entgegnete ich, »das Schicksal hat mich dazu bestimmt, eine Frau zu lieben, und diese Frau bist du, da bin ich mir ganz sicher.« Schweigend sahen wir uns an, mit heftig klopfenden Herzen, aber immer noch, ohne uns zu berühren. Wir wussten auch so, dass wir uns für immer lieben würden.

Über Ana sagte ich weiterhin nichts, obwohl mir klar war, dass ich Carmen unbedingt die Wahrheit gestehen musste, bevor sie früher oder später auf anderem Weg davon erfuhr. Sosehr Ana geschworen hatte, niemals zu verraten, was zwischen uns vorgefallen war – wenn ich jetzt bei ihr zu Hause als der Freund ihrer Schwester erschiene, wäre das Risiko groß, dass sie ihr Versprechen brach. Aber ich musste mir genau überlegen, wie ich es vor Carmen darstellte, dabei durfte mir kein Fehler unterlaufen. Meine Zukunft hing davon ab, wie ich die Vergangenheit erzählte.

In jedem Fall glaubte ich, dies sei die letzte Hürde, die Gott mir in den Weg gelegt habe. Genau wie zu der Zeit, als meine Mutter uns verlassen hatte. Auch da hatte ich gehofft, dass dies die letzte Probe sei, die es zu bestehen galt, und dass der Schmerz danach aufhören oder wenigstens nicht mehr so stark sein werde. Das Schlimmste stand jedoch noch bevor. Für gewöhnlich analysieren wir Ereignisse rückblickend, vor allem, wenn sie nicht wiedergutzumachende Schäden verursacht haben. Und dabei sind wir selten ehrlich. Es ist einfach, den anderen zu erklären, was alles hätte getan werden müssen, wenn man den Ausgang einer Geschichte kennt. Wenn man mittendrin steckt, kann man allerdings nur versuchen, das Bestmögliche zu tun. Hätte ich wirklich verhindern können, was schließlich passierte? Ich glaube nicht. Für zwei Dinge übernehme ich auch heute noch vollständig die Verantwortung: dafür, dass ich das Keuschheitsgelübde gebrochen, und dafür, dass ich mit Ana ungeschützten Geschlechtsverkehr gehabt habe. Für den Rest nicht. Was danach geschah, war nicht nur eine Folge meiner Taten, sondern ebenso der Taten der übrigen Beteiligten. Manche von ihnen erklärten sich jedoch frei von aller Schuld.

Das sagte ich auch zu Alfredo, als er kurz vor seinem Tod doch noch die Wahrheit erfuhr, und er warf mich schreiend aus dem Haus. Ich war von Anfang an bereit, meine Schuld auf mich zu nehmen und den Preis dafür zu bezahlen, wie ich es dann auch tat. Anders als viele denken, ist es in meinen

Augen aber anmaßend und feige, die Schuld anderer auf sich zu nehmen. Wer das tut, will nur eine Auseinandersetzung möglichst schnell zu Ende bringen. Verantwortlichkeiten klarzustellen erfordert Zeit und Mut. Denn es ist gar nicht so einfach, jemandem zu sagen: »Daran bist du schuld, nicht ich.« Damit riskiert man, sich unbeliebt zu machen. Und nur wenige nehmen das der Wahrheit zuliebe in Kauf.

Als Katholik ist man daran gewöhnt, sich schuldig zu fühlen, das ist mir klar. Damit kennen wir uns aus. Bis heute bekenne ich mich unaufhörlich zu den Fehlern, die ich begangen habe. Zu meiner Schuld. Aber nicht zu der der anderen. Um herauszufinden, was genau meine Schuld ist und was nicht, war jahrelanges Nachdenken und größerer Mut erforderlich, als ich zu Beginn dieser Geschichte besaß. Sehr hilfreich dafür waren wiederholte Exerzitien, an denen ich mit Carmen teilnahm. Neben Gebeten praktizierten wir dabei auch christliche Meditation, eine Art, sich selbst zu begegnen und auf diesem Wege mit Gott zu verbinden. Trotzdem dauerte es sehr lange, bis ich akzeptieren konnte, dass ich nicht automatisch für all die Verletzungen verantwortlich war, die durch mein Zusammensein mit Ana entstanden waren, nur weil ich den Schmerz der an diesem Drama Beteiligten nicht in jedem Fall hatte verhindern können.

Obwohl ich mich nach Anas Tod zu so gut wie nichts mehr aufraffen konnte, begann ich allmählich, mir zu sagen – in einem für meine Veranlagung undenkbaren Akt der Auflehnung –, dass ich nicht die alleinige Schuld an dem Vorgefallenen trug. Auch wenn ich es nicht laut auszusprechen wagte: Die gesamte Schuld auf mich zu nehmen war der Wahrheit nicht angemessen, also im Grunde eine Lüge. Manche Folgen dieser Katastrophe haben nichts mit mir zu tun, weil sie auf Entscheidungen beruhen, die nicht ich getroffen habe. So fühle ich mich in keiner Weise verantwortlich dafür, dass Lía für immer fortgegangen ist. Und ebenso wenig dafür, dass Alfredo an Krebs gestorben ist – was andere, die sich in medizinischen Fragen für beschlagen halten, zu der Äußerung veranlasste, der Kummer über den Tod seiner Tochter habe die Erkrankung ausgelöst. Alfredo konnte es zeit seines Lebens nicht lassen, sich mit den grausigen Einzelheiten dieser furchtbaren Geschichte zu beschäftigen, weil ihm eine Antwort auf seine Fragen verwehrt blieb. Warum sollte ich die Verantwortung für seine Obsession übernehmen? Und auch, dass meine Schwiegermutter Dolores sich in eine düstere, bösartige und aggressive Person verwandelte, die alle, bis auf Carmen, unweigerlich schlecht behandelte, betrachte ich nicht als meine Schuld. War sie nicht schon vorher so? Hätte sie sich jemals geändert? Ebenso wenig fühle ich mich dafür verantwortlich, dass mein Sohn seinen Platz in der Welt nicht findet, nicht weiß, was er will, nicht weiß, wie er das Leben anpacken soll. Und auch, dass er den Kontakt zu mir sowie zu seiner Mutter abgebrochen hat, sehe ich nicht als meine Schuld. Es tut mir weh und ich möchte es rückgängig machen, aber verantwortlich dafür fühle ich mich nicht. Wenn sein Verschwinden die Hölle ist, die ich noch vor dem Tod durchmachen soll, füge ich mich Gottes Willen, aber ich akzeptiere das nur als Strafe für das, was ich tatsächlich getan habe, nicht als eine weitere Schuld, für die ich aufzukommen hätte. Nicht einmal für das, was seit Anas Tod auf meiner Frau lastet, fühle ich mich verantwortlich. Und auch nicht dafür, dass sie das Gefühl quält, für ihr Handeln einen zu hohen Preis bezahlt zu haben. Denn nach Mateos Geburt stellte sich heraus, dass sie keine weiteren Kinder mehr würde bekommen können.

Damit war ihr größter Traum zerstört. Aber bin ich schuld daran? Nein, bin ich nicht.

Was Anas Tod und den ihres Kindes angeht, stellt sich die Schuldfrage jedoch noch in ganz anderer Weise. Und obwohl ich diesbezüglich anfangs Zweifel hatte, haben sie sich inzwischen aufgelöst. Haben die Frauen etwa nicht wie verrückt darum gekämpft, selbst entscheiden zu dürfen? Haben sie nicht alles dafür getan, zu beweisen, dass bloß sie in diesen Fragen zuständig sind? Wofür soll ich dann verantwortlich sein? Sie wollen selbst entscheiden? Bitte schön. Dann sollen sie aber auch die Verantwortung übernehmen. Ana hat ihre Entscheidung getroffen, und Gott hat es zugelassen, warum auch immer.

Alle Mitglieder der Familie haben sich ihre Rollen ausgesucht. Auch Ana, so unschön sich das anhört. Auch Ana. Sie war siebzehn. Was kann ich dafür? Soll ich mir vorwerfen lassen, dass ich schon volljährig war und sie nicht? Dass sie noch nicht ganz einundzwanzig war und ich ein wenig älter als einundzwanzig? Vor und nach ihrem Tod haben wir alle Dinge getan, die uns letztlich dahin gebracht haben, wo wir heute sind. Ich habe niemanden zu irgendetwas gezwungen. Jeder hat das aus seinem Leben gemacht, wozu er imstande war. Vielleicht habe ich einen klareren Kopf behalten als die anderen. Ich habe mich in mein Schicksal gefügt. Wer hat noch gleich behauptet, sich fügen sei keine christliche Tugend? Ein Papst, aber ich bin nicht einverstanden. So wenig wie mit dem Zölibat. In manche Dinge muss man sich fügen, in den Tod zum Beispiel. Wer sich nicht fügen will, macht sich des Hochmuts schuldig.

Weil ich das, was geschehen ist, als Gottes Willen akzeptiert habe, war ich imstande, weiterzumachen; andere nicht.

Ana war tot. Der, der über uns allen steht, hatte beschlossen, ihren Tagen auf Erden ein Ende zu setzen. Mir gewährte er eine neue Chance.

»Das ist mein Trost in meinem Elend, dass dein Wort mich erquickt.« Psalm 119,50.

3

Ich beichtete zwei Mal bei Pater Manuel. Ich gestand, dass ich nicht mehr Priester werden wollte. Und dass ich mich in Carmen verliebt hatte. Dass ihm beides missfiel, konnte er nicht verhehlen. Er versuchte es gar nicht erst. Dafür bemühte er sich aber auch nicht, mir meinen Entschluss auszureden. Er bat mich jedoch, nichts zu überstürzen und mir genug Zeit zu nehmen, bevor ich meine Entscheidung im Seminar bekanntgab. »In solchen Fällen muss man sich absolut sicher sein.« Ich folgte seinem Rat, aber nicht, weil es für mich noch etwas zu überlegen gegeben hätte, sondern weil ich im Seminar sicher sein konnte, Ana nicht über den Weg zu laufen. Deshalb verbrachte ich fast die ganze nächste Zeit dort, selbst an den Wochenenden. Mit dem Firmunterricht beauftragte Pater Manuel jemand anderen, den Jungen ließ er ohne besondere Begründung mitteilen, dass ich vorläufig nicht kommen könne.

Mit Carmen dagegen traf ich mich, sooft es irgend ging. Wir spazierten durch die Stadt, als hielten wir uns für unsichtbar. Dabei machten wir unaufhörlich Pläne: Wo wir wohnen würden, wenn wir verheiratet wären, wie viele Kinder wir haben würden, dass ich vielleicht zunächst in dem Elektrowarengeschäft meiner Familie arbeiten würde, bis ich etwas Besseres fände, dass Carmen nach Abschluss ihres Theologiestudiums womöglich noch Medizin studieren würde, dass ich eventuell mein Jurastudium wiederaufnehmen würde und wohin wir auf Hochzeitsreise gehen würden. Letzterem Thema widmeten wir uns am ausführlichsten. Ohne dass wir es uns eingestanden hätten, erregte uns die Vorstellung, weil wir wussten, dass unsere Körper dann zum ersten Mal zueinanderkommen würden.

Was mit Ana passiert war, erzählte ich Carmen noch immer nicht. Ich wollte lieber abwarten, bis unsere Liebesbeziehung sich gefestigt hätte, in der Hoffnung, dass sie mich dann verstehen und mir verzeihen würde, so sehr mein Geständnis sie sicherlich schmerzte. Wider Erwarten brachte sie das Thema jedoch eines Tages bei einem Spaziergang von sich aus zur Sprache. Sie wundere sich, sagte sie, dass Ana, die mich doch kaum kenne, sie ständig nach mir ausfrage. Sie wolle wissen, wann ich wieder in der Gemeinde erscheinen würde, auf welches Seminar ich ginge und alle möglichen anderen privaten Dinge. Sie, Carmen, habe fast den Verdacht, ihre Schwester könne hinter unser Geheimnis gekommen sein. Dass ich nichts darauf erwiderte, machte sie noch misstrauischer. »Habe ich etwa recht?«, fragte sie verunsichert, als von mir keine Reaktion kam.

Da schlug ich vor, uns auf eine in der Nähe stehende Bank zu setzen. Ich nahm ihre Hand, sah ihr in die Augen und fing an zu erzählen. Ich sprach davon, wie sehr ich sie liebte und als Frau begehrte, wie sehr ich ihre Entschlossenheit bewunderte, bis zu Hochzeit Jungfrau zu bleiben, und wie schwer es Männern manchmal falle, ihre körperlichen Bedürfnisse unter Kontrolle zu halten. Carmen verstand offensichtlich nicht, was das mit Ana zu tun haben sollte. Ich nahm all meinen

Mut zusammen und erzählte schließlich, wie ihre Schwester nachts in aufreizend kurzen Shorts am Lagerfeuer erschienen war und mir lauter verfängliche Fragen gestellt hatte. Bis sie mich unversehens geküsst hatte.

»Was für eine Hure«, entfuhr es Carmen. »Aber das war sie seit jeher, schon als ganz kleines Mädchen.«

Dass Carmen auf Ana wütender zu sein schien als auf mich, brachte mich aus dem Konzept. Aber dann sagte ich mir, dass gerade das für den Rest meines Geständnisses von Nutzen sein könne. Als Nächstes schilderte ich also, wie das Begehren sich meiner bemächtigt und wie die erstaunliche Ähnlichkeit der beiden Schwestern mich dazu gebracht hatte, in Ana Carmen zu sehen, sodass es sich schließlich so anfühlte, wenn ich Ana berührte, als würde ich in Wirklichkeit ihre von mir so begehrte Schwester berühren. Ana habe mich abseits ins Gebüsch geführt, fuhr ich fort. Dort hätten wir uns ins Gras gelegt.

Carmen schlug die Hände vor den Mund und sagte: »Lass, das will ich nicht hören.«

Aber ich erzählte weiter, denn wenn sie erst einmal angefangen hätte, sich die Szene selbstständig auszumalen, hätte das die Sache womöglich nur noch schlimmer gemacht. Besser, ich rückte ein für alle Mal mit der ganzen Wahrheit heraus, dann brauchte ich im besten Fall nie wieder darauf zurückzukommen. Ganz bewusst sagte ich nicht: »Wir haben miteinander geschlafen«, sondern: »Wir hatten Sex.«

Carmen stiegen Tränen in die Augen, sie sah mich böse an, stand auf und ging fort. Als ich ihr folgen wollte, wies sie mich zurück. »Ich muss jetzt allein sein!«, zischte sie.

Eingeschüchtert ließ ich mich wieder auf der Bank nieder. Ich hatte das Gefühl, die Sache komplett an die Wand gefahren zu haben. Als ich irgendwann gehen wollte, kam Carmen jedoch zurück. Mit verweinten Augen. Trotzdem schien sie sich gefangen zu haben. Sie setzte sich neben mich und sagte: »Sie hasst mich, das war schon immer so. Und sie ist neidisch auf mich. Lía auch, aber Lía weiß, dass sie keine Chance gegen mich hat. Ana will das nicht akzeptieren, ständig ahmt sie mich nach, in allem, total dreist. Äußerlich sind wir uns ähnlich, das stimmt, wir kommen beide nach Mama. Trotzdem begreift Ana nicht, dass sie nie so sein wird wie ich. Dafür ist sie nicht stark und entschlossen genug, aber vor allem ist ihr Glaube viel zu schwach.« Sie verstummte und sah mich Zustimmung heischend an. Ich nickte wortlos, und sie fuhr fort: »Sie hat dich absichtlich provoziert, da bin ich mir ganz sicher. Weil sie gemerkt hat, dass zwischen uns etwas ist. So was spürt sie sofort. Sie ist ein richtiger kleiner Teufel.«

Ich war mir nicht sicher, ob Carmen mit ihren Behauptungen recht hatte. Umso erleichterter war ich, dass sie weiterhin vor allem dem Verhalten ihrer Schwester Beachtung schenkte statt meinem. Dennoch wollte ich klarstellen, dass ich meinen Teil der Schuld sehr wohl auf mich nahm, weshalb ich stammelte: »Ich weiß, ich hätte niemals …«

Aber Carmen ließ mich nicht ausreden: »Natürlich nicht, das ist ja klar. Auch wenn es Männern schwerfällt, sich zu beherrschen, vor allem, wenn sie provoziert werden. Aber ich lass mir vom Neid meiner Schwester nicht mein Leben kaputt machen. Genau darauf hat sie es nämlich abgesehen. Und damit kommt sie bei mir nicht durch.« Wieder sah sie mich erwartungsvoll an.

»Und jetzt?«, fragte ich.

»Jetzt machen wir weiter wie geplant. Aber bei uns in Adrogué darfst du dich erst blicken lassen, wenn wir unsere

Verlobung bekannt geben können. Und damit warten wir besser noch. Es würde keinen guten Eindruck machen, wenn wir das jetzt schon tun, wo du gerade erst das Seminar abgebrochen hast.«

Erleichtert und gerührt wollte ich ihre Hand nehmen, aber sie ließ es nicht zu. Die Botschaft war eindeutig: Es würde weitergehen mit uns, aber ihre Verletztheit und Kränkung waren noch nicht überwunden. So oder so war es für unser Vorhaben zweifellos besser, wenn wir beide einen möglichst klaren Kopf behielten. Sie verzieh mir, weil sie mir moralisch überlegen war, nicht aus Mitleid, und auch nicht aus Liebe. Das war mir klar, und ich akzeptierte es. Dass es mit Ana nicht bei dem einen Mal geblieben war, verriet ich nicht, Carmen gab mir keine Gelegenheit dazu. Sie fragte nicht, und so sagte ich auch nichts. Wenn ich eines Tages im Hause Sardá offiziell als Carmens Verlobter eingeführt und Ana daraufhin von unseren Begegnungen erzählen würde, stünde ihr Wort gegen meins. Mit ein wenig Glück wäre sie zu diesem Zeitpunkt jedoch bereits in jemand anderen verliebt. Dann wäre ihr bestimmt ebenso wenig daran gelegen wie mir, dass bekannt wurde, was zwischen uns passiert war.

An diesem Abend betete ich im Seminar kniend. Das hatte ich schon lange nicht mehr getan. Jetzt war es mir ein Bedürfnis. Am liebsten hätte ich mich auch körperlich gezüchtigt. Ich beneidete die Mitglieder des Opus Dei um ihre Bußgürtel und anderen Strafen. Wenigstens ausgiebig fasten sollte ich, sagte ich mir. Dann fiel mir aber wieder ein, dass Pater Manuel mir nach meiner Beichte keine Buße, sondern intensives Beten aufgetragen hatte. Und das tat ich nun, ich betete die ganze Nacht hindurch. Und auch an den nächsten Tagen betete ich kniend, ohne mich darum zu scheren, dass meine Kameraden anwesend waren, ging ich doch davon aus, dass ich schon bald meinen Abschied vom Seminar würde verkünden können.

So verging die Zeit, langsam und dennoch unaufhaltsam, und allmählich schienen die Dinge wieder ins Lot zu kommen. Bis eines Tages unversehens Ana im Seminar erschien, womit ich niemals gerechnet hätte. Am Einlass gab sie sich als meine Cousine aus. Als man mich daraufhin rief, war ich mir zunächst sicher, dass ein Irrtum vorliegen müsse, schließlich hatte ich keine Cousine. Bei ihrem Anblick blieb mir die Luft weg. Ich befürchtete das Schlimmste. Doch der Skandal blieb aus, Ana lächelte mich bloß liebreizend an und verscheuchte damit meine Befürchtungen. Unter dem Vorwand, sie bringe Nachrichten von einem erkrankten Verwandten, bat ich um Erlaubnis, sie zu empfangen, und wir gingen in den Garten, um uns in Ruhe unterhalten zu können. Sie war glücklich, mich anzutreffen; offensichtlich hatte sie sich Sorgen gemacht, weil ich so lange nicht aufgetaucht war. Ich bemühte mich meinerseits, nichts zu sagen, was sie auf falsche Gedanken bringen konnte, ihr vielmehr reinen Wein einzuschenken, aber möglichst, ohne sie zu verletzen. Über das, was passiert war, verlor ich kein Wort; ebenso wenig sprach ich von einer wie auch immer gearteten gemeinsamen Zukunft. Dafür gestand ich, dass ich Zweifel an meiner Berufung hegte und mir Zeit zu überlegen nehmen wolle. Dass es in jedem Fall durchaus sein könne, dass ich das Seminar verließ, da ich mir nicht mehr so sicher sei, mein Leben ausschließlich Gott widmen zu können. Bald werde ein neues Kapitel für mich beginnen, sagte ich abschließend, und alles, was davor gewesen sei, werde dann vorbei sein.

»Alles«, wiederholte ich und sah ihr bedeutsam in die Augen.

»Ich verstehe«, sagte sie, »und das finde ich gut.«

Ob sie mich damals tatsächlich verstanden hat, weiß ich nicht. Möglicherweise ging sie von der Hoffnung erfüllt fort, ich würde sie kontaktieren, sobald ich wieder frei wäre, um eine Beziehung zu führen, die wir dann nicht mehr geheim zu halten bräuchten. Ich dagegen sagte mir, falls sie trotz allem nicht begriffen habe, werde mein künftiges Tun sie eines Besseren belehren.

Dazu kam es aber nicht, denn bei Anas nächstem Besuch hatte sich die Situation vollkommen verändert. Als der Pförtner mir erneut meldete, meine Cousine sei da, ging ich wütend nach unten. Bei ihrem ersten Auftauchen hatte ich klar zu verstehen gegeben, dass sie nicht wiederkommen dürfe: Besuche von außerhalb waren im Seminar äußerst ungern gesehen. Ich sah sie ernst an, traf diesmal jedoch auf kein versöhnliches Lächeln. Anas Augen waren verweint. Der Pförtner muss angenommen haben, sie bringe schlechte Nachrichten über unseren kranken Verwandten. Diesmal gingen wir nicht in den Garten, sondern hinaus auf die Straße. Ich ahnte, dass unser Gespräch weniger friedlich als beim ersten Mal verlaufen würde, und wollte keine Zeugen haben. Als Ana auf meine Vorwürfe wegen ihres erneuten Auftauchens erwiderte, sie sei gekommen, weil sie fürchte, schwanger zu sein, wäre ich fast ohnmächtig geworden.

»Bist du dir sicher?«

»Nein«, sagte sie und brach in Tränen aus. Schluchzend stammelte sie, seit fast zwei Monaten habe sie ihre Tage nicht mehr gehabt, und obwohl die nicht immer regelmäßig kämen, sei das beunruhigend. Ich flehte sie an, jetzt bloß nicht kopflos zu werden, dadurch liefen wir Gefahr, dass die anderen von uns erfuhren, unabhängig davon, ob sie nun tatsächlich schwanger sei oder nicht. Sie solle wieder nach Hause gehen und erst einmal weiter abwarten. Ich versprach, am nächsten Wochenende in die Gemeinde zu kommen. Außerdem würde ich an diesem Abend und bis zu unserem nächsten Treffen immer wieder zu Gott beten und ihn bitten, zu bewirken, dass sie nicht schwanger sei. Auch ihr schlug ich vor, sich voller Hingabe und Vertrauen an Gott zu wenden. Fast hätte ich ihr geraten, auch zur heiligen Anna zu beten, ihrer Namenspatronin, doch dann fiel mir ein, dass die auch die Schutzheilige der Schwangeren war. Ich glaube, es gelang mir, sie halbwegs zu beruhigen, vor allem wohl durch die Aussicht auf ein Wiedersehen am Wochenende.

An diesem Abend unterhielt ich mich mit José, dem einzigen meiner Mitstreiter, mit dem ich über private Dinge sprach. Er wusste bereits, dass ich vorhatte, das Seminar zu verlassen, und ich wusste, dass er gegen die Anziehung ankämpfte, die seit jeher Männer auf ihn ausübten. Er hatte so viele Schwestern, dass er manchmal ihre Namen durcheinanderbrachte. Er war mit acht Frauen aufgewachsen. Er hörte geduldig zu, ohne mir Vorwürfe zu machen. Dann sagte er, bei ihm zu Hause sei regelmäßig von »diesen Dingen« die Rede, seine Schwestern wüssten bestimmt, was in einem solchen Fall zu tun sei. Am nächsten Tag erzählte er, was er herausgefunden hatte – alle möglichen Hausmittel, um festzustellen, ob eine Schwangerschaft besteht, wie lange es Sinn hatte, abzuwarten, und mit welchen Methoden man das, »was eine in sich trägt«, auf natürliche Weise »loswerden« kann. Er sagte, einmal hätten seine Schwestern für eine Nichte, die ungewollt schwanger geworden sei, ein spezielles Sportprogramm entworfen. Es habe aus einem Wechsel von Sprints und Dauerlauf, Kniebeugen und Bauchmuskelübungen bestanden. »Sie haben so lange und intensiv mit der Kleinen trainiert, bis sie zu bluten anfing.« Bei seinen Worten musste ich schlucken. »Was die Methode mit der Petersilie angeht, haben sie sich unmissverständlich klar ausgedrückt. Sie raten davon ab, dass du ihr einen Strauß davon reinsteckst, manchen Mädchen ist das angeblich schlecht bekommen. Sie empfehlen eindeutig ihr Trainingsprogramm, das ist eine saubere Sache. Da gibt es keine direkte Einwirkung, von Abtreibung kann nicht die Rede sein. Und für alle Fälle kann die Kleine sagen, sie habe nicht gewusst, dass sie schwanger ist. Wenn Gott will, kommt es so raus, und wenn Gott nicht will, dann eben nicht.« Ich bedankte mich bei ihm, schloss aber das Trainingsprogramm – und die Petersilie sowieso – vorerst aus. Lieber wollte ich zunächst die Hausmittel ausprobieren, mit deren Hilfe man angeblich herausfinden konnte, ob eine Schwangerschaft vorliegt. Besonders vertrauenswürdig kamen sie mir nicht vor, aber so hätte Ana wenigstens etwas, woran sie sich klammern konnte, vielleicht trug es ja zu ihrer Beruhigung bei. Sie durfte einfach nicht schwanger sein, so viel Pech hatten wir nicht verdient.

Die Tests beruhigten uns jedoch nicht, sie zögerten die Entscheidung bloß hinaus. Mir fiel nichts mehr ein, ich war vollkommen ratlos. Schließlich sah ich bloß noch einen Ausweg: Ich nahm all meinen Mut zusammen und sprach mit Carmen. Gott wolle mich offensichtlich auf die Probe stellen, sagte ich, oder vielmehr uns beide. All unseren Wünschen und Plänen zum Trotz lasse sich die Sache mit Ana nämlich wohl doch nicht so einfach vergessen. Kaum hatte ich das Wort »Schwangerschaft« ausgesprochen, brach Carmen in Tränen aus und verfluchte ihre Schwester. Aber nur, um gleich darauf in Aktion zu treten. Sie rief verschiedene Leute an und nannte mir anschließend den Namen eines Krankenhauses und einer dort tätigen Krankenschwester, bei der Ana einen Schwangerschaftstest machen könne. »Ana darf aber nie erfahren, dass ich Bescheid weiß. Hier ist die Nummer. Zuallererst muss klar sein, ob Ana tatsächlich schwanger ist.«

Als sich die Katastrophe bestätigte, überlegten wir – Carmen und ich –, was als Nächstes zu tun war. Viele Möglichkeiten gab es nicht. Ich sah anfangs nur eine Lösung: Ana musste das Kind bekommen. Ein Zusammenleben mit Carmen war dadurch ausgeschlossen, mit ihr eine Familie zu gründen, obwohl ich ein Kind mit ihrer Schwester hatte, undenkbar. Carmens Befürchtung hatte sich bewahrheitet, ihre Schwester hatte ihren Traum zunichtegemacht. Eine Abtreibung wiederum war für uns beide erst recht undenkbar, für mich und Carmen, meine ich. Wir waren und sind tief gläubige Katholiken, ohne Wenn und Aber.

Carmen sah jedoch noch eine dritte Möglichkeit. »Und wenn jemand anders die Sünde begeht?«, sagte sie. »Und du dich bei der Entscheidung einfach raushältst? Wenn du die Sache Ana überlässt? Diese Todsünde müsst ihr nicht zwangsläufig beide auf euch laden. Wenn *sie* beschließt, diesem Leben ein Ende zu setzen, ist *sie* auch dafür verantwortlich. Du nicht. Will Ana denn ein Kind bekommen? Mit siebzehn? Will sie unseren Eltern so etwas zumuten? Will sie, dass alle mit dem Finger auf sie zeigen? Wenn sie diese Fragen verneint, musst du sie dir dann überhaupt noch stellen?« Carmen ließ mir keine Zeit, etwas zu erwidern, ich glaube, sie rechnete gar nicht damit. Ihre Fragen waren eigentlich Feststellungen. Ich solle so bald wie möglich mit Ana sprechen, fuhr sie fort: »Du darfst nicht zulassen, dass sie sich in ihren wirren Gedanken verliert. Sie ist noch ein richtiger Teenager, du musst sie lenken, ohne dass sie es merkt. Bis zu dem Punkt, an dem die Entscheidung getroffen werden muss. Wenn sie dann fragt, was du tun würdest, antwortest du einfach nicht. Du würdest gar nichts tun. Sie ist diejenige, die etwas tun muss.«

So schlüssig mir Carmens Argumente vorkamen, war ich mir nicht sicher, ob ich, als Katholik, ihr nicht trotzdem widersprechen musste. »Aber wenn ich weiß, was sie vorhat ... müsste ich es dann nicht verhindern? Müsste ich dieses Leben nicht retten? Müsstest du das nicht auch, Carmen? Du weißt ja genauso Bescheid.«

»Wir kämpfen die ganze Zeit um das Leben und die Seelen der anderen. Aber wir sind keine Übermenschen, wir können nicht jedes Verbrechen verhindern. Für uns gibt es so oder so noch genug zu tun, für all die anderen Seelen. Aber nur, wenn wir endlich auch unser Leben leben können. Und dafür müssen wir den Dingen in diesem Fall ihren Lauf lassen. Nicht eingreifen. Uns raushalten. Und beten.«

Carmen fand dann auch heraus, wo man eine Abtreibung durchführen lassen konnte. Ich rief dort an, ließ mir alles erklären und besorgte das nötige Geld. Ich besaß einige Ersparnisse; außerdem bat ich einen meiner Brüder, mir etwas zu leihen. Wofür, sagte ich nicht. Allerdings zwang ich Ana nicht zur Abtreibung, was das anging, hielt ich mich an Carmens Anweisungen. Es war wirklich ihre, Anas, Entscheidung. Hätte sie beschlossen, das Kind zur Welt zu bringen, hätte ich mich dem nicht widersetzt, auch wenn es meine Zukunftspläne mit Carmen vereitelt hätte. Ich verhielt mich also genau wie geplant, ließ Ana allein zu der Schlussfolgerung gelangen, dass es das Beste für alle wäre – auch für ihre

Eltern, vor allem aber für sie selbst –, diese Schwangerschaft zu beenden. Und als sie irgendwann tatsächlich sagte: »Ich will kein Kind haben«, schwieg ich.

Ana bat mich, sie zu begleiten, und ich willigte ein, ich war der Ansicht, das sei ich ihr schuldig. Carmen machte mir jedoch klar, dass das Risiko, gesehen zu werden, in meinem Fall viel zu hoch sei. Also begleitete ich Ana nicht. Trotzdem war ich in Gedanken natürlich bei ihr, wartete auf Nachrichten, betete. Ich sagte, ich würde unter dem Vorwand, ein Treffen von Acción Católica vorzubereiten, den ganzen Tag im Gemeindehaus sein, dort solle sie mich anrufen, sobald sie zurück sei, damit ich wisse, dass alles gut gegangen sei. Sie rief mehrere Male an, beim ersten Mal, um mitzuteilen, dass tatsächlich alles gut gegangen sei; dann, um zu sagen, dass es ihr schlecht gehe. Und am späten Nachmittag bat sie mich schließlich, zu kommen. Ich erklärte, dass ich unmöglich einfach so bei ihr zu Hause auftauchen könne, das würde viel zu viel Aufsehen erregen. Das sah sie ein. Daraufhin wollte sie in die Gemeinde kommen. Ich bat sie, das nicht zu tun, zu warten, sich auszuruhen, bestimmt werde es ihr in ein paar Stunden wieder besser gehen. Und ich sagte, sie solle beten, beten und um Vergebung bitten, wenn sie das mit genügend Überzeugung tue, werde ihr auch vergeben werden.

Am Abend kehrte ich ins Seminar zurück. Schlafen konnte ich aber nicht, und am nächsten Morgen fuhr ich in aller Frühe wiederum nach Adrogué. Ich war unruhig, hatte seit dem Aufwachen ein schlechtes Gefühl. Bei den Sardás anzurufen, wagte ich nicht. Falls jemand anderes als Carmen ans Telefon gegangen wäre, hätte ich nicht gewusst, was ich sagen sollte. Den ganzen Tag quälten mich düstere Gedanken. Dass Carmen nicht anrief, hieß, dass es Ana gut ging, das war mir klar; trotzdem schmerzte es mich, dass sie mich dermaßen hinhielt und sich nicht meldete.

Am späten Nachmittag rief Carmen endlich an. Es war ein kurzes Gespräch, sie teilte mit, dass alles in Ordnung sei, dass sie jetzt zu einer Bekannten gehe, um sich ein paar Unterlagen zu holen, dass Ana schlafe und bestimmt bis zum nächsten Morgen durchschlafen werde. »Bald ist es geschafft«, sagte sie und legte auf. Ich verspürte große Erleichterung.

Wenig später machte ich mich daran, meine Sachen zu packen, um ins Seminar zurückzukehren. Da klingelte erneut das Telefon. Ich dachte, es sei Carmen, die mir noch etwas sagen wollte, aber dieses Mal war Ana am anderen Ende der Leitung. Weinend sagte sie, sie glühe vor Fieber, noch nie habe sie sich so schlecht gefühlt. Aus Angst, verraten zu müssen, was sie getan hatte, traute sie sich nicht, zum Arzt zu gehen. Zugleich fühlte sie sich außerstande, mit dem Bus zum Krankenhaus zu fahren, wo niemand sie kannte – wie sie sagte, wagte sie nicht, allein auch nur einen Schritt vor die Tür zu setzen. Sie bat mich um Hilfe, aber ohne Vorwurf; offensichtlich war sie fest davon überzeugt, dass einzig und allein sie selbst für ihren Zustand verantwortlich war. Carmen konnte ich in diesem Augenblick nicht um Rat fragen, ich konnte aber auch nicht warten, bis sie zurückgekehrt war. Also sagte ich in meiner Not zu Ana, sie solle in die Kirche kommen, ich würde mir inzwischen den Firmenwagen meines Vaters ausleihen, um sie falls nötig zu einem Arzt zu bringen, der weiter weg wohnte, wo uns niemand kannte.

Das tat ich auch. Aber als ich schließlich mit dem Auto vor der Kirche vorfuhr, war Ana bereits tot. Beim Hineingehen sah ich mich vorsichtig um, konnte zunächst aber niemanden entdecken. Bis ich sie auf einmal auf einer der hintersten

Bänke liegen sah. Ich dachte, sie sei eingeschlafen, oder womöglich ohnmächtig geworden. Doch als ich sie berührte, dann schüttelte und ihr zuletzt die Hand vor die Nasenlöcher hielt, um festzustellen, ob sie atmete, zeigte sie keinerlei Reaktion. Weinend brach ich über ihr zusammen. Ich fühlte mich selbst dem Tode nah. Hatte Gott mich noch nicht genügend auf die Probe gestellt? Als ich irgendwann aufblickte, glaubte ich, in der Ferne, vor dem Altar, etwas am Boden liegen zu sehen. Ich ging aber nicht hin. Dass die Statue des Erzengels Gabriel auf Anas Freundin Marcela Funes gestürzt war, die sie zur Kirche begleitet hatte, erfuhr ich erst später. Mit letzter Kraft hob ich Anas toten Körper hoch und schleppte ihn zum Auto. Dann kehrte ich noch einmal in die Kirche zurück, um mögliche Spuren zu beseitigen. Ich wischte mit meinem Pullover die Bank und den Boden davor ab, bis keine Regentropfen und Schlammspritzer mehr zu sehen waren. Niemand würde jemals erfahren, dass Ana hier gewesen war, sagte ich mir. Ganz sicher konnte ich mir aber nicht sein, denn in dem Augenblick, als ich mit Anas Leiche in den Armen gerade die Kirche verlassen wollte, glaubte ich wahrzunehmen, dass sich die Tür zur Sakristei öffnete. Um diese Uhrzeit konnte hier eigentlich nur Pater Manuel unterwegs sein. Gewissheit erlangte ich diesbezüglich aber nie. Auch als ich ihm später alles beichtete, erwähnte er es nicht.

Nur mit Mühe gelang es mir, loszufahren. Nicht bloß wegen der abgenutzten Scheibenwischer verschwamm mir die Sicht vor Augen. Meine Beine zitterten, und nach der anstrengenden Schlepperei konnte ich kaum atmen.

Ich hatte keine Ahnung, was ich jetzt tun sollte. Ich wusste bloß, dass ich Carmen finden musste.

Carmen

OPHELIA (…) Sie sagen, die Eule war eines
Bäckers Tochter. Ach Herr, wir wissen wohl, was
wir sind, aber nicht, was wir werden können.

WILLIAM SHAKESPEARE, *Hamlet*

I

Ich glaube an Gott. Aus tiefster Seele, leidenschaftlich, mit jeder Faser. Radikal, falls nötig. Was würde ich ohne den Glauben nur tun? Mein Dasein wäre trostlos. Mateo, mein einziger Sohn, ist verschwunden. Wäre mir nicht klar, dass er verschwunden ist, weil Gott es so gewollt hat, verlöre mein Leben jeglichen Sinn. Ich suche nach ihm, gebe die Hoffnung nicht auf – irgendwo hier in Santiago de Compostela werde ich ihn finden. In der Kathedrale, im Park, in einer der engen Gassen der Altstadt. Mittlerweile kenne ich mich hier aus, als wäre ich in dieser Stadt geboren.

Wir wären nie auf die Idee gekommen, dass wir einmal ausgerechnet hierher reisen würden. Und das einzig und allein, um unseren Sohn zu finden. Alles, was unser sonstiges Leben ausmacht, ruht unterdessen. Früher träumten wir davon – Julián und ich –, eines Tages nach Rom zu fahren, oder nach Venedig oder Paris. Wer in einem Land wie Argentinien lebt, abseits von allem, am Ende der Welt, für den haben die Namen dieser Städte einen magischen Klang. Auch London, Barcelona, Prag oder Madrid hätten wir uns vorstellen können. Aber letztlich blieb es bei bloßen Träumereien, immer gab es Wichtigeres zu tun mit unserer Zeit und unserem Geld.

Santiago kam in unseren Gedankenspielen niemals vor, da bin ich mir sicher. Unsere einzigen Auslandsreisen führten bislang nach Uruguay und Brasilien. Und der Jakobsweg stand auch nie auf dem Programm. Wir pilgern jedes

Jahr nach Luján, das ist unser Glaubensweg, einen anderen brauchen wir nicht. Manchmal haben wir auch Gruppen aus der Gemeinde dorthin begleitet, oder an einem der Rastplätze entlang der Strecke ausgeholfen, wo Leute eine Pause einlegen können, denen unterwegs die Kraft ausgeht. Nach Luján pilgert man jedenfalls nicht, um Urlaub zu machen, wer dorthin aufbricht, will ein Gelöbnis erfüllen oder Zeugnis seines Glaubens ablegen. Auf dem Jakobsweg dagegen treiben sich augenscheinlich alle möglichen Leute herum – neben wirklichen Pilgern simple Rucksacktouristen, Weltenbummler, Feinschmecker und andere Snobs. So verliert das Ganze an Wert, der eigentliche Sinn geht darüber verloren. Falls Gott will und wir Mateo wiederfinden, können wir unsere einstigen Traumziele aber vielleicht zusammen mit ihm bereisen und auf diese Weise unsere Versöhnung feiern. Und lernen, es künftig besser zu machen. So wie schon bei früheren Gelegenheiten.

Wenn ich abends bete, bitte ich Gott, er möge zulassen, dass ich Mateo alles erklären kann. Dass ich darlegen kann, was mich zu meinem Tun veranlasst hat, damit er begreift, dass das, was auf den ersten Blick so schrecklich, ja unverzeihlich scheint, in Wirklichkeit nur das kleinere Übel war, um ein viel größeres, katastrophales Übel abzuwenden. Eine grauenvolle Aufgabe, die jemand mutig und uneigennützig übernehmen musste, um seine Liebsten zu schützen. Ich weiß, dass Mateo mich verstehen würde, wenn ich über all das offen und ehrlich mit ihm sprechen könnte. Was er so verstörend daran findet, würde sich auflösen, wenn ich meine Beweggründe erläutern könnte. Ich bin mir sicher, dass wir uns am Ende weinend umarmen würden, und dann würde er verständnisvoll und zärtlich zu mir sagen: »Arme Mama, was du alles hast durchmachen müssen, liebe Mama …« Denn wenn sich in dieser Geschichte jemand hat die Hände schmutzig machen müssen, einfach, weil es nötig war, dann ich, und das, obwohl ich selbst mir nicht das Geringste hatte zuschulden kommen lassen. Meine Pflicht zu erfüllen war in jedem Fall weder leicht noch angenehm – Julián allein wäre dazu nicht imstande gewesen. Nicht Julián. Wenn Mateo das alles eines Tages weiß, wenn er versteht, welche Rolle ich in dieser Sache übernehmen musste, wenn er akzeptieren kann, dass es nicht anders ging, wird es ihm vielleicht trotzdem schwerfallen, seinem Vater zu verzeihen. Ich werde alles dafür tun, dass er es schafft. Denn wenn Gott Julián vergeben hat, sollten auch wir in der Lage dazu sein.

Julián beichtete damals sofort, dass er, als Seminarist, eine kurze Beziehung mit Ana gehabt hatte – falls man das Beziehung nennen kann. Er beichtete, bereute, tat die ihm von Pater Manuel auferlegte Buße und erhielt Vergebung. Aber, abgesehen davon, dass er mit Ana Sex hatte – was könnte man ihm darüber hinaus eigentlich zur Last legen? Dass sie nicht verhütet haben? So was lässt sich heute, dreißig Jahre später, leicht sagen. Aber wer hat damals schon Kondome benutzt? Mateo ist inzwischen erwachsen, und wenn er imstande ist, die Sache unvoreingenommen zu betrachten, oder vielmehr mit dem liebevollen Blick, den ein Vater verdient, der sein Leben für ihn gegeben hat, dann wird er Julián nicht dafür verurteilen, dass er seinerzeit ein sexuelles Bedürfnis nicht hat unterdrücken können. Leicht wird das nicht für ihn sein. Dass ihre Eltern auch ein Intimleben haben, ist für Kinder schwer vorstellbar, erst recht, wenn der eigene Vater so durchgeistigt und so wenig an den banalen, irdischen Dingen interessiert ist wie Julián.

Ich weiß nicht, wie viel mein Sohn weiß. Und ich weiß auch nicht, wie viel mein Vater wusste, als er starb. Er sprach mit Julián über Anas Tod, bevor er ihn aus dem Haus warf. Mit mir dagegen wollte er nie über Einzelheiten sprechen, nie nahm er mich so ins Verhör, wie er es mit Julián getan hatte. Nach ihrer heftigen Auseinandersetzung warf er mir bloß vor, dass ich mich in Julián verliebt und ihn in unsere Familie eingeführt hatte, obwohl ich wusste, dass er in die Ereignisse verwickelt war, die mit Anas Tod zu tun hatten. Mein Vater erwähnte allerdings nur die Umstände von Anas Tod, nicht das, was ihrem Körper widerfahren war.

»Versuch doch, es positiv zu sehen, Papa«, entgegnete ich. »Hätte ich auf meine Liebe zu Julián verzichtet, gäbe es heute Mateo nicht.« Damit war die Diskussion beendet.

Mateo war seine große Schwäche, seine Achillesferse, sozusagen. Ich weiß nicht, was mein Vater unserem Sohn letztlich alles erzählt hat, aber bestimmt hat er die bestehenden Lücken mit Mutmaßungen oder Ausgedachtem gestopft. Deshalb weiß ich auch nicht, ob Mateo davongelaufen ist, weil er die Wahrheit nicht ertragen konnte, oder ob er womöglich nur einen Teil der Wahrheit kennt, oder eine Reihe von Halbwahrheiten, um nicht zu sagen Lügen. Sollte mir, all meinen Gebeten und dem tiefen Schmerz zum Trotz, mit dem ich Tag für Tag erwache, nicht die Gelegenheit gewährt werden, meinen Sohn zu finden, werde ich hinnehmen müssen, dass dies Gottes Wille ist, und weiter an meinem Glauben festhalten.

Es dauerte mehrere Jahre, bis ich schwanger wurde. Verhütet haben wir nie, nicht einmal mit der Billings-Methode. Vier Jahre waren wir verlobt, offiziell allerdings nur drei. Während des ersten Jahres hielten wir unsere Beziehung geheim, aber nicht wegen Anas Tod – Julián sollte nicht bei uns zu Hause als mein Verlobter in Erscheinung treten, gleich nachdem er das Seminar verlassen hatte. Wir wollten nicht, dass die Leute dachten, unsere Liebe habe diese Entscheidung beeinflusst. Über Ana sprachen wir so wenig wie möglich, die Beziehung, die wir nach und nach aufbauten, sollte davon nicht überschattet werden. Als wir schließlich geheiratet hatten, verschwand diese düstere Erinnerung nahezu vollständig. Wir hatten ohnehin genug Dinge, auf die wir unsere Zeit und Energie richten konnten. Dabei ging es uns nicht um uns beide, sondern um die Familie, die wir gründen wollten. Und in der sollte es viele Kinder geben.

Dass es so lange dauerte, bis ich endlich schwanger wurde, weckte in mir allerdings den Verdacht, dass das mit dem Mutterwerden für mich womöglich nicht so einfach sein würde. Oder zumindest nicht so, wie ich es mir erträumt hatte, mit einer großen Anzahl von Kindern, eins nach dem anderen, wie Orgelpfeifen, so viele mein Körper hergab. Meine Angst wuchs, dass Gott mich ausgerechnet in diesem Punkt für mein Vergehen bestrafen wollte. Für mein Vergehen, oder vielmehr meine Unterlassung: Ich habe nicht verhindert, dass Ana das Kind tötete, das sie im Leib trug. Ich habe sie nicht dazu aufgefordert, abzutreiben, und ich habe die Entscheidung auch nicht an ihrer Stelle getroffen; ich habe mit meiner Schwester nicht einmal darüber gesprochen. Sie hat mir nichts davon gesagt, und ich habe sie nicht darauf angesprochen. Trotzdem stimmt es, dass ich nichts unternommen habe, um es zu verhindern; im Gegenteil, in der verzweifelten Lage beschaffte ich die Adresse, wo man so etwas durchführen lassen konnte, damit Julián sie an Ana weitergab. Die Vorstellung, eine Siebzehnjährige oder ein Seminarist könnten sich auf eigene Faust auf die Suche nach einem derartigen Ort machen, schien mir abwegig und unerträglich. Ich wusste, dass eine Gruppe von Gemeindemitgliedern sich damit beschäftigte, solche illegalen Abtreibungskliniken ausfindig zu machen, um sie an die Justiz weiterzuleiten. Unter dem Vorwand, ich wolle sehen, wie weit sie inzwischen gekommen seien, ließ ich mir die Liste geben und suchte für Julián die nächstgelegene Adresse heraus. In der Hinsicht beging ich ebenfalls einen Fehler: Ich brachte meine Schwester zwar nicht dorthin, und Julián auch nicht, aber durch uns erfuhr sie, wo sie sich hinwenden konnte. Und wenn wir ihr die Adresse nicht hätten zukommen lassen? Hätte sie dann nicht abgetrieben? Oder an einem besseren Ort? Oder am Ende mit einer Stricknadel? Wer soll das wissen? Bis dahin übernehme ich jedenfalls die Verantwortung, diese Schuld habe ich zu tragen. Dass Ana nicht gestorben wäre, wenn ich ihr die Adresse nicht hätte zukommen lassen, glaube ich jedoch nicht. Denn ihr Tod, das war Gottes Wille. Trotzdem habe ich den Tod ihres ungeborenen Kindes nicht verhindert. Die Verantwortung für diese Unterlassung nehme ich auf mich. Allerdings hat auch die heilige Anna nicht eingegriffen, und die ist schließlich die Patronin der Schwangeren und die Heilige, die meine Schwester hätte beschützen sollen – dafür hat meine Mutter ihren Namen doch ausgewählt. Wenn die heilige Anna nichts für sie tun konnte, wie hätte ich dann dazu imstande sein sollen?

Alles Übrige, was danach kam, bereue ich nicht, so schrecklich es erscheinen mag. In der Hinsicht habe ich kein Verbrechen begangen, und auch keine Sünde. »Vater, willst du, so nimm diesen Kelch von mir.« Das habe ich getan, um meine Familie zu schützen – meine damalige und meine künftige

Familie –, die Menschen, die ich liebte, wie eine Löwenmutter. So schwer das für manche einzusehen ist – was ich getan habe, habe ich auch getan, um Ana zu schützen. Vor allem ihr Andenken. »Vater, willst du, so nimm diesen Kelch von mir; doch nicht mein, sondern dein Wille geschehe!«

Deshalb kann Mateo, oder wer auch immer erfährt, was ich damals getan habe, mir vorwerfen, dass ich Ana nicht davon abgehalten habe, abzutreiben – obwohl ich damals selbst fast noch ein Kind war. Andere Vorwürfe weise ich dagegen zurück. Wer behauptet, später hätte ich ebenfalls gesündigt oder ein Verbrechen begangen, der lügt. Wer dreißig Jahre danach immer noch glaubt, die Stimme erheben zu müssen, begreift einfach nicht, warum ich damals so gehandelt habe. Das Schreckliche ertragen die Leute nicht, selbst wenn es unvermeidlich ist, selbst wenn es der Preis ist, der bezahlt werden muss, um ein höheres Gut zu schützen.

Das brauche ich aber nicht der ganzen Welt zu erklären, Rechenschaft über mein Tun muss ich ohnehin erst später, an anderer Stelle ablegen. Meinem Sohn dagegen möchte ich mich sehr wohl verständlich machen. Er hat es verdient, mich zu verstehen, so wie ich es verdient habe, dass er mich versteht. Ich lasse mir von niemandem ausreden, dass unser Tun ein Akt der Liebe war, des Selbstschutzes.

Ana war tot, ihr Kind auch. Daran ließ sich nichts mehr ändern. Was danach geschah, war im Grunde und so schrecklich es wirkt, eine bloße Inszenierung. Es war ein Verbrechen geschehen, ja, aber davor: eine Abtreibung. Den Tod jenes Kindes bedauere ich sehr. Käme ich noch einmal in eine solche Situation – was Gott verhindern möge –, würde ich tun, was in meiner Macht steht, um dem Kind zum Leben zu verhelfen. Auch auf Kosten meiner Familie, ihres Ansehens, meines eigenen Glücks. Damals waren Julián und ich aber selbst fast noch Teenager und gerade dabei, die ersten eigenständigen Schritte im Leben zu tun. In unserer Verzweiflung haben wir versucht, irgendwie eine Entscheidung zu treffen. Wie hätten wir auch ahnen sollen, dass Ana sterben könnte? Klar war hingegen, dass eine Fortsetzung von Anas Schwangerschaft schreckliche Folgen haben würde, nicht nur für sie, sondern für uns alle. Meine Mutter hätte sich zu Tode gegrämt – was für eine Schande! Nachbarn, Freundinnen, Verwandte, alle hätten sie sich das Maul zerrissen! Ana selbst wäre für immer gebrandmarkt gewesen, ein Kind, das Sex vor der Ehe hatte und zu allem Überfluss ein Kind ohne Vater bekommt. Julián wiederum hätte man zweifellos des Seminars verwiesen. Denn aus freiem Entschluss die Priesterlaufbahn aufgeben, nach sorgfältigem Abwägen, ist das eine, etwas ganz anderes jedoch, Schimpf und Schande auf sich zu laden, weil man eine verbotene Beziehung eingegangen ist, die zu einer Schwangerschaft geführt hat. Und mein Vater, der sich immer damit brüstete, dass er der Wahrheit auf den Grund gehen wollte, hätte noch mehr Schwierigkeiten mit unserer Mutter bekommen, die ohnehin zu Depressionen neigte und unter diesen Umständen womöglich einen Selbstmordversuch unternommen hätte. Außerdem hätte er sich gezwungen gesehen, eine unverheiratete Tochter mit Kind zu unterhalten, in seinem eigenen Haus. Julián und ich dagegen hätten uns für immer vom Traum eines gemeinsamen Lebens voller Glauben und Liebe verabschieden müssen. Ich mag gar nicht daran denken. Alle hätten bloß gelitten.

Natürlich ist es eine Sünde, das Leben eines unschuldigen Wesens zu beenden, um sich selbst vor Schmerz zu schützen, egal, wie groß er ist. Da gibt es nichts zu diskutieren.

Weshalb wir Ana auch niemals offen dazu aufgefordert hätten. Dass auch *sie* dabei sterben könnte, auf den Gedanken kamen wir nicht. Als sie jedoch selbst die Entscheidung getroffen hatte, waren wir erleichtert, das muss ich zugeben, und ließen sie, Gott möge uns verzeihen, den einmal eingeschlagenen sündigen Weg fortsetzen. Indem sie ein unschuldiges Wesen tötete, setzte sie selbst den Preis fest, den sie zu zahlen bereit war. Vielleicht nahm sie an, wie so viele Frauen, dass sie diese Schuld niemals würde begleichen müssen. Wäre sie nicht an den Folgen der Abtreibung gestorben, hätte sie ihr Leben ganz nach ihren Vorstellungen weiterführen können, das ist womöglich das Absurdeste an dieser schrecklichen Geschichte. Und falls sie ihre Tat eines Tages doch bereut und gebeichtet hätte, hätte Gott, in seiner unendlichen Barmherzigkeit, ihr trotz allem vergeben. Ich weiß nicht, warum all dies so schlimm enden musste. Aber wenn Gott es so gewollt hat, füge ich mich seinem Beschluss. Gott beschließt oftmals Dinge, die uns Menschen unbegreiflich erscheinen.

Jedes Mal, wenn der verstörende Moment, in dem ich den Ruf vernahm, zur Tat zu schreiten, wieder vor meinem inneren Auge auftaucht, muss ich an Christi Worte auf dem Ölberg denken: »Vater, willst du, so nimm diesen Kelch von mir; doch nicht mein, sondern dein Wille geschehe!« Lukas 22,42. Deshalb weiß ich auch, dass die Strafe, die Gott mir zuteilte, nicht meinem Tun nach Anas Tod geschuldet war, sondern der Tatsache, dass ich sie davor nicht an der Abtreibung hinderte. Was darauf folgte, war bloß der Kelch, den ich zu leeren hatte. Sein Wille, nicht meiner. Wie es auch sein Wille war, dass ich bloß ein Kind gebären konnte. Nach dem Kaiserschnitt fing ich mir einen Krankenhauskeim ein. Am Tag nach meiner Entlassung bekam ich heftige Blutungen.

Julián brachte mich sofort zurück in die Klinik, wo man eine schwere Sepsis feststellte. Es blieb nur die Wahl zwischen einer Entfernung der Gebärmutter oder dem Tod.

Heute noch, nach all den Jahren, zerreißt es mir bei dem Gedanken daran schier das Herz. Das war eine schwere Prüfung, wir behalfen uns mit intensivem Beten. Und mit der Hinwendung zu Mateo, der an unserer Seite aufwuchs. Ihm widmeten wir alles, was wir als Eltern, Erzieher und Religionslehrer zu geben hatten. Unser Sohn war stets ein helles Licht in unserem Leben, ein Kind, das nichts als Güte ausstrahlte. Alle Bekannten beneideten uns um unser Familienleben, immer waren wir zusammen, stets nur wir drei. Selbst in dem Alter, in dem andere Jungen mit ihren Freunden auf Reisen gehen, kam er mit uns, ohne zu murren. Julián bereitete es Sorgen, dass Mateo sich so sehr an uns hielt, seine Eltern, vielleicht war das ja bloß so, weil er sich mit anderen schwertat. Aber offensichtlich genoss er das Beisammensein mit uns. Oft verbrachten wir drei das ganze Wochenende zu Hause, lasen, sahen uns einen Film an oder spielten Karten. Und waren dabei sehr glücklich.

Bis Mateo irgendwann anfing, immer mehr Zeit mit meinem Vater zu verbringen. Und zwar allein, ohne uns. Wie es dazu kam, ob es von seinem Großvater ausging oder von ihm, weiß ich nicht. Zunächst sagte ich mir, dass die engere Beziehung Mateo guttun könne, so hätte er neben Julián noch ein anderes männliches Vorbild. Sein Vater hat viele gute Eigenschaften, ihm haftet aber auch eine gewisse Willensschwäche an, eine Art chronische Antriebslosigkeit. Mein Vater dagegen war immer voller Energie, trotz seines Alters und der Erkrankung. Julián und er waren ganz und gar verschieden, in jedem Fall aber beide, ihren Schwächen zum Trotz, zwei gute

Beispiele für Menschen, die sich von ihren Überzeugungen und Werten leiten lassen. Was meinen Vater angeht, täuschte ich mich jedoch. Und ich bemerkte es erst, als es schon zu spät war. Obwohl er sich weiterhin als Katholik bezeichnete, hatte er sich innerlich längst vom Glauben verabschiedet. Zumindest verhielt er sich nicht mehr wie ein gläubiger Katholik. Er stellte alle möglichen Dogmen infrage, Wahrheiten, über die wirklich Gläubige wie wir niemals diskutieren würden. Anfangs dachte ich, die beiden treffen sich, um gemeinsam Kathedralen zu zeichnen, und das fand ich eine schöne Idee, eine gelungene Verbindung von künstlerischer Tätigkeit – für die beide begabt waren – und Religiosität. Im Lauf der Zeit setzte mein Vater meinem Sohn jedoch lauter abwegige Ideen in den Kopf, vor allem in Bezug auf die menschliche Evolution und andere genetische Spielereien. Theorien, die wissenschaftlich daherkommen, und trotzdem akzeptieren ernsthaft gläubige Katholiken wie wir sie nicht, denn wir merken sehr wohl, auf welchen Tricks und Manipulationen sie beruhen. Mein Vater, der ein besessener Leser war, hat seine Ausführungen bestimmt durch verworrene Bücher voll haltloser Behauptungen ergänzt, die im Kopf von jemandem wie Mateo, der gerade erst dabei war, erwachsen zu werden, schlimmeres Unheil anrichten können als Drogen.

Um Streit zu vermeiden, tat ich eine Zeit lang, als wäre nichts. Und doch ging ich irgendwann so weit, Bücher an mich zu nehmen, die ich im Zimmer meines Sohnes entdeckte, wenn sie mir einen allzu schädlichen Eindruck machten. Bücher, die zweifellos aus der Bibliothek seines Großvaters stammten. Wirklich gläubig war mein Vater nämlich nie, er suchte sich heraus, was ihm ins Konzept passte, und alles Übrige stellte er infrage. Dass einem Katholiken die freie

Auslegung der Bibel nicht zusteht, wollte er zum Beispiel nicht hinnehmen. Er las in der Bibel, wollte über das Gelesene anschließend aber diskutieren. Mama hatte lange vor ihrem Tod aufgehört, ihm Beachtung zu schenken. Er verhielt sich wie diese feministischen Theologinnen, die sich eine neue Bibel zurechtlegen wollen, die genau die Schlussfolgerungen bestätigen soll, zu denen sie selbst schon von sich aus gelangt sind. Des Öfteren haben sie versucht, mich für eine Zusammenarbeit zu gewinnen. Als Theologin genieße ich ein gewisses Ansehen, also würde es ihnen gut passen, wenn mein Name im Zusammenhang mit ihrem auftauchte. Aber nichts liegt mir ferner, als über Dinge zu diskutieren, über die es nichts zu diskutieren gibt. In dieser Hinsicht respektiere ich Lía von allen aus unserer Familie am meisten, auch wenn ich das niemals offen zugeben würde. Sie gibt sich so wenig mit halben Sachen zufrieden wie ich. Entweder man ist Katholik, oder eben nicht. Wenn nicht, dann hat man auch die Folgen zu ertragen, also die Leere, die ein Leben ohne Glauben hervorruft. Und wenn doch, dann hat man gefälligst die Diskussionen über den Glauben oder die Kirche zu unterlassen.

Von Tag zu Tag bin ich fester überzeugt, dass Mateos Verschwinden damit zu tun hat, dass mein Vater ihn in einem der Briefe, die er ihm hinterlassen hat, gegen uns aufgehetzt hat. Wäre das vor seinem Tod geschehen, hätte ich es bemerkt – Mateo wäre in eine Krise geraten und womöglich zu ihm gezogen, hätte uns attackiert. Aber nichts dergleichen geschah. Als Susana, die Frau, die sich um meinen Vater kümmerte, die Briefe zum ersten Mal erwähnte, spürte ich sofort, dass Gefahr im Anzug war. Stundenlang suchte ich nach ihnen, aber vergeblich. Nachts lag ich wach und fragte mich, was wohl darin stehen mochte.

Was hat mein Vater Mateo erzählt? Wie weit ist er gegangen? Vor allem aber: Wozu? Was soll diese Grausamkeit? Im Lauf der Zeit waren die Wunden mühsam vernarbt. Ich begreife nicht, warum mein Vater sich so hartnäckig darauf versteift hat, sie immer wieder aufzureißen.

Was meine Familie hat durchmachen müssen, wünsche ich niemandem.

Was ich habe durchmachen müssen, erst recht nicht.

2

Bei den anderen hießen wir bloß »die Sardá-Schwestern«. Ein verschworenes Trio waren wir – Lía, Ana und ich – aber nie. Es gab vielmehr stets zwei Lager: auf der einen Seite Lía und Ana, auf der entgegengesetzten Seite ich.

Als Lía geboren wurde, war ich fünf und, bis dahin, Einzelkind. Wenig später bekam ich noch eine Schwester – Ana. Dass wir uns in zwei Lager aufteilten, war eigentlich nur logisch. Ich hatte bereits meinen festen Platz in der Familie und genoss bestimmte Privilegien, die anderen beiden mussten dafür noch kämpfen. Unter Geschwistern lernt man, all die Schwierigkeiten und Konflikte auszutragen, mit denen man es später im Leben, als Erwachsene, zu tun bekommt. Mit Lía und Ana übte ich also, wie man Dinge aushandelt, seine Meinung vertritt, sich durchsetzt, gewinnt oder verliert. Wie auf dem Schlachtfeld.

Ana und ich ähnelten Mama. Lía kam nach Papa und dadurch weniger gut weg. Papa war ein ausgesprochen interessanter, anziehender, ja verführerischer Mann, sah aber auch extrem männlich aus. So viel Männlichkeit in einem Mädchengesicht wirkte irritierend, grob, fast ein wenig abstoßend. Damit zurechtzukommen war für Lía bestimmt nicht einfach. Als wir noch Kinder waren, hat sie mir deshalb oft leidgetan. Dass sie so rebellisch ist, hat auch mit dem zu tun, was sie immer wieder im Blick der anderen vorgefunden haben muss, da bin ich mir sicher. Als ich ihr dreißig Jahre nach unserer letzten Begegnung auf der Suche nach Mateo einen Besuch abstattete, wagte ich nicht zu fragen, ob sie eine Familie gegründet und ob sie Kinder habe. Ihrerseits sagte sie nichts davon, also nehme ich an, dass das nicht der Fall ist. Ich muss aber zugeben, dass sie sich stark verändert hat, im Lauf der Jahre sind ihre Züge weicher geworden, und ihr Blick durchbohrt sein Gegenüber nicht mehr so gnadenlos wie früher. Heute hat sie ein ausdrucksvolles, interessantes Gesicht, das man nicht so leicht vergisst. Ja, mit ihren fast fünfzig Jahren ist sie trotz ihrer Hässlichkeit eine geradezu attraktive Frau.

Meine Mutter dagegen war eine klassische Schönheit, wie man so sagt. Und Ana und ich hatten das Glück, ihr in jeder Hinsicht zu gleichen, wie alle, die uns kannten, bestätigten. Genau diese Ähnlichkeit rief meiner Meinung nach in Ana das Bedürfnis hervor, ständig mit mir zu wetteifern. In allem ahmte sie mich nach, sie sprach wie ich, bewegte sich wie ich, imitierte meinen Gang. Und sie wollte auch alles haben, was ich hatte, sei es ein Kleid, die Kapitänsbinde des Schulsportteams – oder Julián. Ich wiederum schenkte ihr keinerlei Beachtung. Was sie erst recht anzustacheln schien. Dauernd legte sie sich mit mir an, versuchte, mich herauszufordern und auf jedem erdenklichen Feld zu überflügeln.

Vor langer Zeit habe ich einmal gelesen, dass wir alle einen

Doppelgänger besitzen, dem wir normalerweise aber nicht begegnen. Falls das doch einmal passiert, muss einer von beiden sterben. Als gäbe es auf der Welt nicht genug Platz für beide. Ana und ich waren natürlich keine Doppelgängerinnen, schließlich kannten wir uns nicht nur, sondern lebten auch im selben Haus. Und trotzdem war es uns – beziehungsweise Ana – offensichtlich nicht möglich, den uns zur Verfügung stehenden Raum zu teilen. Platz war stets nur für eine. Sobald wir, weil Gott es so wollte, außerhalb unseres gewohnten Umfelds aufeinandertrafen, zwang Ana jeden, der außerdem noch dazukam, zwischen ihr und mir zu wählen.

Dass wir es kaum miteinander aushielten, zeigte sich besonders deutlich, als einige Monate vor Anas Tod wieder einmal das Sommerlager der Gemeinde bevorstand. Das Jahr über hatten wir an unterschiedlichen Jugendgruppen teilgenommen. Ich kümmerte mich um die Mädchen, die später gefirmt werden sollten, was Ana bereits hinter sich hatte. Ana wiederum war Mitglied einer Teenagergruppe, die auch Lía eine Zeit lang, allerdings weniger engagiert, besucht hatte. Als die Leiterin von Anas Gruppe bekanntgab, dass sie aus familiären Gründen dieses Mal nicht würde mitkommen können, bat Pater Manuel mich, ihre Aufgabe zu übernehmen. Ich brauchte nicht lange zu überlegen, ich fand die Idee verführerisch. Der Ort gefiel mir sehr – ich war schon oft dort gewesen –, die Vorstellung, eine Gruppe bereits älterer Mädchen anzuleiten, empfand ich als reizvolle Herausforderung, vor allem aber lockte mich der Gedanke, dass Julián zur selben Zeit anwesend sein würde. Wir verstanden uns immer besser, hatten uns unsere gegenseitige Zuneigung aber noch nicht gestanden.

Als ich die Neuigkeit zu Hause beim Abendessen bekanntgab, bekam Ana fast einen Nervenzusammenbruch. Schreiend erklärte sie, das sei ihre Gruppe, ich solle mich da raushalten, immer würde ich mich in ihre Sachen einmischen und alles kaputt machen. Sie versuchte, unsere Eltern auf ihre Seite zu ziehen, aber wie immer verhielten die sich neutral. Mama, weil sie der Meinung war, wir sollten unsere Probleme allein regeln, obwohl meine Schwestern regelmäßig beklagten, dass sie ohne ihre Unterstützung immer nur gegen mich verlieren würden. Was solls, ich war nun mal hartnäckiger, oder entschlossener, oder schlauer, oder einfach stärker als die beiden. Und wenn dem so war, hatte ich den Sieg auch verdient. So ging und geht es nun mal zu auf der Welt, auf die wir uns mit unseren geschwisterlichen Auseinandersetzungen vorbereiteten.

Papa dagegen mischte sich wohl deshalb nicht in unsere Streitigkeiten ein, weil sie ihm zu unbedeutend und banal erschienen. Mit seinen eigenen Gedanken beschäftigt, ließ er unsere Diskussionen ihren Lauf nehmen, bis wir uns irgendwann wieder einigermaßen beruhigt hatten, ohne dass er überhaupt mitbekommen hatte, worum es ging. Papa lebte glücklich und zufrieden in seiner Welt, die sich vor allem aus Lektüren speiste, während wir um ihn herumschwirrten, seinem Raum und seinem Schweigen jedoch stets größten Respekt entgegenbrachten. Sätze wie »Stört Papa nicht beim Lesen« oder »Stört Papa nicht, er denkt nach« bekam ich während meiner Kindheit und Jugend fast täglich zu hören. Wäre nicht die Sache mit Ana passiert, wäre Papa in Ehren gestorben, als das, was er zeitlebens vor allem sein wollte: ein anerkannter und allseits bewunderter Geschichtslehrer, der bis zum letzten Tag unaufhörlich gelesen hatte und stets bereit gewesen war, dazuzulernen. Über den Tod seiner jüngsten Tochter – seines »Kükens«, wie er sie nannte – kam er jedoch nie hinweg. Wie besessen versuchte er herauszufinden, wer ihr Mörder gewesen war, obwohl in Wirklichkeit gar kein Mord stattgefunden hatte.

Aber wie auch immer, an diesem Abend veranstaltete Ana ein solches Gezeter, dass Papa ausnahmsweise dazwischenging: »Was ist denn los? Seid ihr wirklich nicht imstande, euch zu einigen?«

Weder Ana noch ich reagierten auf seine Frage. Dafür sagte Ana, ohne die Augen von mir abzuwenden: »Wenn du mitfährst, bleibe ich hier.«

Worauf ich den Blick auf die dampfende Suppe in meinem Teller richtete und erwiderte: »Na gut, dann bleibst du eben hier.« In der Erwartung, dass sie wie bei anderen Gelegenheiten gleich vor Wut in die Luft gehen würde, sah ich sie kurz darauf wieder an und fügte hinzu: »Hat dich deine Freundin Marcela nicht eingeladen, mit ihr und ihrer Familie aufs Land zu fahren? Na prima, lass dir die Gelegenheit nicht entgehen.« Ich lächelte sie giftig an und wandte mich wieder meiner Suppe zu.

Ana stand auf, stieß dabei fast den Stuhl um – meine Mutter hasste das – und lief weinend aus dem Zimmer.

Lía wollte ihr hinterhereilen, aber meine Mutter befahl ihr, sitzen zu bleiben. »Schluss mit dem Theater!«, sagte sie, sah dann mich an und fuhr fort: »Ihr fahrt beide. Und ihr habt bestimmt eine tolle Zeit. Deine kleine Schwester macht ab und zu gern eine Szene. Keine Sorge, das geht vorbei. Vielleicht sollte sie Schauspielerin werden, begabt ist sie auf jeden Fall.« Wer weiß, ob Ana nicht eines Tages tatsächlich eine große Schauspielerin geworden wäre.

Wäre sie damals doch nur nicht mitgekommen! Die Hölle, die wir alle wenig später durchmachen mussten, wurde dort vorbereitet. Während der ersten Tage im Lager gingen wir uns so gut wie möglich aus dem Weg. Die Gruppe war groß, und wenn ich mich an Ana wenden wollte – zum Beispiel mit der Mahnung, pünktlich zum Morgengebet zu erscheinen, was ihr kaum je gelang –, sprach ich einfach alle Mädchen zusammen an, als hätten die Übrigen sich das Gleiche zuschulden kommen lassen. Die Spannung zwischen uns war trotzdem zu spüren. Nach und nach legte Ana ihre kämpferische Haltung jedoch ein wenig ab. Manchmal lachte auch sie über einen meiner Witze oder beteiligte sich an den von mir vorgeschlagenen Diskussionen und übernahm dabei, anders als sonst, nicht automatisch die Rolle des entschiedenen Widerparts. Ihr Blick hatte allerdings etwas Schelmisch-Verschmitztes, aber mir wurde erst hinterher klar, dass sie insgeheim etwas ausheckte. An dem Abend, als ich wegen einem Migräneanfall nicht ans Lagerfeuer kommen konnte, gab sie sich ungewohnt fürsorglich und liebevoll. Immer wieder sagte sie, ich solle mich ausruhen und mir keine Sorgen machen, alles werde gut werden. Endlich bot sich ihr die Gelegenheit, ihr Vorhaben umzusetzen, auch wenn ich das erst hinterher begriff. Fiebernd schlief ich die ganze Nacht durch. Als die Mädchen vom Lagerfeuer zurückkehrten, schlug ich zwar kurz die Augen auf, merkte jedoch nicht, dass Ana nicht bei ihnen war.

Über das, was in dieser Nacht zwischen meiner Schwester und Julián vorgefallen ist, spreche ich lieber nicht. Ich erfuhr es ohnehin erst später. Auch am nächsten Morgen fiel mir nichts Besonderes an Ana auf. Sie war ausgelassen und fröhlich, wie an den Tagen zuvor. Vielleicht ein wenig arrogant.

Gegen eine eigentlich völlig unbedeutende Anweisung von mir wehrte sie sich überraschend heftig. Nur um kurz darauf – am Rand des Fußballplatzes, wo die Jungen gerade eine Partie austragen wollten – unvermittelt zu verkünden: »Weißt du was, Carmen? Du hast recht, machen wir es so, wie du sagst.« Und das ohne jeden ironischen Unterton. Gleich darauf fing sie an, zusammen mit ihren Freundinnen die Jungs anzufeuern. Und auch der Rest des Tages verlief ohne weitere Zwistigkeiten.

Wer sich dagegen seltsam abweisend benahm, war Julián. Aber wie hätte ich ahnen sollen, was der Grund dafür war? Ich erklärte es mir mit unserem eigenen, ein wenig abrupt beendeten nächtlichen Abenteuer am Bach. Ich fand es schade, dass wir offenbar nicht einfach so weiter befreundet sein konnten. Den Wunsch, dass er mir zuliebe die Priesterlaufbahn aufgeben könnte, erlaubte ich mir damals noch nicht. Vielleicht hatte er mittlerweile aber auch bloß genug von all den Teenagern um ihn herum und sehnte sich nach dem Frieden des Seminars. Mit diesem Gedanken beruhigte ich mich jedenfalls.

Trotzdem fragte ich ihn irgendwann, ob etwas sei. Worauf er antwortete: »Ich bin erschöpft, sehr erschöpft.«

»Die sind auch wirklich anstrengend, diese Jungs«, sagte ich, »der totale Hormonstau.«

»Ja, jede Menge Hormone«, erwiderte Julián und senkte den Blick. Auf die Idee, dass er damit auch sich selbst meinen könnte, kam ich nicht.

Die Normalität nach unserer Rückkehr währte nur kurz. Denn schon bald fassten wir große Beschlüsse: Julián würde das Seminar abbrechen, wir würden heiraten, eine Familie gründen. Und zusammen so gute Katholiken sein, dass Julián kein schlechtes Gewissen zu haben brauchte, weil er seiner ursprünglichen Berufung nicht gefolgt war. Zugleich fing Ana an, mich hartnäckig über Julián auszufragen. Sie hegte, vermutete ich damals, den Verdacht, zwischen uns könne etwas sein. Warum er sich nie mehr blicken lasse, wann er endlich wieder einmal in die Gemeinde komme, an welchem Seminar er studiere. Als ich Julián eines Tages ein wenig entnervt davon erzählte, erwartete ich, dass er zu derselben Schlussfolgerung gelangen würde wie ich: Ana war neidisch. Zu meiner Überraschung sagte er zunächst gar nichts – und gestand dann völlig unvermittelt, was im Zeltlager vorgefallen war. Für mich war es ein brutaler Schock. Julián beschrieb, wie Ana sich an ihn herangemacht, wie sie die Gelegenheit genutzt hatte, dass ich nicht da war, mit welchen Tricks sie ihn verführt hatte. Auch von seinem sexuellen Begehren erzählte er, das er nicht habe unterdrücken können. Und dass es durch unseren Kuss geweckt worden sei. Er war sogar so dreist hinzuzufügen, dass er an mich gedacht habe, während er mit Ana zusammen gewesen sei. Das alles war in jeder Hinsicht niederschmetternd. Am liebsten hätte ich auf ihn eingeprügelt. Wie konnte er nur? Wieso musste er unseren gemeinsamen Traum dermaßen in den Dreck ziehen? Noch lieber aber wäre ich nach Hause gelaufen, um mich auf Ana zu stürzen und meine Wut in einem Kampf auf Leben und Tod an ihr auszulassen. Ich empfand Hass, Ekel, Scham. Und rasenden Zorn. Aufgewühlt ging ich davon. Julián wollte mich zurückhalten, aber ich schüttelte ihn ab. Mir war klar, dass Ana mich zum ersten Mal – jedoch in einem entscheidenden Punkt – besiegt hatte. Sollte ich zulassen, dass sie damit all meine Pläne zunichtemachte?

Nachdem ich mich halbwegs wieder gefasst hatte, kehrte ich zu Julián zurück und verkündete, dass wir uns dieser

Herausforderung gemeinsam stellen würden. Und dass wir sie auch gemeinsam bewältigen würden. Julián fing an zu weinen wie ein Kind. Ich umarmte ihn nicht und streichelte ihn auch nicht. Ich ließ bloß zu, dass er seinen Kopf auf meinen Schoß legte, als wir wieder auf der Bank saßen, wo wir uns getroffen hatten.

Ana erzählte ich von all dem kein Wort. Stattdessen versuchte ich, ihr möglichst aus dem Weg zu gehen. Jetzt kam es darauf an, Zeit verstreichen zu lassen, bis Julián das Seminar verlassen und Ana akzeptiert hatte, dass zwischen ihnen beiden nichts mehr war, sodass er endlich öffentlich als mein Verlobter auftreten konnte. So hatten wir es besprochen. Aber uns stand noch eine weitere Bewährungsprobe bevor. Eine viel schlimmere – Anas Schwangerschaft. Julián erfuhr davon, als sie zu ihm ins Seminar kam. Mir erzählte er es wenige Tage später. Diesem Schlag war ich nicht gewachsen. Verzweifelt betete ich und fragte Gott, warum er so etwas zulasse, was er damit bezwecke. Wenn dieses Kind zur Welt kam, bedeutete das das Ende meiner Träume. Unserer Träume. Eingreifen konnten wir nicht, weder Julián noch ich, im Körper meiner Schwester wuchs ein lebendiges Wesen heran, und das hatte Vorrang vor allem anderen.

Als die Sache endgültig verloren schien, fasste Ana den Entschluss, das Kind nicht zu bekommen. Und wir – wie ich immer noch mit Bedauern zugeben muss, obwohl wir es längst gebeichtet haben –, wir waren erleichtert. Für Julián und mich ist eine Abtreibung gleichbedeutend mit Mord, unsererseits hätten wir uns niemals dafür ausgesprochen, wie wir Ana in ihrem Entschluss auch niemals bestärkt hätten. Aber wir haben ihr freie Hand gelassen und uns damit der Sünde der Unterlassung schuldig gemacht. Denn im Grunde glaubten wir, womöglich unbewusst, dass dies der einzige Weg aus dem Labyrinth sei, in das Ana uns geführt hatte. Als sie durchblicken ließ, dass sie diese Möglichkeit erwog, riet ich Julián, sie nicht zu beeinflussen, seine Meinung für sich zu behalten, ihr weder zu- noch abzuraten, sodass es letztlich zweifelsfrei Anas Entscheidung wäre.

Ich half allerdings bei der Suche nach einem Ort, wo Ana die verfluchte Abtreibung durchführen lassen konnte. Dass sie auf eigene Faust herumfragte, war so riskant wie unvernünftig: Jemand, der uns kannte, hätte es mitbekommen, ja, Mama davon erzählen können, woraufhin unser Name in aller Munde gewesen wäre, egal, ob Ana letztlich abgetrieben hätte oder nicht. Ich bemühte mich also nach Kräften um Schadensbegrenzung. Und wo mir dies nicht gelang, tat ich, was ich konnte, um die Dinge wieder ins Lot zu bringen. Julián konnte ich im letzten Augenblick davon abhalten, einen Riesenfehler zu begehen – er wollte Ana zu der Abtreibung begleiten. »Bloß nicht! Und wenn dich jemand erkennt? Wenn jemand euch zusammen einen solchen Ort betreten sieht? Ana muss nun mal ein Risiko eingehen. Aber warum dann auch du? Ihr braucht euch nicht beide zu opfern. Beten wir zu Gott, dass niemand sie erkennt, wenn sie dort erscheint.«

Julián war vollkommen verängstigt und verwirrt. In diesem Zustand hätte er die schlimmsten Dinge anstellen können. Das zwang mich zu höchster Wachsamkeit – ich musste Anas Abtreibung viel mehr Aufmerksamkeit schenken, als ich ursprünglich vorhatte. Als es schließlich so weit war, blieb ich den ganzen Tag an Juliáns Seite und begleitete ihn auch zur Kirche. Pater Manuel war zwar bereits in unsere Beziehung eingeweiht, hatte jedoch um »äußerste Diskretion« gebeten.

Von Anas Vorhaben wusste er dagegen selbstverständlich nichts. Julián wirkte wie der reinste Zombie. Nur mit viel Zureden brachte ich ihn dazu, wenigstens ein paar Bissen zu sich zu nehmen. Alles, wozu er imstande war, war zu warten. Mittags rief Ana dann endlich an und teilte mit, dass die Sache erledigt sei. Kurz darauf meldete sie sich erneut und bat Julián, zu ihr zu kommen, angeblich fühlte sie sich schlecht. Was stellte sie sich vor? Dass Julián bei uns zu Hause erschien? Oder wollte sie in ihrem Zustand im Gemeindehaus auftauchen? Ich machte Julián klar, dass er sich keine Sorgen zu machen brauchte – ich würde zu Ana gehen, die keine Ahnung hatte, dass ich Bescheid wusste, und mich vergewissern, dass alles in Ordnung war und sie keine falschen Schritte unternahm.

Und das tat ich auch. Als ich zu Hause ankam, hatte Ana sich in ihr Zimmer zurückgezogen, das sie mit Lía teilte. Vorsichtig öffnete ich die Tür und spähte hinein. Sie war allein und schlief. So würde es auch den Tag über bleiben, denn Lía, die in Buenos Aires an der Universität mehrere Prüfungen ablegen musste, würde dort bis zum Wochenende bei einer Freundin übernachten. »Mit Hin- und Herfahren würde sie viel zu viel Zeit verlieren, die nutzt sie lieber, um zu lernen«, erklärte Mama. Lías Prüfungen waren mir in diesem Augenblick vollkommen egal, mich interessierte nur, wer von unserer Familie in den nächsten Stunden zu Hause sein würde. Zum Abendessen erschien Ana nicht. Ich bot an, ihr das Essen aufs Zimmer zu bringen. Als ich eintrat, schlief sie immer noch. Ich stellte das Tablett neben ihrem Bett ab, ging in mein Zimmer und legte mich ebenfalls schlafen.

Am nächsten Tag ging Ana nicht zur Schule. Das fand ich nachvollziehbar, was sie hinter sich hatte, war schließlich keine Kleinigkeit, und wenn sie sich schlecht fühlte, tat sie gut daran, nicht auch noch Aufmerksamkeit auf sich zu ziehen. Ich ging zum Unterricht und kam erst nach dem Mittagessen nach Hause. Den ganzen Nachmittag über verfolgte ich aufmerksam, was Ana machte. Ich hörte sie mehrmals ins Bad gehen. Mama sagte: »Diesen Monat hat sie offenbar furchtbar stark ihre Tage.« Ich nickte. Am späteren Nachmittag trank Ana eine Tasse Tee, die Mama ihr zusammen mit zwei Scheiben Toast aufs Zimmer brachte. Die Toasts wolle sie sich für später aufsparen, sagte sie. Und bat darum, sie nicht zu wecken, falls sie nicht zum Abendessen runterkomme, sie müsse sich erholen und wolle möglichst bis zum nächsten Morgen durchschlafen. Allmählich schienen die Dinge also ins gewohnte Gleis zurückzukehren, was ich mir natürlich auch für mich selbst erhoffte.

Kurz bevor es dunkel wurde, rief ich Julián an. Nicht um ihm die qualvolle Wartezeit zu verkürzen, sondern aus Sorge, er könne irgendwelchen Unfug anstellen, wenn er so lange nichts von mir hörte. Ich sagte, der Nachmittag sei so weit gut verlaufen, Ana werde bestimmt bis zum Morgen durchschlafen, und er solle das am besten auch tun. Was mich betraf, musste ich noch bei einer Kollegin in Burzaco ein paar Bücher abholen. Was letztlich über eine Stunde dauerte, viel länger als gedacht, da der Bus bei dem regnerischen Wetter und dem dichten Verkehr nur schlecht vorankam. In der Zwischenzeit rief Ana Julián im Gemeindehaus an und erwischte ihn, als er gerade ins Seminar zurückkehren wollte. Weil Julián mich nicht erreichen konnte, musste er selbst entscheiden, wie er weiter vorgehen sollte. Auf Anas Drängen hin verabredete er sich mit ihr in der Kirche. Bevor sie dort eintraf, holte er den Lieferwagen seines Vaters aus dem Geschäft. Falls es Ana wirklich so schlecht ging, wie sie am Telefon behauptet hatte, würde er sie ins Krankenhaus bringen. Aber in eins, das weit genug entfernt war, um sicher sein zu können, dass weder sie noch er dort Bekannten begegnen würden.

So kam es, dass Ana – während ich unterwegs war, um mir mehrere Bücher für eine Arbeit über verschiedene von lateinamerikanischen Bischofskonferenzen abgesegnete Lektionare auszuleihen – nur wenige Querstraßen von zu Hause entfernt auf einer Bank unserer Pfarrkirche San Gabriel starb. Keine zwei Tage nach dem Tod des kleinen Wesens, das sie im Leib getragen hatte. Als ich, ahnungslos, nach Hause zurückkehrte, ging ich sofort in Anas Zimmer, um nachzusehen, ob alles in Ordnung war. Zu meiner Überraschung war sie nicht da, doch obwohl ich mir Sorgen machte, fragte ich Mama lieber nicht, wohin sie gegangen war. Stattdessen rief ich Julián an, im Gemeindehaus. Als Pater Manuel den Hörer abnahm, legte ich gleich wieder auf. Als Nächstes versuchte ich es bei Juliáns Familie, aber auch dort war er nicht. Im Seminar anzurufen wagte ich nicht.

Mit den Nerven am Ende tigerte ich aufgeregt durchs Haus. Immer wieder blickte ich vom Wohnzimmerfenster aus auf die Straße, in der Hoffnung, Ana auftauchen zu sehen. Als Mama gerade mit einem Tablett in deren Zimmer hinaufgehen wollte, erinnerte ich sie daran, dass Ana darum gebeten hatte, sie schlafen zu lassen. Mama machte kehrt und verkündete, dass es in jedem Fall gleich Abendessen geben werde. Als ich daraufhin erneut ans Fenster trat, fragte sie: »Was ist denn? Warum siehst du dauernd raus?«

»Ich will bloß wissen, ob es immer noch regnet, morgen habe ich viel zu erledigen, und bei Regen könnte das ziemlich kompliziert werden«, log ich. Und sah bei den letzten Worten, dass Julián mit dem Lieferwagen seines Vaters vor unserem Haus vorfuhr. Das war noch nie vorgekommen und konnte nur bedeuten, dass etwas Ungewöhnliches passiert war.

Meine Mutter, die inzwischen in die Küche zurückgekehrt war, rief: »Kommst du? Papa isst auch mit.«

Schon auf dem Weg zur Haustür, griff ich nach einem Regenschirm und rief zurück: »Nein, Mama, ich fahr zu Adriana, ich hab was bei ihr vergessen. Lasst es euch schmecken, ich esse dann wahrscheinlich bei ihr.« Und ohne eine Antwort abzuwarten, ging ich hinaus.

Julián saß am Steuer und starrte mit ausdruckslosem Gesicht vor sich hin. Als ich die Beifahrertür öffnete und fragte, was los sei, brach er in Tränen aus. Ich stieg ein, legte ihm den Arm um die Schulter und fragte noch einmal, was denn sei. »Sie ist tot, Carmen. Ana ist tot.«

»Was sagst du?«, erwiderte ich fassungslos.

»Sie ist tot, sie lebt nicht mehr«, rief Julián und fing an, mit den Fäusten aufs Lenkrad einzuhämmern. Da brach auch ich in Tränen aus.

»Wohin hast du sie gebracht?«, fragte ich schluchzend.

»Nirgendwohin«, antwortete Julián und warf einen Blick zurück über die Schulter. Ich begriff nicht. Mir war ohnehin ein Rätsel, wie er es in seinem Zustand mit dem Wagen bis hierher geschafft hatte. »Ich hab sie nirgendwo hingebracht. Sie liegt hinten, im Laderaum. Ich hab sie tot in der Kirche gefunden, auf einer Bank. Da hab ich sie erst mal ins Auto geschleppt. Ich wusste nicht, was ich sonst hätte machen sollen.«

»Ja, Liebling«, versuchte ich ihn zu beruhigen, auch wenn mir bei der Vorstellung, dass meine tote Schwester in diesem Lieferwagen lag, ganz schlecht wurde. »Mach dir keine Sorgen.«

»Sie hat versprochen, dass sie niemandem sagt, von wem sie schwanger ist«, stammelte Julián, »aber was, wenn sie es doch getan hat?«

»Alles gut, Liebling«, versetzte ich und strich ihm übers Haar. »Und jetzt fahr los, Julián«, sagte ich mit letzter Kraft, »ich helfe dir.«

3

Seit dieser Nacht weiß ich, wie Blut wirklich riecht – wie Metall. Wer glaubt, das schon gewusst zu haben – durch die Menstruation, durch eine schwere Verletzung –, täuscht sich. Nichts davon riecht so, wie Anas Blut roch.

Eigentlich hatten wir nicht vorgehabt, ihren Körper zu zerstückeln. Aber es regnete, und da blieb uns nichts anderes übrig. In Wirklichkeit machten wir uns mit keinerlei festem Plan an die Arbeit; wir sahen uns vor vollendete Tatsachen gestellt und mussten uns etwas einfallen lassen. Da taten wir, was wir konnten. Dass es gelang, war Gottes Willen zu verdanken, nicht unserer Intelligenz oder Geschicklichkeit. »Vater, willst du, so nimm diesen Kelch von mir; doch nicht mein, sondern dein Wille geschehe!« Heutzutage könnten wir uns noch so sehr anstrengen – die Wissenschaft ist inzwischen so weit, dass sich Anas Abtreibung unmöglich würde verheimlichen lassen, da bin ich mir sicher. Die gerichtsmedizinischen Methoden des 21. Jahrhunderts bringen alles ans Licht. Vor dreißig Jahren, und erst recht in Argentinien – in einem Vorort von Buenos Aires, um genau zu sein –, war das aber noch nicht so.

Wir handelten wie in Trance, doch die Nachlässigkeit der für diesen Fall Zuständigen half uns. Außerdem, dass Pater Manuel zunächst mit dem Kommissar und dann auch mit dem Untersuchungsrichter sprach und sie – »als gute Katholiken« – um ein schnelles und diskretes Vorgehen bat, »aus Respekt vor der Familie des Opfers«. Ich weiß, dass er sich für uns einsetzte, er hat es Julián gegenüber bestätigt. Julián hatte ihm gebeichtet, dass Ana an den Folgen einer Abtreibung gestorben war. Der Pater betete für sie und bat Gott, ihr zu vergeben. Als ich einige Wochen später ebenfalls bei ihm beichtete, sagte ich unter Tränen: »Ich hätte Ana davon abhalten müssen, ich hätte nicht zulassen dürfen, dass sie dieses Kind tötet.« Pater Manuel tröstete mich mit den Worten: »Gottes Barmherzigkeit ist unendlich, wer bereut, dem vergibt er. Du hast Glück und kannst bei lebendigem Leib bereuen. Deiner Schwester war das nicht vergönnt.«

In der Nacht, als wir mit Anas Leiche im Laderaum vor unserem Haus parkten, brachte ich Julián schließlich mit viel Mühe dazu, loszufahren. Er stand immer noch unter Schock und würgte den Motor alle paar Minuten ab. Ich konnte damals noch nicht Auto fahren, aber ich hätte es in diesem Augenblick zweifellos besser hinbekommen als Julián. Beide waren wir durch Anas Tod und dessen schreckliche Umstände bis ins Mark erschüttert. Doch während Julián völlig neben sich stand, fühlte ich mich wie losgelöst von allem und eben dadurch imstande, die Dinge aus einem gewissen Abstand zu betrachten. Als hätte der Schmerz mich betäubt, konnte ich frei von jedem gefühlsmäßigen Einfluss handeln und dabei die Tatsache vollständig verdrängen, dass im Laderaum des Wagens, mit dem wir unterwegs waren, die Leiche meiner Schwester lag.

Ziellos fuhren wir durch das nächtliche Adrogué. Keiner sagte ein Wort. Julián klammerte sich krampfhaft ans Lenkrad, während ich durch die Windschutzscheibe auf die regennasse Straße starrte. Das leise Quietschen der Reifen auf dem feuchten Pflaster habe ich noch heute im Ohr. »Niemand darf erfahren, dass Ana an den Folgen einer Abtreibung gestorben ist«, sagte ich, als wir schließlich in die Hauptstraße einbogen. Statt zu antworten, fing Julián erneut an zu weinen. »Niemand«, wiederholte ich mit Nachdruck und wies Julián an, zum Bahnhofskiosk zu fahren. Bevor ich dort ausstieg, ließ ich mir Geld von ihm geben – in der Eile war ich nur mit dem Regenschirm von zu Hause aufgebrochen. Julián hatte zum Glück sein Portemonnaie dabei. Ich kaufte eine Schachtel Streichhölzer und Zigaretten. Nicht etwa, weil ich rauchen wollte, das hatte ich in meinem ganzen Leben noch nicht getan. Ich wollte bloß keine verdächtigen Spuren hinterlassen. Als ich wieder im Auto saß, sagte ich zu Julián, er solle weiterfahren; wohin, verriet ich vorläufig nicht. Ich hatte mir inzwischen aber schon einen Plan zurechtgelegt. Voraussetzung dafür war, dass noch ein wenig Zeit verstrich. Bis wir sicher sein konnten, niemanden mehr auf der Straße anzutreffen.

Nachdem Julián sich halbwegs beruhigt hatte – zumindest hatte er aufgehört zu weinen –, erklärte ich, was ich vorhatte: Wir würden Anas Leiche zu einem brachliegenden Grundstück mehrere Querstraßen hinter der Kirche bringen und sie dort anzünden, sodass anschließend kein Mensch würde feststellen können, woran sie in Wirklichkeit gestorben war. Julián widersprach mit keinem Wort. Als draußen tatsächlich alles ruhig schien, steuerten wir unser Ziel an. Dort angekommen, vergewisserte ich mich trotzdem für alle Fälle, dass nicht doch noch irgendwo jemand unterwegs war, was um die Uhrzeit und erst recht bei diesem Wetter aber nahezu ausgeschlossen werden konnte. Das von mir ausgewählte Grundstück war ursprünglich eine Pferdekoppel gewesen, die aber wegen Erbstreitigkeiten schon seit Jahren nicht mehr als solche genutzt wurde. Dafür spielten die Jungen aus der Umgebung hier regelmäßig Fußball, während die Erwachsenen den Ort als wilde Müllkippe missbrauchten. Wenn sich allzu viel Abfall angesammelt hatte, löste des Öfteren jemand das Problem, indem er einfach einen Teil davon in Brand setzte. Ein Feuer würde hier also keine besondere Aufmerksamkeit erregen.

Als wir schließlich die Tür des Laderaums öffneten und ich die tote Ana vor mir sah, stand ich eine ganze Weile lang wie gelähmt da. Julián hatte die Leiche auf eine der Transportdecken gelegt. Der Anblick der starren Gesichtszüge, die mit dem mir so vertrauten Lächeln meiner Schwester nichts zu tun hatten, war schwer zu ertragen. Als ich mich endlich wieder rühren konnte, klappte ich die Ränder der Decke über den toten Körper und sagte zu Julián, er solle ihn sich auf die Schulter laden. Dann ließ ich ihn vor mir das Gelände betreten. Ich folgte ihm. Von hinten sah es aus, als würde er einen zusammengerollten Teppich durch die Nacht schleppen.

Nachdem wir so ein Stück gegangen waren, forderte ich ihn auf, die Last abzulegen, zum Wagen zurückzukehren und ihn einige Querstraßen entfernt abzustellen, nicht, dass sich später jemand daran erinnern würde, in der Nähe des Fundorts der Leiche den Firmenwagen von »Electrónicos Varela« gesehen zu haben. Dann machte ich mich daran, mit den am Kiosk gekauften Streichhölzern die Decke anzuzünden, die Ana umhüllte. Es gelang erst nach mehreren Versuchen. In dem anhaltenden Nieselregen erlosch das Feuer jedoch schon nach kurzer Zeit. Als Julián zurückkam, schickte ich ihn gleich wieder los. Ich trug ihm auf, ein Stück von einer anderen Decke, ein Taschentuch oder was auch immer in den Tank zu stecken, sodass es sich mit Benzin vollsaugte. In der Zwischenzeit bemühte ich mich weiter, Anas Leiche in Brand zu setzen. Mit wenig Erfolg. Das Haar ging sofort in Flammen auf, was einen unerträglichen Geruch hervorrief. An allen übrigen Stellen blieben meine Versuche jedoch vergeblich.

Schließlich kehrte Julián mit einem benzingetränkten Stofffetzen zurück, und ich legte diesen auf Anas Schoß und zündete ihn an. Er brannte zwar etwas länger als die Transportdecke, zuletzt erwies der Regen sich aber auch in diesem Fall als stärker. Wenn ich Anas Körper tatsächlich so verunstalten wollte, dass sich nicht mehr erkennen ließ, was ihren Tod verursacht hatte, musste ich mir offensichtlich etwas anderes einfallen lassen. Als ich das zu Julián sagte, brach er wieder in Tränen aus. »Denk nach, Carmen, bitte, denk nach! Irgendwas musst du doch tun können«, schluchzte er hilflos. Aber sosehr ich mir auch das Hirn zermarterte, eine andere Möglichkeit, als die Abtreibung durch Verbrennungen zu vertuschen, fiel mir nicht ein. Bis auf einmal das Bild meines Keramikofens in mir aufstieg. Die Hitze, die er entwickelte, konnte sich mit der eines Krematoriums mühelos messen. Dort hinein müsste ich ja nur den Teil von Anas totem Körper stecken, der unkenntlich gemacht werden sollte – ich würde bloß aufpassen müssen, dass er nicht zu Asche zerfiel.

Ganz passte die Leiche nicht hinein, das war klar. Der Ofen war bloß einen halben Meter breit. Ich hatte ihn eines Tages aus Begeisterung fürs Töpfern gekauft. Später richtete mein Interesse sich jedoch mehr auf die Anfertigung von Metallskulpturen – Heilige, Engel oder Marienfiguren, die ihren Platz anschließend im Umfeld verschiedener Kirchen fanden. Für die Arbeit mit dem Metall hatte ich mir zusätzlich – wiederum von meinen eigenen Ersparnissen – einen hochwertigen Trennschleifer gekauft. Ich versuchte abzuschätzen, wie groß das Stück von Anas Leiche maximal sein durfte, damit es in den Ofen passte. Der Rumpf – ohne Kopf und Beine – müsste sich eigentlich ohne Schwierigkeiten unterbringen lassen. Die Arme brauchte ich dabei nicht einmal abzutrennen. Falls die Totenstarre es zuließ, konnte ich sie über dem Bauch kreuzen oder eng an den Seiten anlegen. Dann müsste ich insgesamt bloß drei saubere Schnitte durchführen: am Hals, und links und rechts auf Höhe der Leisten.

Als ich Julián mein Vorhaben erläuterte, fing er an, wie wild auf mich einzubrüllen. Ich musste ihn mit einer Ohrfeige zur Besinnung bringen, nicht, dass er am Ende die ganze Nachbarschaft auf uns aufmerksam machte. Was bildete er sich ein? Natürlich fand ich es selbst »pervers« und »abartig«, die eigene Schwester in Stücke zu schneiden – wie er sich ausdrückte. Ich war schließlich weder eine Psychopathin noch ein Lustmörder. Aber irgendwie mussten wir schließlich kaschieren, warum beziehungsweise woran Ana gestorben war, auch wenn wir ihren Tod nicht verursacht hatten. Und um das zu erreichen, musste sie zerstückelt werden, so einfach – und so grausam – war das.

»Siehst du eine andere Möglichkeit?«, fragte ich Julián, als er sich von der Ohrfeige einigermaßen erholt hatte. Er blieb stumm. »Na also«, sagte ich und fügte gleich darauf hinzu: »Das ist nicht Ana, so musst du es sehen. Ana ist nicht mehr da.« Julián erwiderte auch jetzt nichts, sondern starrte bloß hilflos auf seine Schuhe. Wahrscheinlich, um die Leiche meiner Schwester nicht ansehen zu müssen. »Das hier ist nur eine Hülle, der am wenigsten wichtige Teil von uns. Das, was zerfällt, wenn wir gehen. Ist es nicht so?« Julián nickte, sah mich aber weiterhin nicht an. »Ana ist tot«, fuhr ich fort, »sie ist von uns gegangen. Sie ist nicht mehr da, Liebling.« Erst bei dem Wort Liebling reagierte Julián.

Er blickte auf, sah mich an, trat auf mich zu und umarmte mich. Dann flüsterte er mir ins Ohr: »Ich kann das nicht, das kann ich auf keinen Fall.«

»Ich erledige es«, erwiderte ich, ohne mich aus seiner Umarmung zu lösen. Wir deckten Anas Leiche zu, gingen zum Lieferwagen zurück und machten uns auf den Weg zu mir nach Hause. Weder Julián noch ich hätten bei der Toten bleiben und Wache halten können: Julián musste fahren, und ich musste den Trennschleifer aus meiner Werkstatt holen. Dass um diese Uhrzeit andere Menschen auf dem Grundstück hätten herumstöbern und die Leiche entdecken können, war nahezu ausgeschlossen. Dagegen bestand durchaus die Gefahr, dass ein Tier auftauchte und sich über die Tote hermachte. Wir beteten zu Gott, er möge Anas Körper beschützen.

Bei mir zu Hause war alles dunkel. Meine Eltern schliefen wahrscheinlich schon. Gott sei Dank waren sie nicht noch einmal in Anas Zimmer gegangen, um nach ihr zu sehen, andernfalls wären sie jetzt bestimmt wach gewesen und hätten unruhig auf die Rückkehr ihrer Jüngsten gewartet. Ich stieg aus, sagte dabei zu Julián, er solle einmal um den Block fahren, und ging zu meiner im Garten gelegenen Werkstatt, um den Trennschleifer zu holen. Kaum stand ich, mit dem Gerät im Gepäck, wieder vor unserem Haus, kam Julián angefahren.

Ich stieg ein, und wir kehrten zu dem Grundstück zurück. Dort angekommen ließ ich Julián beim Wagen bleiben und Wache halten. Eigentlich wäre das nicht nötig gewesen, aber mir war es lieber, wenn er bei dem, was jetzt kam, nicht anwesend war. Womöglich wäre er im unpassendsten Augenblick in Ohnmacht gefallen.

Ich stellte mich über Anas Hals, ein Bein auf jeder Seite und ihr Gesicht im Rücken, um es nicht ansehen zu müssen. Dann schaltete ich das Gerät ein, die Diamantschleifscheibe setzte sich in Bewegung. Ich hielt sie an Anas Kehle und drückte nach unten. Sofort spritzte Blut hervor. Ich stellte mich breiter hin, um nichts abzubekommen. Zwecklos. Aber um meine Kleidung würde ich mich später kümmern. Wieder presste ich das Gerät auf den Hals meiner Schwester, überwand den Widerstand der Knochen und machte weiter, bis die Scheibe sich auf der anderen Seite in die Erde fraß. Dann richtete ich mich auf und ging mit kleinen, unsicheren Schritten zu beiden Seiten der Leiche vorwärts. Bei den Oberschenkeln angekommen, ging ich in die Hocke, knöpfte die angesengte Hose auf und schob sie bis über die Leisten hinunter. Da fiel mir auf, dass Ana immer noch ihre Stiefel anhatte. Aber warum auch nicht? Die Stiefel einer Toten. Die Stiefel meiner toten Schwester. Kopfschüttelnd setzte ich die Arbeit fort. Ana war feucht und kalt, von dem gescheiterten Versuch, sie anzuzünden, war keine Wärme in ihr zurückgeblieben. Sie war und blieb kalt wie der Tod. Ich trennte erst das eine, dann das andere Bein ab. Wieder spritzte das Blut, wieder fraß sich die Scheibe in die Erde. Innerhalb kurzer Zeit hatte ich Ana zerlegt.

Ich zog ihr den Slip samt einer blutdurchtränkten Binde aus und stopfte mir beides in die Tasche. Voller Ekel, aber ich wollte sichergehen, für den Fall, dass die Binde Reste des abgetriebenen Kindes enthielt. Dann ging ich zu Julián und schickte ihn zum Geschäft seines Vaters, Plastikfolie holen. Diesmal kam ich nicht mit, das Risiko war zu groß, dass der Blutgeruch Tiere anlockte. Ich kehrte zu der Leiche zurück und schob den Rumpf auf die Seite. Zwischen dem Kopf und den Beinen blieb eine Leerstelle. Als Nächstes hob ich den Torso an und schüttelte ihn, damit so viel Blut wie möglich herausfloss. Zuerst mit dem einen, dann mit dem anderen Ende nach unten. Anas Arme vollführten dabei seltsame und gänzlich unvorhersehbare Bewegungen. Trotzdem ließ ich sie lieber dran, noch einmal den Trennschleifer in Gang setzen wollte ich nicht.

Als kaum noch Blut aus dem Rumpf kam, schleppte ich ihn zum Rand des Grundstücks. Bei meiner Ankunft stieg Julián gerade mit zwei Rollen Plastikfolie unterm Arm aus dem Lieferwagen. Ich forderte ihn auf, die von mir auf dem Gelände zurückgelassenen Reste mit Folie zu bedecken, wegen der Tiere. Doch beim Anblick des Rumpfes, an dem noch die beiden Arme hingen, wurde er leichenblass und musste sich übergeben. Er war wirklich zu nichts zu gebrauchen. Also sagte ich, er solle wieder einsteigen. Dann rollte ich ein Stück Folie ab, legte Anas Torso darauf und wickelte ihn ein wie ein Stück frisch geschlachtetes Fleisch. Als ich fertig war, rief ich Julián zu Hilfe. Zusammen verstauten wir den eingepackten Rumpf und die Folienrolle im Laderaum. Anschließend kehrte ich zu den verbliebenen Teilen von Anas Leiche zurück und breitete ein Stück Folie der anderen Rolle darüber aus. Für alle Fälle beschwerte ich sie mit ein paar Steinen. Dann ging ich wieder zum Wagen, und wir fuhren zu uns nach Hause.

Diesmal bat ich Julián, mit mir auszusteigen. Es war fast zwei Uhr morgens, meine Eltern schliefen bestimmt tief und fest. Trotzdem wollte ich, dass Julián vor dem Eingang zur Werkstatt Wache hielt, um mir Bescheid zu geben, falls meine Eltern wider Erwarten doch auftauchten. Irgendeine Ausrede für seine Anwesenheit würde uns schon einfallen, Hauptsache, meine Eltern bekamen nicht mit, was in Wirklichkeit hinter der Werkstatttür vor sich ging. Zusammen trugen wir den Torso zum Ofen, dann ging Julián wieder hinaus. Ich wickelte das Fleischpaket aus, streifte die noch verbliebenen Kleider ab und warf sie auf die Folie. Dann hievte ich Anas Rumpf in den Ofen. Es dauerte eine Weile, bis ich ihn in Position gebracht hatte, die Arme mit unterzubringen kostete mich einige Mühe. Schließlich schaltete ich den Ofen an, stellte die Höchsttemperatur ein – 1200 Grad – und wartete.

Schon bald erfüllte der unerträgliche Geruch von verbranntem Fleisch den Raum, noch schlimmer als der Blutgeruch zuvor. Ich setzte mich auf den Boden und fing an zu weinen. Später betete ich und flehte Gott an, mir genügend Kraft zu verleihen. In regelmäßigen Abständen öffnete ich mit zugehaltener Nase die Ofenklappe, um nachzusehen, wie sich die Sache entwickelte. Wie lange ich tatsächlich so beschäftigt war, kann ich nicht sagen, vielleicht bloß wenige Minuten. Mir kam es wie eine Ewigkeit vor. Als der Rumpf sich schließlich in ein unidentifizierbares, verkohltes Etwas verwandelt hatte, rief ich Julián, damit er die Folie und Anas Kleider in den Wagen schaffte und mir anschließend noch eine Transportdecke brachte. Mithilfe eines Spatens, der in einer Ecke des Schuppens stand, holte ich den Torso aus dem Ofen. Ich wickelte ihn in die Decke und ließ Julián ihn zum Lieferwagen bringen. Dann füllte ich ein schon seit Langem herumstehendes, noch ungebranntes Tongefäß mit allen möglichen Kunststoffteilchen, die sich in der Werkstatt fanden, und stellte das Ganze in den Ofen. Falls am nächsten Tag jemand fragen sollte, was denn da in der Nacht so seltsam gerochen habe, würde ich darauf verweisen, dass ich gerade dabei sei, mit einer neuartigen Materialmischung zu experimentieren …

Fünf Minuten später schaltete ich den Ofen aus und ging eilig zu Julián, der im Lieferwagen saß und auf mich wartete. Als wir wieder bei dem verlassenen Grundstück ankamen, schleppten wir den eingewickelten Rumpf zurück zu den anderen Resten von Anas Körper. Wir räumten die Steine und die Folie beiseite. Alles war unversehrt, weder Hunde noch Ratten hatten sich daran zu schaffen gemacht. Daraufhin platzierten wir den Torso wieder zwischen dem Kopf und den Beinen. Mehr konnten wir nicht tun. Also machten wir uns auf den Rückweg, um, soweit das überhaupt möglich war, ein wenig auszuruhen und abzuwarten, bis Anas zerstückelte Leiche gefunden wurde. Julián fiel die Aufgabe zu, gleich am Morgen bei der Polizei anzurufen und – natürlich ohne sich zu erkennen zu geben – den genauen Fundort zu nennen. Außerdem ließ ich ihn schwören, dass er die Folien, die blutigen Decken und Anas wie auch seine Kleidung unauffindbar verschwinden lassen würde, was ich meinerseits mit meinen Kleidern und dem Inhalt meiner Tasche zu tun versprach. Selbstverständlich würde er auch den Lieferwagen gründlich reinigen.

Als er mich zu Hause abgesetzt hatte, schlich ich vorsichtig zuerst ins Bad, wo ich mich wusch, und anschließend in mein Zimmer. Alles tat mir weh, ich war völlig zerschlagen. Hastig zog ich mich um, versteckte die schmutzigen Kleider ganz unten im Schrank und sank erschöpft aufs Bett. Mir war klar, dass ich trotzdem kein Auge würde zutun können. Ich hatte meine Pflicht erfüllt. Vorwürfe machte ich mir nicht, ebenso wenig verspürte ich irgendwelche Schuldgefühle. Allerdings hatte ich immer noch den Geruch von Anas Blut und ihrem verbrannten Fleisch in der Nase. Jedes Mal, wenn ich kurz davor war, doch noch von der Müdigkeit überwältigt zu werden, vernahm ich plötzlich das Kreischen des Sägeblatts, das in die Knochen drang, und fuhr erschrocken zusammen.

Früh am Morgen hörte ich, wie meine Mutter zu meinem Vater sagte, Ana sei nicht in ihrem Zimmer. Worauf mein Vater erwiderte, dann solle sie doch bei ihren Freundinnen anrufen. Aber noch bevor meine Mutter den ersten Versuch unternehmen konnte, klingelte das Telefon. Es war jemand von der Polizei, mit der Nachricht, Anas Leiche sei zerstückelt und halb verkohlt auf einem verlassenen Grundstück aufgefunden worden. Verzweifelt schreiend gab meine Mutter meinem Vater weiter, was man ihr gerade am Telefon mitgeteilt hatte. Julián hatte seine Aufgabe also erfüllt, wenigstens das. Auf Mamas Schreie hin stand ich auf und verließ mein Zimmer. Mein Vater schloss mich schluchzend in die Arme und rief: »Ana ist ermordet worden!« Da fing auch ich hemmungslos zu weinen an.

Schon bald trafen die ersten Nachbarn ein, die von dem schrecklichen Ereignis gehört hatten. Gegen Mittag kam auch Lía. Die Nachbarin von gegenüber kommentierte, sie habe nachts einen seltsamen Geruch bemerkt, »wie von verbranntem Fleisch«. Aber niemand glaubte ihr. »Die Verbrennungen sind der Toten viel zu weit weg von hier zugefügt worden, mehrere Querstraßen von der Kirche entfernt, das kann unmöglich bis hierher gerochen haben«, hielt ihr jemand entgegen. Die Frau war schließlich selbst überzeugt, sie habe das Ganze bloß geträumt – oder sie besitze übernatürliche Fähigkeiten … Und für den Inhalt meines Keramikofens interessierte sich kein Mensch.

Gottes Wille geschah, wenigstens dieses eine Mal. Er ließ den Kelch nicht an mir vorübergehen, aber *sein* Wille geschah, nicht meiner. Und sonst nichts.

Epilog: Alfredo

Religiös motivierte Gewalt tritt in den vielfäl-
tigsten und unterschiedlichsten Formen auf.

JEAN-PAUL GOUTEUX, *Apologie du blasphème*

Liebe Lía, lieber Mateo,

wenn ihr diesen Brief lest, heißt das, dass ihr euch gefunden und beschlossen habt, ihn gemeinsam zu lesen. Die Vorstellung, dass ihr zusammen seid, macht mich, jetzt, wo mein Tod kurz bevorsteht, glücklich. So glücklich, dass ich anfange zu weinen und meine Tränen auf dieses weiße Blatt Papier fallen, das sich allmählich mit Wörtern füllt.

Dass ihr die anderen beiden Briefe, den an dich, Lía, und den an dich, Mateo, bereits – jeder für sich – gelesen habt, davon gehe ich aus. Falls ihr, wie ich mir ausmale, eine liebevolle familiäre Beziehung aufbaut, werdet ihr noch genug Zeit finden, um diese Briefe auszutauschen. Darin habe ich ziemlich dick aufgetragen, ich hoffe aber, ihr verzeiht mir altem Mann die Gefühlsduselei. Für die ich mich andererseits nicht schäme. Ich hatte euch noch so viel zu erzählen, aber wie ihr seht, reichen auch diese Briefe nicht aus, um alles zu sagen, was ich sagen wollte. Wer weiß, vielleicht ergibt sich ja eines Tages die Gelegenheit, und wir können unsere Gespräche fortsetzen. Falls ihr, meine geliebten Atheisten, über den letzten Satz lachen müsst – bitte schön, nur zu, Lachen ist heilsamer als egal welche Religion.

Für diesen letzten Brief habe ich mir drei Themen aufgespart, die ich mit euch besprechen möchte, als wäre ich jetzt bei euch und würde mich mit euch unterhalten – den Tod, die Liebe und den Glauben.

Ich fange mit dem Tod an. Mit Anas Tod, genauer gesagt,

der unsere Familie dreißig Jahre lang umgetrieben hat. Heute, kurz bevor ich selbst sterben muss, weiß ich, was meiner Tochter damals zugestoßen ist, Ana, meinem Küken. Unserer Ana. Die Antwort auf die Frage, wer sie umgebracht hat und warum, nach der ich so viele Jahre verzweifelt auf der Suche war, fiel noch viel schmerzvoller aus, als ich gedacht hatte. Eben deshalb frage ich mich seitdem, ob ich sie euch mitteilen soll oder nicht. Auch jetzt, wo ich dies schreibe, frage ich mich das; und ich werde es mich, nach Beendigung dieses Briefes, noch in dem Augenblick fragen, in dem ich spüre, dass ich meinen Körper verlasse.

Andererseits – woher nehme ich das Recht, euch diese Antwort vorzuenthalten? Woher nehme ich das Recht, euch weiterhin mit dem Zweifel und der Lüge leben zu lassen, nur um euch neuerlichen Schmerz zu ersparen? Wenn man uns die Wahrheit vorenthält, hört der Schmerz nie auf. Was damit passiert, wenn man die Wahrheit erfährt, weiß ich nicht, die mir verbleibende Zeit ist zu kurz, um es herauszufinden. Dass ich unheilbar krank bin, war mir von Anfang an klar, ich bildete mir aber ein, bis zu meinem Tod bliebe mir noch eine Weile. Und als ich mir schließlich klargemacht hatte, dass es keine andere Möglichkeit gibt, als euch zu sagen, was ich herausgefunden habe, teilte mein Arzt mir mit, dass ich nur noch wenige Wochen zu leben habe. Da kam ich mir auf einmal ziemlich egoistisch vor – mein Schmerz wird vorbei sein, sobald ich tot bin. So wie alle meine Schmerzen. Wenn ihr diesen Brief lest, werde ich nicht mehr wegen Anas Tod leiden. Aber was wird für euch leichter zu ertragen sein – der alte, schon bekannte, oder der neue Schmerz?

Ihr Lieben, euch die Wahrheit mitzuteilen, kann ich mir nur unter der Bedingung vorstellen, dass ihr dabei zusammen seid. Ich weiß, dass ihr einander brauchen werdet, um über das, was passiert ist, sprechen zu können, um zu akzeptieren, dass es sich nicht rückgängig machen lässt, und um daraufhin, jawohl, ein neues Leben anzufangen. Vom Schmerz einmal abgesehen, soll diese Wahrheit dafür sorgen, dass eure Wunden endlich heilen können. Wenn ich mir euch beide getrennt vorstelle, jeden für sich allein, tut mir das weh. Wenn ich mir euch zusammen vorstelle, weiß ich, dass ihr es überstehen werdet.

Ana ist nicht ermordet worden. Jedenfalls war ihr Tod, juristisch gesehen, kein Mord. Ana starb nach einer heimlichen Abtreibung. An Gasbrand, einer bakteriellen Infektion, die sie daraufhin bekam und die zu einer Sepsis führte. Dass sie starb, weil sie mit siebzehn schwanger wurde, das Kind nicht bekommen wollte und deshalb, nur in Begleitung einer gleichaltrigen Freundin, an einem völlig ungeeigneten Ort eine Abtreibung durchführen ließ, dafür trage in meinen Augen ich die Verantwortung – ich bin schuld an Anas Tod. Ich bin dafür verantwortlich, dass sie mir nicht sagen konnte, dass sie schwanger war, und das Kind nicht bekommen wollte. Ich hätte da sein und ihr helfen müssen, dieses Problem unter angemessenen Bedingungen zu lösen. Es hätte in meiner Verantwortung gelegen, dafür zu sorgen, dass meine Töchter sich mit ihren Fragen und Schwierigkeiten an mich wenden können. Über dieses Thema, wie auch über viele andere, haben wir nie geredet. Das Wort »Abtreibung« habe ich bei uns zu Hause niemals verwendet. Falls es doch einmal jemand aussprach, habe ich dazu geschwiegen, während meine Frau, die Mutter meiner Töchter, lautstark ihr Entsetzen zum Ausdruck brachte. »Abtreibung« galt in unserer Familie nicht als unanständiges Wort, es war vielmehr ein streng verbotenes Wort. Heute komme ich mir deshalb wie ein Heuchler vor, denn hätte ich gewusst, was mit Ana los war, hätte ich ihr selbstverständlich geholfen, die Schwangerschaft abzubrechen. Ich hätte das auch gegen den Widerstand ihrer Mutter getan, die sich durch ihren katholischen Glauben gezwungen gesehen hätte, zwischen dem Gehorsam gegenüber Gott und ihrer Tochter zu wählen – und ich weiß, wofür sie sich entschieden hätte. Das werfe ich ihr heute nicht vor, Dolores hatte man von klein auf feste Vorstellungen von Gut und Böse eingetrichtert, und dementsprechend verhielt sie sich. Gut und Böse sind allerdings, wie ihr wisst, relative Begriffe. Für gewöhnlich erlauben die Religionen es einem aber nicht, selbst darüber nachzudenken, wie es sich damit verhält.

Als Vater hätte ich Ana das Gefühl vermitteln müssen, dass sie mir vertrauen kann, ich hätte ihr beibringen müssen, sich auf sich selbst und ihr eigenes Urteil zu verlassen und sich nicht zu schämen, wenn sie nicht mit allem einverstanden ist, was die Religion verkündet, in der wir sie erzogen haben. Und erst recht nicht mit dem, was deren Priester verkünden. Weder was Abtreibungen angeht noch in Bezug auf die vielen anderen Fragen, bei denen Religionen einen zwingen wollen, nur in eine Richtung zu denken, und das kollektiv und irrational. Weil ich all das versäumt habe, bin ich, ihr Vater, verantwortlich für Anas Tod. Das ist meine Schande. Das sage ich aber nicht, um Mitleid zu erregen. Bloß nicht! Gerade dadurch bietet sich mir vielmehr noch einmal die Gelegenheit, meine Würde zu wahren: Indem ich mein Versagen eingestehe, den Schaden, den wir unseren Mitmenschen zufügen können, wenn wir sie keinen anderen Weg einschlagen lassen als den, den wir für den einzig richtigen halten.

Bestimmt fragt ihr euch, warum jemand sich dann die Mühe gemacht hat, Anas Körper zu zerstückeln und ihm Verbrennungen zuzufügen, obwohl sie schon tot war. Das hat mit dem anderen Teil der Wahrheit zu tun: Ana war während des Zeltlagers schwanger geworden, in dem sie im Sommer vor ihrem Tod gewesen war. Und zwar von Julián. Für Mateo muss es besonders schlimm sein, das zu erfahren. Das tut mir leid. Aber die Rolle seines Vaters in dieser Geschichte kann ich unmöglich übergehen. Nachdem ich die Wahrheit erfahren hatte, sprach ich mit Julián, und er gab alles zu – was hätte er in dieser Situation auch sonst tun sollen? Als Ana schwanger wurde, ging er noch aufs Seminar. Er wollte ja Priester werden. Wie er selbst sagte, warf ihn das unvorhergesehene Ereignis völlig aus der Bahn – das Seminar abzubrechen, kam für ihn nicht infrage. Er verwies darauf, dass er gegen eine Abtreibung gewesen sei, sprach in diesem Zusammenhang auch von »Sünde« – ja, für ihn sei Abtreibung eine Todsünde. Trotzdem, erklärte er, um sich zu rechtfertigen, habe er Anas Entscheidung respektiert, obwohl sie mit seinem Glauben unvereinbar war. Er habe sie nicht daran gehindert, ihren Entschluss auszuführen. Das habe sie »völlig frei entschieden«, wie er sich ausdrückte. Was nicht besonders passend klingt, wenn man bedenkt, dass sie gerade mal siebzehn war. In Wirklichkeit überließ er sie einfach ihrem Schicksal, beziehungsweise ließ er zu, dass sie das von ihm gezeugte Kind an einem Ort abtrieb, der in keiner Weise medizinischen und hygienischen Anforderungen entsprach. Und auch, als sich später die tödliche Infektion in ihr ausbreitete, unternahm er nichts, um ihr zu helfen.

Was das Verstümmeln und Verbrennen von Anas Leiche angeht, behauptet Julián, das sei die Tat der Leute gewesen, die

die illegale Abtreibung durchgeführt hatten, auf diese Weise hätten sie mögliche Spuren auslöschen wollen. Das habe ich ihm aber nicht abgenommen – er zitterte am ganzen Leib, als er es erzählte. Doch weder bei dieser noch bei späterer Gelegenheit habe ich mehr aus ihm herausbekommen. Er fing bloß an zu weinen und sagte immer wieder: »Ich war es nicht, ich war es nicht.« Und das habe ich ihm tatsächlich geglaubt, denn den Mumm, einen Körper zu zerstückeln – sei er tot oder lebendig –, hat er auf keinen Fall. Was dagegen seine Behauptung angeht, er habe das alles »Anas gutem Ruf zuliebe« verschwiegen, gilt natürlich auch, dass ihm selbst sehr daran gelegen war, dass nicht herauskam, woran meine Tochter tatsächlich gestorben war.

Ich habe mich an einen freiberuflichen Forensiker gewandt und bin mit seiner Hilfe den Fall noch mal in allen Einzelheiten durchgegangen, wir haben zusammen überlegt, wer als Täter infrage kommen könnte, sei es in Juliáns Auftrag oder auf eigene Faust, um ihm zu helfen. Wir haben eine Liste erstellt: Juliáns Vater, seine Brüder, der eine oder andere Seminarist. Mehrmals bin ich in das Elektrogeschäft seines Vaters gegangen und habe so getan, als wollte ich etwas kaufen. Und jedes Mal habe ich den aus der Familie, der gerade da war, genau angesehen, in der Hoffnung, an seiner Reaktion ablesen zu können, ob er der Betreffende war. Ich muss aber zugeben, dass ich nichts außer Mitleid habe wahrnehmen können, Mitleid mit mir altem Mann, den alle dort bestimmt für verrückt hielten.

Aber auch wenn er Ana nicht eigenhändig zerstückelt und verbrannt hat, ist Julián – genau wie ich – für ihren Tod verantwortlich. Weil er nicht an ihrer Seite war, weil er sich vor, während und nach der Schwangerschaft nicht um sie gekümmert hat, weil er sie hat sterben lassen. Er wusste Bescheid, aber unternommen hat er nichts.

Carmen kann ich nicht verstehen, es ist mir unbegreiflich, dass sie ihn geheiratet hat, obwohl auch sie Bescheid wusste. Sie ist zwar meine Tochter, und dennoch empfinde ich sie als fremd und unnahbar – befreundet sein könnte ich mit so jemandem nicht. Dieses Gefühl hatte ich schon immer, ich wollte es mir bloß nicht eingestehen. Ein Vater muss alle seine Kinder gleich lieb haben, sagt man. Ich habe mir immer eingeredet, dass es an ihrem tiefen, geradezu fanatischen katholischen Glauben liegt; dass das uns trennt. Aber es war nicht nur das. Nachdem Julián zugegeben hatte, dass er für Anas Tod mitverantwortlich ist, konnte ich nicht länger so tun, als würden Carmen und ich nicht verschiedenen Welten angehören. Carmen wusste, wie und woran ihre Schwester gestorben war, Julián hatte es ihr erzählt. Und sie hat ihm vergeben und geschwiegen. Dieser Pakt, das Paar, das die beiden bilden, hat etwas Rätselhaftes, Dunkles, für mich Ungreifbares, nicht zu Entschlüsselndes. Vielleicht will ich es auch gar nicht entschlüsseln, oder ich habe nicht den Mut dazu. Was die beiden dermaßen eng miteinander verbindet, ist mir ein Rätsel. Liebe ist es nicht, auf etwas so Düsterem kann keine Liebe beruhen. Aber ich komme nicht dahinter.

Ich glaube, wir alle dringen normalerweise nur so weit zur Wahrheit vor, wie wir es ertragen können. Keinen Schritt weiter, dazu fehlt uns der Mut. Unser Überlebenstrieb bewahrt uns davor, diese Grenze zu überschreiten. Auch wenn ich nur noch kurze Zeit zu leben habe, hat mein Instinkt mich nur bis zu dem Punkt gelangen lassen, den ich euch gerade beschrieben habe. Was Julián und Carmen betrifft, so kann ich ihnen nicht vergeben, egal, was vor oder nach Anas Tod geschehen sein mag. Dass sie nicht gesagt haben, was sie wussten, und zugelassen haben, dass ich mich dreißig Jahre lang Tag und Nacht mit der Frage herumquälen musste, wer meine Tochter ermordet hat und warum, kann ich ihnen nicht verzeihen.

Erlaubt mir noch einen Gedankengang. Anas Geschichte hat etwas unglaublich Paradoxes: Vor dem Gesetz ist sie die Einzige, die ein Verbrechen begangen hat – sie hat abgetrieben. Und die Ärzte natürlich, die ihr dabei geholfen haben. Mir dagegen, ihrem Vater, der zugelassen hat, dass sie in einer Umgebung aufwuchs, in der das Wort »Abtreibung« nicht einmal ausgesprochen werden durfte, ist in gesetzlicher Hinsicht nichts vorzuwerfen. Ihrer Mutter, der die Religion wichtiger war als alles Übrige, selbst ihre Familienangehörigen, genauso wenig. Nicht einmal Julián, der sie hat sterben lassen, ohne ihr beizustehen. Und Carmen auch nicht.

So weit, was ich über Anas Tod habe herausfinden können. Ich hoffe, es war richtig, es euch zu erzählen. Aber ich weiß, dass ihr zusammen mit dieser Wahrheit fertigwerden könnt.

Sprechen wir jetzt über die Liebe. Ich muss gestehen, dass ich mich wenige Monate vor meinem Tod verliebt habe. Ich glaube, zum ersten Mal in meinem Leben. Denn was ich diesmal fühle, lässt sich mit dem, was ich bisher für Liebe gehalten habe, nicht vergleichen. Nicht einmal mit meinen Gefühlen – vor vielen Jahren – für deine Mutter, Lía, beziehungsweise deine Großmutter, Mateo. Zu Beginn unserer Beziehung waren Dolores und ich gerade einmal fünfzehn, eigentlich also noch Kinder. Später haben wir die Beziehung gewissermaßen aus Gewohnheit aufrechterhalten, aus gegenseitiger Wertschätzung, weil wir uns keine andere Art der Liebe vorstellen konnten. Jetzt weiß ich jedoch, dass Liebe auch etwas ganz anderes sein kann. Ich habe mich in Marcela verliebt,

Anas Freundin. Ich hoffe, ihr macht mir keine Vorwürfe wegen des Altersunterschieds. Nein, das werdet ihr nicht tun. Marcela weiß nicht, dass ich mich in sie verliebt habe. Oder vielmehr, sie weiß es, aber sie vergisst es immer wieder. Denn durch einen Unfall, der ihr am Tag von Anas Tod widerfahren ist, leidet sie unter »retrograder Amnesie«, das heißt, seitdem kann sie sich nichts Neues mehr merken. Sie kann sich zum Beispiel nicht daran erinnern, dass gestern, oder auch erst vor ein paar Stunden, ein älterer Herr zu ihr gesagt hat, dass er sie liebt. Dass er das jeden Tag sagt, wenn sie sich verabschieden: »Ich liebe dich.« Trotzdem werde ich das auch künftig jeden Tag zu ihr sagen, bis ich sterbe. Und ich werde sie bitten, sich das nicht aufzuschreiben. Nur indem sie sich Dinge aufschreibt, in ein Notizbuch, kann sie sich später daran »erinnern«. Aber ich möchte, dass sie in dieser Hinsicht frei ist, sie soll Tag für Tag von sich aus entscheiden, ob sie mich ihrerseits liebt oder nicht. Als Geschenk werde ich dafür immer wieder das Leuchten in ihren Augen wahrnehmen können, das aufblitzt, wenn man sich zum ersten Mal geliebt weiß.

Marcela hat Ana damals zu der Abtreibung begleitet. Auf sie konnte meine Tochter sich verlassen. Und Marcela hat sie nicht enttäuscht. Sie war bei ihr, hat ihre Hand gehalten, während sie auf der Liege lag, und sie wieder nach Hause gebracht. Ana ist in ihren Armen gestorben, in der Kirche. Marcela hat sie dabei gestreichelt. Kein Wunder, dass ich mich in sie verliebt habe.

Und dann ist da noch der Glaube. Ich weiß, ihr seid beide Atheisten. Ihr habt eine Reihe von Büchern gelesen, die ich euch empfohlen hatte. Ich bin froh, dass ihr euch von einer religiösen Bindung befreit habt, die euch durch unsere Familie aufgezwungen wurde. Es braucht Mut, um an nichts zu glauben, ich bin stolz auf euch. Ich bewundere euch. Trotzdem muss ich zugeben – jetzt, kurz vor dem Aufbruch –, dass mein Verstand mir zwar sagt, dass es keinen Gott gibt, und dennoch befallen mich manchmal Zweifel. Weil ich das so will. Wäre ich noch jünger und nicht unheilbar an Krebs erkrankt, würde ich mich auch zum Atheisten erklären. Der Zeitpunkt ist aber vorbei, ich bin jetzt achtzig Jahre alt. Und werde schon in wenigen Tagen sterben. Also habe ich das Bedürfnis, zu glauben. Ich sehne mich danach, zu glauben.

Vielleicht ist der Glaube ja auch nur ein billiger Trick, wie so vieles, das unser Leben in Gang hält. Nach meinem Tod würde ich gerne feststellen, dass es sehr wohl noch etwas anderes gibt. Einen von Gott – zu welcher Religion auch immer er gehören mag – geschaffenen Ort. Oder einen von uns geschaffenen Ort. Jedenfalls einen Ort, wo wir uns wiedersehen, und zwar für immer. Vielleicht ist die Luft dieser Ort, oder das Wasser, oder der Sonnenuntergang, oder das Herz der Menschen, die noch am Leben sind. Diesem »Gott« – oder wie auch immer ihr ihn bezeichnen wollt – sollte jeder seine eigene Kathedrale errichten. Marcelas Kathedrale würde wahrscheinlich aus lauter schwarzen Schmetterlingen bestehen. An den Wänden von Anas Kathedrale würden dagegen lauter Zeichnungen von ihr hängen. Lías Kathedrale wäre statt aus Ziegelsteinen aus Büchern erbaut – aus Büchern, von denen man sich jederzeit eines aus der Wand ziehen könnte, ohne dass das Gebäude deshalb einstürzt. Und Mateos Kathedrale bestünde aus lauter aneinandergereihten Fragezeichen ... Meine Kathedrale dagegen würde ich aus all den Wörtern errichten, die ich beim Aufbruch mitnehmen möchte, wohin auch immer. Einige meiner Lieblingswörter würde ich an die Wand schreiben: »Santarritas« und »Bougainvilleen« zum Beispiel. Und eure Namen, »Lía« und »Mateo«.

Dort werde ich sein. Vielleicht treffen wir uns ja eines Tages in meiner Kathedrale, oder in eurer. Hoffentlich erkennen wir – was auch immer wir dann sein mögen – uns wieder, wenn es so weit ist. An unserem Wesen, an dem, was wir waren und was wir immer sein werden.

Ich hoffe, ich sehe euch wieder. Und Ana auch, mein Küken, das seinen Tod nicht verdient hatte. Wenn nicht, heißt das, dass ihr, meine lieben Atheisten, recht habt und nach diesem Leben nichts mehr kommt, so wenig mir die Vorstellung behagt.

Ich liebe euch, für immer und ewig.

Alfredo

Danksagung und Hinweise

Danke.

Den ersten Lesern von *Kathedralen:* Marcelo Piñeyro, Marcelo Moncarz, Débora Mundani, Karina Wroblewski, Ricardo Gil Lavedra, Lucía Saludas, Tomás Saludas.

Tomás Saludas außerdem vielen Dank für den Hinweis auf mehrere Bibelstellen, die mir halfen, bestimmte Szenen dieser Geschichte zu illustrieren und einigen Figuren die richtigen Worte in den Mund zu legen.

Den Medizinern Edurne Ormaechea, Pedro Cahn und Leandro Cahn, die mir die Besonderheiten des Uterusgasbrands erklärten. Laura Quiñones Urquiza und Roberto Glorio, die mir mithilfe ihres Fachwissens Fragen zu einem Thema beantworteten, das mich begeistert: die Kriminalistik und die Forensik. Den Psychologen Graciela Esperanza und Fernando Torrente, die mir halfen, mir die Denk- und Verhaltensweisen mehrerer Figuren dieser Geschichte zu veranschaulichen.

Meinen spanischen Freunden und Schriftstellerkollegen Berna González Harbour und Carlos Zanón, die freundlicherweise dazu beitrugen, meine Fragen über den manchmal unterschiedlichen Gebrauch unserer Sprache auf beiden Seiten des Atlantiks zu klären.

Meinen Freundinnen und Schriftstellerkolleginnen Samanta Schweblin, Rosa Montero und Cynthia Edul, die sich im Café oder auf gemeinsamen Spaziergängen diese Geschichte erzählen ließen und mir Mut machten, wenn mich Zweifel befielen.

Meinem Freund und Schriftstellerkollegen Guillermo Martínez, dem ich nicht nur für unsere Gespräche über diesen Roman, sondern auch über viele andere Dinge danke: den Schriftstellerberuf, die Situation des Schriftstellers in der Welt, Kulturpolitik, die Familie, unser Land Argentinien und jetzt auch über den Feminismus.

Marcos Montes für die geduldige und genaue Durchsicht des ersten Entwurfs dieses Romans.

Meinen Lektorinnen Julia Saltzmann, Julieta Obedman, Pilar Reyes Forero und Juan Boido.

Barbara Graham und Guillermo Schavelzon.

Das Zitat von Ralph Waldo Emerson, das ich dem Roman als Motto vorangestellt habe, steht so zitiert in Richard Dawkins' Buch *The God Delusion* (Houghton Mifflin, Boston 2006). (Anmerkung des Übersetzers: Die hier wiedergegebene deutsche Fassung wiederum steht so in der deutschen Übersetzung von Dawkins' Buch, erschienen unter dem Titel *Der Gotteswahn* bei Ullstein, Berlin 2007, aus dem Englischen von Sebastian Vogel.)

Das Borges-Zitat, das ich dem Kapitel »Mateo« vorangestellt habe, ist die Antwort des Autors auf eine Frage Antonio Carrizos, enthalten in dem Interviewband *Borges el memorioso. Conversaciones de Jorge Luis Borges con Antonio Carrizo* (Fondo de Cultura Económica, Buenos Aires 1982).

Was Raymond Carver betrifft: Seine Erzählungen bewundere ich zutiefst, ganz besonders »Kathedrale«, der ich so viel zu verdanken habe, angefangen beim Titel dieses Romans.

Nachweise

S. 9, aus: Emmanuel Carrère, *Das Reich Gottes,* Matthes & Seitz, Berlin 2016. Übersetzung: Claudia Hamm.

S. 39, aus: Raymond Carver, *Kathedrale,* Berlin Verlag, Berlin 2001. Übersetzung: Helmut Frielinghaus.

S. 65, aus: Jacques Lacan, *Das Seminar,* Buch XI (1964). Die vier Grundbegriffe der Psychoanalyse. Übersetzt von Norbert Haas nach dem von Jacques-Alain Miller hergestellten Text. 1. Auflage. Walter, Olten u. a. 1978, 2. Auflage im selben Verlag 1980. – Ab der 3. unveränderten Auflage von 1987 bei Quadriga, Weinheim u. a., 4. Auflage im selben Verlag 1996. – Unveränderter und seitengleicher Nachdruck bei Turia und Kant, Wien 2015.

S. 66, aus: Sigmund Freud, *Das Unbehagen in der Kultur,* Internationaler Psychoanalytischer Verlag, Wien 1930.

S. 91, aus: Luis Buñuel, *Mein letzter Seufzer,* Athenäum Verlag, Königstein/Ts. 1983. Übersetzung: Frieda Grafe und Enno Patalas.

S. 165, aus: Bertolt Brecht, »Über die Popularität des Kriminalromans« (ca. 1935), in: *Schriften zur Literatur und Kunst,* Bd. 3, Suhrkamp, Frankfurt a. M. 1967.

S. 218, aus: Joseph Ratzinger, *Einführung in das Christentum,* Weltbild, Augsburg 2000 (textidentische Lizenzausgabe der zuerst 1968 bei Kösel, München, erschienenen Originalausgabe).

S. 255, aus: William Shakespeare, *Hamlet,* in der Übersetzung von Wilhelm Schlegel.

S. 297, aus: Jean-Paul Gouteux, *Apologie du blasphème: en danger de croire,* Paris, Éditions Syllepse, 2006. Auf Deutsch bisher unveröffentlicht, Übersetzung des Auszugs: Peter Kultzen.

Die Bibelzitate folgen der Bibel nach Martin Luthers Übersetzung, revidiert 2017, © 2016 Deutsche Bibelgesellschaft, Stuttgart.

María José Ferrada
Kramp

Büchergilde Weltempfänger, Band 10
(Literatur aus Chile)

- Aus dem Spanischen von Peter Kultzen
- Umschlagmotiv von einem Hauseingang in Valparaíso, Chile, Street Artist Peñaoltra

- Flexcover, Kopffarbschnitt, bedrucktes Vorsatzpapier, Lesebändchen
- 136 Seiten
- NR 174545

An dem Tag, an dem zum ersten Mal ein Mensch den Mond betritt, startet D. seine Karriere als Handelsreisender für Kramp-Produkte: Nägel, Fuchsschwänze, Türklinken. Wenige Jahre später beginnt die „Parallelerziehung" seiner siebenjährigen Tochter M. Sie wird seine Gehilfin. Auf ihren Touren in dem alten R4 durch die chilenischen Dörfer wird aus den beiden ein gewieftes Vertreterduo. Eines Tages sitzt der Fotograf E. mit im Auto, der mit seiner Kamera auf „Gespensterjagd" gehen will. Doch plötzlich werden diese Gespenster auf unheilvolle Weise real. Mit feinem Gespür bewegt sich Ferrada in diesem Roman zwischen Nostalgie und dem Grauen der jüngeren Geschichte Chiles.

Büchergilde Welt⌐⌐—Empfänger

Der Globus geht auf Sendung! Entdecken Sie mit der Reihe *Büchergilde Weltempfänger* Literatur aus Asien, Afrika, Lateinamerika und der arabischen Welt. Ausgewählt von der Büchergilde Gutenberg und Litprom e. V.

Stefan Ineichen
Principessa Mafalda
Biografie eines Transatlantikdampfers

- Mit zahlreichen Abbildungen
- Bedrucktes Leinen, farbiges
  Vorsatzpapier, Lesebändchen,
  Format 16,5 x 24 cm

- 256 Seiten
- NR 174650

Die atemberaubende Biografie eines Ozeandampfers und eine Geschichte von Luxus ebenso wie von Emigration. In 16 Tagen von Genua nach Buenos Aires – mit dem Stapellauf des italienischen Dampfers „Principessa Mafalda" wurde diese Fahrt 1908 möglich. Das Schiff war schnell, modern und schick, für Luxusreisende mit Musikzimmer, Rauchsalon und Promenaden. In der dritten Klasse hingegen wurden die Passagiere in Schlafsäle gepfercht. Das nahmen sie auf sich, winkte doch am Ende der Überfahrt das Versprechen eines besseren Lebens. Anekdotenreich erzählt Stefan Ineichen von illustren Passagieren wie Carlos Gardel, Richard Strauss oder Harry Graf Kessler, von abenteuerlichen Erlebnissen an Bord und im Ankunftsland jenseits des Ozeans.

Juli Zeh, Simon Urban
Zwischen Welten

- Fester Einband mit
  Schutzumschlag, farbiges
  Vorsatzpapier, Lesebändchen
- 448 Seiten
- NR 174626

Zwanzig Jahre sind vergangen: Als sich Stefan und Theresa zufällig in Hamburg über den Weg laufen, endet ihr erstes Wiedersehen in einem Desaster. Zu Studienzeiten waren sie wie eine Familie, heute sind kaum noch Gemeinsamkeiten übrig. Stefan hat Karriere bei Deutschlands größter Wochenzeitung gemacht, Theresa den Bauernhof ihres Vaters übernommen. Die beiden beschließen, noch einmal von vorne anzufangen. Doch während sie einander näherkommen, geraten sie in hitzige Auseinandersetzungen um polarisierende Fragen wie Klimapolitik und Gendersprache. Ist heute wirklich jede und jeder gezwungen, eine Seite zu wählen? Oder gibt es noch Gemeinsamkeiten zwischen den Welten?

Martin Suter
Melody

- Fester Einband mit Schutzumschlag
- 336 Seiten
- NR 17457X

Dr. Stotz, einst Politiker, ranghoher Milizoffizier und erfolgreicher Geschäftsmann weiß, dass er nicht mehr lange zu leben hat. Gegen Kost, Logis und „faire Bezahlung" soll nun der Student Tom Elmer seinen Nachlass ordnen, vielleicht auch etwas beschönigen. Bei gemeinsamen Kamingesprächen erzählt Dr. Stotz Tom von seiner großen Liebe Melody, wie er um die bezaubernde Buchhändlerin geworben und sie – nach ihrem rätselhaften Verschwinden – ein Leben lang gesucht hat. Zusammen mit Stotz' Großnichte Laura beginnt Tom, Nachforschungen zu betreiben, die an ferne Orte führen – und in eine Vergangenheit, wo Wahrheit und Fiktion nahe beieinanderliegen.

Caroline Wahl
22 Bahnen

- Fester Einband mit mit Relieflack, farbiges Vorsatzpapier, Lesebändchen
- 208 Seiten
- NR 174804

Tildas Tage sind strikt durchgetaktet – studieren, im Supermarkt arbeiten, schwimmen, sich um ihre Schwester Ida kümmern und an schlechten Tagen auch um die Mutter. Zu dritt wohnen sie im traurigsten Haus der Fröhlichstraße in einer Kleinstadt, die Tilda hasst. Nennenswerte Väter gibt es keine, die Mutter ist alkoholabhängig. Die Dinge geraten in Bewegung als Tilda eine Promotion in Aussicht gestellt bekommt, und es blitzt eine Zukunft auf, die Freiheit verspricht. Und Viktor taucht auf, der – genau wie sie – immer 22 Bahnen schwimmt. Doch als Tilda schon beinahe glaubt, es könnte alles gut werden, gerät die Situation zu Hause vollends außer Kontrolle …

🏅 Dayton Literaturfriedenspreis 2019

John Irving
Der letzte Sessellift

- Aus dem Englischen von
  Anna-Nina Kroll und
  Peter Torberg
- Fester Einband mit mit
  Schutzumschlag
- 1088 Seiten
- NR 174820

Aspen, Colorado 1941. Mit 18 tritt Rachel bei den nationalen Skimeisterschaften an. Eine Medaille gibt es nicht, dafür ist sie schwanger, als sie in ihre Heimat zurückkehrt. Als ihr Sohn Adam 14 ist, verkuppelt er Rachel mit dem Englischlehrer Mr. Barlow. Und obwohl sie die Hochzeitsnacht mit ihrer Lebensgefährtin Molly verbringt, wird aus Rachel, Adam und Elliot Barlow eine Familie, in deren Schutz jedes Mitglied seinen Neigungen nachgehen kann: Adam wird Schriftsteller, Rachel frönt Molly und dem Skifahren, Mr. Barlow trägt Frauenkleider. Doch die Gesellschaft stößt jene aus, die nicht konform sein wollen, und Hass und Missgunst zerstören den Frieden der kleinen Familie.

Viktor Funk
Wir verstehen nicht, was geschieht

- Fester Einband
- 160 Seiten

- NR 174553

Lew und Swetlana haben ein Leben gelebt, das im Nachhinein unmöglich erscheint. Eine Revolution, zwei Terrorregime – danach eine lange, erfüllte Beziehung. Ein junger Historiker aus Deutschland, Alexander List, sucht den bereits betagten Lew Mischenko in Moskau auf. Er will ihn interviewen und mehr über Menschen erfahren, die den Gulag überlebt haben, und über ihre Lieben, ihre Freundschaften, aber auch ihre Traumata.

Wir verstehen nicht, was geschieht folgt den Lebensspuren realer Personen, im Zentrum steht der Physiker Lew Mischenko. Er und seine Frau Swetlana schrieben während seiner Haftzeit im Gulag einander Briefe. Diese will Mischenko dem Historiker List überlassen – unter der Bedingung, dass er mit ihm nach Petschora reist, hoch oben im russischen Norden, wo Mischenko neun Jahre im Lager verbrachte und wo ein Freund, Jakow Israelitsch, auf ihn wartet.